Mina Baites
Der Ahorn im Sturm

TINTE & FEDER

Das Buch

Das Unternehmen der Breitenbachs steht auf stabilen Füßen. Die Geschwister Georg und Rosa haben in Colorado eine zweite Heimat gefunden, nur die Auseinandersetzungen zwischen den Siedlern und dem ansässigen Indianerstamm bereiten ihnen Sorge. Die Familie wähnt sich im Glück, da zwingt sie ein schwerer Schicksalsschlag, ihr Leben erneut auf den Kopf zu stellen.

Gleichzeitig geraten die Brüder Theodor und Georg in Berlin in eine tiefe Krise, die ihren Höhepunkt erfährt, als ein Börsencrash das Familienunternehmen erneut auf den Prüfstand stellt. Der Schwur auf den weißen Ahorn, in dem sie einst ihren Eltern versprachen, sich nie zu entzweien und ihr Erbe zu bewahren, rückt in unerreichbare Ferne. Wird die Familie an der Last des Schwurs zerbrechen?

Die Autorin

Mina Baites alias Iris Klockmann ist eine Geschichtenerzählerin. Als kleines Mädchen unterhielt sie ihre Familie mit kindlichen Abenteuern und konnte es kaum erwarten, endlich selbst lesen und schreiben zu können. Mit sieben verschlang sie so viele Bücher, dass sie ihre Eltern schier zur Verzweiflung brachte. Doch erst viel später, sie hatte längst selbst Kinder, fand sie Raum und Zeit, um ihre unzähligen Ideen aufzuschreiben. Seit gut zehn Jahren veröffentlicht die erfolgreiche Schriftstellerin zeitgenössische und historische Romane.

MINA BAITES

DER AHORN IM STURM

Die Breitenbach Saga

Roman

TINTE & FEDER

Deutsche Erstveröffentlichung bei
Tinte & Feder, Amazon Media EU S.à r.l.
38, avenue John F. Kennedy, L-1855 Luxembourg
November 2019

Umschlaggestaltung: semper smile, München, www.sempersmile.de
Umschlagmotiv: © photo5963_shutter / Shutterstock;
© ert21 / Shutterstock; © Mariia Golovianko / Shutterstock;
© Wichai Prasomsri1 / Shutterstock; © creativemarc / Shutterstock
Lektorat und Korrektorat: Verlag Lutz Garnies, Haar bei München,
www.vlg.de
Gedruckt durch:
Amazon Distribution GmbH, Amazonstraße 1, 04347 Leipzig /
Canon Deutschland Business Services GmbH, Ferdinand-Jühlke-Straße 7,
99095 Erfurt /
CPI books GmbH, Birkstraße 10, 25917 Leck

ISBN 978-2-91980-639-3

www.tinte-feder.de

Für Uschy

Die wichtigsten Charaktere

Prenzlauer Berg, nahe Berlin:

Hermann Breitenbach (geb. 1830): Firmengründer von *Schuherzeugung Breitenbach*

Theodor Breitenbach (geb. 1851): sein älterer Sohn und Erbe des Unternehmens

Elena Breitenbach (geb. 1851): erste Ehefrau von Theodor

Felix Breitenbach (geb. 1875): Sohn von Theodor und Elena

Vanda Breitenbach, geb. Nagy (geb. 1855): Theodors zweite Ehefrau

Isa Breitenbach (geb. 1888): Tochter von Theodor und Vanda

Caroline Breitenbach (geb. 1890): Tochter von Theodor und Vanda

Mathilde Fink (geb. 1870): resolute und schlagfertige Klavierlehrerin

Colorado:

Rico:

Georg Breitenbach (geb. 1857): Hermanns Sohn, leitet die Tochterfabrik in Rico

Johnny Weizman (Levy Weißmann, geb. 1869): Georgs »Mädchen für alles«

Olivia (geb. 1860): Hausangestellte bei Georg

Laura Golding, genannt Miss Laura (geb. 1850): Bordellbesitzerin

Blind Katy, Jessi Chocolate, Fat Liddy und Olivia: Huren

Cortez:

Rosa Ehrlich (geb. 1859): Hermanns Tochter und Ehefrau von Wendelin

Wendelin Ehrlich (geb. 1845): Pionier und Rosas Ehemann

Julia Ehrlich (geb. 1885): Tochter von Rosa und Wendelin

Florence March (geb. 1857): Rosas Nachbarin

Im Reservat der Weeminuche:*

Akule (Acowitz, geb. 1848): »One who looks up«

Onawa (Eve, geb. 1850): Akules erste Frau, »Wide awake«

Nituna (Alice, geb. 1860): Akules zweite Frau, »Daughter«

Helaku (Jumping Tom, geb. 1876): Nitunas Neffe, »Full of sun«

Chesmu (Redleaf Bobbie, geb. 1877): Sohn von Akule und Nituna, »Gritty«

Nicaagat (Red Crow John, geb. 1855): Medizinmann, »Dancing in his dream«

James Carrington (geb. 1857): englischer Missionar und Indian Agent

Ältestenrat:

Chief Ignacio (geb. 1828): siehe Anhang

Elsu (White Coat Jim, geb. 1828): »Flying falcon«

Demothi (Arrow Hank, geb. 1835): »Talks while walking«

Mingan (Longnose Larry, geb. 1850): »Grey wolf«

Indianerpolizei:

Sicangu, Magpie und Washakie

*Für die folgenden Personen gibt es bis zu drei Namen: 1. Originalname im Stamm der *Ute* (2. von den Amerikanern verwendeter Name): 3. »englische Übersetzung des Originalnamens«

Auf dem Tafelberg

Colorado, 10. Dezember 1888

Ein klirrend kalter Wind begleitete die beiden Männer, deren Nasen sich bereits nach kurzer Zeit gerötet hatten, auf ihrem Weg durch die verschneite Winterlandschaft. Der Schnee der letzten Tage knirschte unter ihren Fellstiefeln. Auf dem dicken Schnäuzer des Jüngeren glitzerten Eiskristalle, während er seinen Blick schweifen ließ.

»Die Hirsche sind wachsam«, raunte der Ältere, ein Indianer mit scharf geschnittener Nase und grau meliertem Haar. Er zog seinen Hut tiefer in die Stirn. Im Alter von zehn hatte der inzwischen gut Vierzigjährige, der dem *Ute*-Stamm der Weeminuche angehörte, seinen Vater zum ersten Mal mit Pfeil und Bogen auf die Jagd begleitet. Damals suchten die Maultierhirsche frühmorgens an den zerklüfteten Felsvorsprüngen nach Moos und frischen Gräsern, während es im Reservat und bei den benachbarten Siedlern bereits geschäftig zuging. Doch seit einigen Jahren bekam er die majestätischen Tiere immer seltener zu Gesicht, und das Herz wurde ihm schwer beim Anblick der kummervollen Mienen, wenn er lediglich mit Federwild zurückkehrte. Seit die Weißen sie in Reservate gedrängt und ihnen wertvolle Jagdgebiete genommen hatten, war die Nahrung knapper geworden, immer öfter hungerten die Stämme, und das bereitete ihm zunehmend Sorge.

Einzig die Freundschaft mit seinem etwa zehn Jahre jüngeren Begleiter, einem weißen Rancher aus Mancos, gab seinem von Entbehrung geprägten Alltag ein wenig Farbe. Die beiden Männer waren wie Feuer und Wasser, dennoch eng verbunden durch Respekt und Vertrauen. Nur in der einsamen Weite der Berge konnten sie ungestört miteinander plaudern und vergessen, dass man ihre Freundschaft auf beiden Seiten argwöhnisch beäugte. Nur hier konnten sie einander ihre Gedanken und Nöte anvertrauen und wie Brüder alles miteinander teilen.

Es begann zu schneien, und der Wind wurde noch stärker. Der Ute hielt jäh inne und gab seinem Freund ein Zeichen, ebenfalls stehen zu bleiben. Nordwestlich, kaum vierzig Schritte entfernt, kauerte ein Langohr neben einem Felsen und steckte zitternd die Nase in die Luft.

Einige Zeit später hatte jeder ein halbes Dutzend Hasen und Kaninchen auf dem Rücken, und sie beschlossen, den Rückweg anzutreten.

Der Rancher bot dem Älteren seine Beute an. »Nimm sie. Du brauchst sie mehr als ich.«

Die Miene des Ute gefror. »Du magst es gut meinen, aber ich will das nicht.«

Sein Freund klopfte ihm auf die Schulter. »Verzeih, ich wollte dich nicht kränken.«

Statt zu antworten, beobachtete der Indianer besorgt die schweren Wolken, die sich in rasanter Geschwindigkeit am Himmel zusammenbrauten. Auch die dicken Schneeflocken fielen immer dichter und nahmen ihnen zunehmend die Sicht. *Uns bleibt keine Zeit,* durchfuhr es ihn, während er in Gedanken die Gegend fieberhaft nach einem Unterschlupf absuchte. »Ein Sturm zieht auf. Wir müssen uns in Sicherheit bringen!«

Eine heftige Bö brachte seinen Begleiter ins Schwanken, er umklammerte den Stamm einer Espe und blinzelte. »Verflixt, hier gibt es nirgends einen geschützten Platz! Es sei denn, wir teilen uns mit einem Bären oder Puma eine Höhle.«

Es dauerte nicht lange, und ein Schneesturm fegte nahezu ungehindert über die Ebene hinweg, auf die sie zustrebten. Mit verbissener Miene kämpften sie sich durch die weiße Wand.

»Wir waren noch nie so hoch oben. Wieso ausgerechnet heute?«, fragte der Rancher außer Atem.

Das war richtig erkannt, hatte der Ute doch diesen Teil des Tafelbergs bei ihren Wanderungen stets gemieden. *Wir haben keine andere Wahl, wir würden auf dem überfrierenden Boden ausrutschen und in den Abgrund stürzen,* dachte er, entschied jedoch, die Frage unbeantwortet zu lassen. »Vorsicht!«, schrie er stattdessen. »Halt dich nicht an den Kiefern rechts fest. Bleib neben mir.«

Sein Freund folgte ihm dicht an scharfkantigem Gestein vorbei. Der Weg führte sanft aufwärts. Der Ute hatte bereits als kleiner Junge die atemberaubende Aussicht auf die Berge und Schluchten bewundert, kannte ihre Licht- und Schattenspiele zu jeder Tageszeit und spürte die Anwesenheit der wilden Tiere, die dort beheimatet waren. *Sie* hatten sich gewiss längst in Sicherheit gebracht.

Vor ihnen tat sich ein lichter Kiefernwald auf. Der Wind wirbelte den Schnee wild durch die Luft und peitschte ihn in ihre vor Kälte starren Gesichter.

Der Rancher fluchte und schüttelte den Kopf, als sein Freund ihn mit sich zu einer Treppe zog, die nahe dem Abgrund in die Tiefe führte.

Der Indianer erkannte die Furcht in den Augen seines weißen Freundes und packte ihn hart an den Schultern. »Reiß dich zusammen! Komm schon, sieh geradeaus, und konzentriere dich.«

Dieser gehorchte, hatte jedoch Mühe, auf den rutschigen Stufen Halt zu finden.

Auf einem schmalen Pfad angekommen, stieß er einen Pfiff aus. »Was ist denn das dort unten? Sind das … Höhlen? Sie sehen aus, wie … Wohnstätten. Ist das ein Dorf? Wer lebt hier? So etwas habe ich noch nie gesehen!«

Doch der Ute hatte keine Gelegenheit mehr, den Ansturm seiner Fragen zu beantworten, denn eine Windbö erwischte sie frontal, und die Männer stemmten sich mit ihrem ganzen Gewicht gegen sie, um nicht zu Boden gestoßen zu werden. Der Indianer blinzelte und zog den Rancher unter einen Felsvorsprung in den Eingang einer Höhle.

Es verging eine kleine Ewigkeit, bis der Schneesturm allmählich nachließ und den Blick auf eine ausgedehnte Anlage freigab, die sich über einen langen Felsrücken erstreckte.

Der Ute sah die Fassungslosigkeit auf den Zügen seines Freundes, der die Bedeutsamkeit dessen, was er vor sich sah, zu ermessen versuchte. Es waren Häuser, die man dem Sandsteinfelsen einst abgerungen hatte. Ein rechteckiger Turm, vier Stockwerke hoch, reichte beinahe bis zum Dach der riesigen Höhle. In der Mitte der Anlage befand sich ein Rondell. Wenn der Indianer die Augen schloss, vermeinte er stets, ein rhythmisches Trommeln und eine Art Gesang wahrzunehmen, die der Wind weit über das Plateau hinwegtrug.

Er hoffte inständig, sein Freund, der immer schnell vom Entdeckerfieber gepackt wurde, möge keine Fragen stellen, was ihm wertvolle Zeit verschaffen konnte, sich eine unverfängliche Antwort zurechtzulegen.

»Was ist das, so rede doch endlich«, raunte der Rancher und machte seine Hoffnung mit einem Schlag zunichte.

Der Ute rang um die rechten Worte. »Ein Geheimnis der Ahnen. Wir Ute gehen nie dorthin. Es ist ein heiliger Ort. Aber ich warne dich, du darfst ihn nie betreten. Es heißt, dort leben Geister, und wer ihre Ruhe stört, ist dem Tode geweiht.«

»Trotzdem führst du mich hierher?« Der Rancher grinste freudlos. »Erzähl keinen Unsinn. Wenn es gefährlich wäre, säßen wir nicht hier.«

Der Ute wich seinem Blick aus. Als sein Freund jedoch auf die Füße sprang, hielt er ihn mit eisernem Griff fest.

»Du wirst hier nichts berühren! Niemals, versprich es mir!«

Auf dem Gesicht des Ranchers zeichnete sich Verblüffung ab. »Was verdammt noch mal hat das alles zu bedeuten?«

Der Indianer hielt seinen Unterarm umklammert, bis sich der Rancher geschlagen gab und sich wieder neben ihm niederließ. Sein Blick blieb an dem Rondell haften.

»Dies ist eines unserer größten Geheimnisse und wertvoller als alles, was wir besitzen.«

Der Rancher weitete die Augen und wartete, bis sein Freund fortfuhr.

»Die Geister unserer Vorfahren sind hier, und es ist die Aufgabe meines Volkes, die heilige Stätte zu beschützen. Du darfst eigentlich gar nicht hier sein.« Er senkte die Stimme, als habe er Angst, die Ahnen könnten ihn hören. »Du hast dies hier nie gesehen!«

Sein Freund legte eine Hand auf seinen Arm. »Euer Geheimnis ist bei mir sicher.«

Der Ute atmete hörbar aus. »Danke.«

TEIL 1

1888–1893

Kapitel 1

Rosa

Cortez, am selben Tag

Keine zehn Meilen entfernt konnte die junge Frau, deren lange blonde Locken zu einem losen Zopf geflochten waren, im Klassenraum der Breitenbach School nicht ahnen, welch schicksalsträchtige Begebenheit sich unweit von ihr abgespielt hatte. Ein feines Lächeln auf den Lippen betrachtete Rosa Ehrlich die Zweitklässler, die mit angestrengten Mienen auf Schiefertafeln schrieben, was sie ihnen diktierte. Ein Kaminofen verjagte die klirrende Kälte.

Anne spielt mit einem Ball, lautete die Schreibaufgabe. Der pausbäckige Wilhelm zog einen Flunsch, wischte seine Tafel ab und versuchte es erneut. Die schüchternen Zwillinge Hans und Herbert schauten sehnsüchtig durchs Fenster nach draußen, und Johanna, die allzu gern mit den Jungen raufte, malte konzentriert Buchstaben für Buchstaben.

Rosa liebte die Kinder ihrer Schule, die sie vor fünf Jahren in der deutschen Siedlung gebaut hatte, und erinnerte sich noch lebhaft an ihre erste Zeit als Lehrerin für Lesen und Schreiben. Ohne jegliche Erfahrung auf diesem Gebiet hatte sie oftmals gezweifelt, ob ausgerechnet sie, die in Kindertagen alles andere als eine folgsame und angepasste Tochter gewesen war, imstande sein würde, zu unterrichten. Aber Not macht bekanntlich erfinderisch, insbesondere wenn sich eine starrköpfige Pionierin wie sie in den Kopf gesetzt hat, eine Schule aus eigener Kraft aus dem Boden zu stampfen. Wobei Rosa es sich nicht hatte nehmen lassen, beim Bau kräftig mitzuhelfen, und dabei den Siedlern ihre handwerklichen Fähigkeiten eindrücklich demonstrierte.

Es lag in der Natur der Dinge, dass die Ausstattung der Räumlichkeiten anfangs eher provisorisch ausfiel. Dennoch war sie stolz auf jeden kleinen Fortschritt und dankbar, als Tochter aus gutem Hause ihren Traum verwirklichen zu können. Und letztlich hatte sie ebenso von der Herausforderung profitiert wie die Kinder, die sich täglich freuten, für den Schulbesuch keine stundenlange Fahrt in die nächste Stadt unternehmen zu müssen.

Anfangs hatte die Breitenbach School aus einem einzigen Raum bestanden, in dem fünfzehn Schüler der ersten Klasse Platz gefunden hatten. Achtzehn Monate später hatten Wendelin und sie die Schule um zwei Räume erweitert, da die Zahl der Kinder kontinuierlich anstieg. Letzten Sommer hatte man in der South Linden Street sogar eine zweite Schule für die jüngeren Kinder eröffnet. Die höheren Klassen wurden allerdings in der siebzehn Meilen entfernten Stadt Mancos unterrichtet.

Von nebenan drang Gesang zu ihr herüber, gefolgt vom Kläffen einiger Wachhunde, von denen bis auf Rosa und Wendelin jede Familie in der deutschen Siedlung einen oder mehrere besaß. Die Erstklässler studierten mit ihrer Hauswirtschaftslehrerin, Rosas Freundin Dorothea, ein paar Weihnachtslieder für den Basar ein, der am dritten Adventssonntag an der Schule stattfinden sollte. Dorothea war die ältere Schwester von Agnes, die mit ihrem Mann Ernst Gerlach und den Kindern seit Jahren in der deutschen Siedlung lebte. Nach dem plötzlichen Tod ihres Vaters hatte Dorothea kurz entschlossen ihr Leben in Osnabrück hinter sich gelassen und war Mutter und Schwester nach Cortez gefolgt.

Rosa klatschte in die Hände. »Gut, Kinder. Das genügt für heute. Übt die Sätze, die wir durchgenommen haben. Morgen sammle ich die Tafeln ein.« Sie wies aus dem Fenster. »Es hat geschneit, vielleicht reicht es für eine Schneeballschlacht. Bis morgen!«

Die Kinder erhoben sich von ihren Sitzen. »Auf Wiedersehen, Frau Ehrlich.«

Dann stürmten sie hinaus.

Einen Becher heißen Tee in der Hand, betrachtete Rosa wenig später von der Tür ihrer Kate aus verträumt den Tafelberg, der nach dem Schneesturm der letzten Stunde in ein weißes Kleid gehüllt war und dessen Haube im Mittagslicht glitzerte.

Nachdenklich spielte sie mit dem Siegelring, den sie an einer Kette um den Hals trug. Das Symbol des Ahorns verkörperte nicht nur das Qualitätssiegel von *Schuherzeugung Breitenbach,* der Firma, die ihr Vater nahe Berlin einst gegründet hatte. Es war außerdem das Gelöbnis ihrer Familie, stets zusammenzuhalten und ihr Erbe nie fremden Händen zu überlassen.

Die Neunundzwanzigjährige drehte den Ring zwischen ihren Fingern und blickte sich um. Die Obstbäume ihrer Plantage wirkten wie stumme Soldaten, die Schneemützen trugen. Zwischen den Stämmen und Ästen hindurch konnte sie ihre Schule sehen.

Da zerrte ein kleines Mädchen an ihrem langen Rock. »Mama, darf ich im Schnee spielen?« Die großen grauen Augen der dreijährigen Julia waren bittend auf sie gerichtet.

Rosa strich zärtlich über ihr halblanges blondes Haar. Wie sollte sie dem Blick ihrer Tochter widerstehen? »Na schön, aber nicht so lange. Bleib bitte am Haus.«

»Ist gut.«

Bevor sie sich versah, war Julia in ihre Fellstiefel geschlüpft und probierte sichtlich aufgeregt, ihren Mantel anzuziehen. Nach etwas Hilfe von ihrer Mutter stürmte sie ins Freie und auf einen roten, aufgeplusterten Red Robin zu, der auf dem Ast eines Pfirsichbaumes gesessen hatte und nun aufgeschreckt davonflog.

»Schau mal, Mama!« Mit roten Wangen wies die Kleine zum Himmel. Ein Adler kam vom Tafelberg auf die Siedler zugeflogen und glitt scheinbar mühelos und ohne Flügelschlag durch die eiskalte Luft.

»Der Adler sucht bestimmt ein Kaninchen.«

Während Rosa ihre Tochter im Auge behielt, wanderten ihre Gedanken zurück. Bis vor sieben Jahren hatte sie, das Nesthäkchen des Schuhfabrikanten Hermann Breitenbach, ein behütetes, aber unglückliches Leben geführt. Als Tochter eines kaisertreuen Vaters hatte sie unter dem engen Korsett gelitten, in das die Regeln und Traditionen sie einschnürten. Pflichtschuldig war sie als Näherin für das Familienunternehmen tätig gewesen, den Kopf voller Träume und Sehnsüchte, die in schier unerreichbarer Ferne schienen. Rosa hatte sich bereits alt, grau und verbittert am Nähtisch gesehen. Glücklicherweise wendete sich das Blatt, als ihr Vater, der zuvor jeden Gedanken an eine Expansion von sich geschoben hatte, beschloss, ihren zwei Jahre älteren Bruder Georg nach Colorado zu senden, damit er dort eine Tochterfabrik im Bergbaustädtchen Rico eröffnete.

Die Erinnerungen beschworen Szenen und Bilder der dunkelsten Stunden herauf, die die Familie und damit das Unternehmen je durchleben mussten. Kaspar Meißner, einst ein Arbeitskollege ihres Vaters und später erbittertster Konkurrent von *Schuherzeugung Breitenbach,* hatte nicht davor zurückgeschreckt, Hermann Breitenbach eines grausamen Verbrechens zu bezichtigen, um ihn zu vernichten. Doch Meißner hatte seinen Konkurrenten unterschätzt, und so traf ihr Vater die kühne Entscheidung, durch den Bau einer Tochterfabrik ihre Existenz zu sichern.

Rosa schmunzelte, als sie sich die Blicke in Erinnerung rief, die ihr acht Jahre älterer Bruder Theodor und ihr Vater sich zuwarfen, nachdem sie ihnen im Brustton der Überzeugung erklärt hatte, dass sie Georg nach Amerika zu begleiten und ihre Träume zu verwirklichen gedachte. Es hatte sie große Überredungskünste gekostet, ihre Familie davon zu überzeugen, sie gehen zu lassen.

Sie ließ den Anblick der Cottonwood-Bäume, die sich im Wind bogen, und des schlichten Gebäudes mit dem neuen Anbau, auf dem in großen Lettern Breitenbach School geschrieben stand, auf sich wirken. Hier im ungezähmten und unerbittlichen Cortez hatte sie trotz aller Mühsal ihr Glück gefunden und ihre Auswanderung nie bereut.

Woran Wendelin einen entscheidenden Anteil hatte. Sie hörte noch seine feste Stimme, mit der er der Familie mitgeteilt hatte, sie und Georg nach Amerika begleiten zu wollen. Nach dem frühen Tod der Mutter, Rosa war damals erst sieben Jahre alt, hatte Wendelin, das »Mädchen für alles« in der Prenzlauer Stadtvilla, bald die Rolle ihres Vertrauten und besten Freundes eingenommen, so jedenfalls hatte sie es damals verstanden. Dass er ihr aus Liebe gefolgt war, hatte er ihr erst viel später in der neuen Heimat gestanden.

Wie sehr sich Cortez im Lauf der letzten Jahre gewandelt hatte! Während die Siedlung bei ihrer Ankunft aus lediglich zwölf Familien bestand, war ihre Einwohnerzahl inzwischen auf rund dreihundert angewachsen, davon ungefähr fünfzig Frauen und sechzig Schulkinder.

Seit dem letzten Jahr hatten sich zudem unzählige Arbeitsgruppen rund um Cortez niedergelassen, hoben Bewässerungsgräben aus und gaben den Siedlern das, was sie für das tägliche Leben auf den Farmen und für ihre Felder am meisten benötigten: Wasser. Häuser schossen seither wie Pilze aus dem Boden und mit den neuen Bewohnern auch

Pferdemietställe. Man entdeckte, dass es sich in Cortez gut leben und Geld verdienen ließ. So betrieb Mister Harris ein Lebensmittelgeschäft in der Main Street. Der Schmied Mister Schalles hatte einen Laden mit einer Reparaturwerkstatt in der Market Street, gleich nebenan von Doktor Williams Drogerie. Es gab Juweliergeschäfte und Schneidereien, ein Fotoatelier, Restaurants, einen Stellmacher und einiges mehr, was den Einwohnern den Alltag erleichterte.

Mit Grauen dachte Rosa an ihre ersten Jahre in der Siedlung zurück, als sie mit einem Fass, das sie an einem Gestell befestigt auf dem Rücken trug, Wasser aus dem drei Meilen entfernten McElmo zur Farm geschleppt hatte, weil sie zu stolz gewesen war, die schwere Arbeit Wendelin zu überlassen. Schließlich wollte sie ihm beweisen, dass sie alles andere als hilflos und schwächlich war. Später hatte ihr Maulesel die Fässer gezogen, auch das ein zeitraubendes Unterfangen.

Den enormen Zuwachs hatte die Siedlung zum Teil sicher auch dem Schweden Peter Baxstrom zu verdanken, der sich im Frühsommer vor drei Jahren mit seinen Söhnen hier niedergelassen und kurz darauf einen Steinbruch eröffnet hatte. Es dauerte nicht lange, und man begann über den zurückhaltenden Baumeister und alleinstehenden Vater zu munkeln. Rosa und Wendelin hielten sich vom Tratsch fern. Erst bei der Einschulung seiner beiden jüngeren Söhne lernten sie einander näher kennen, Wendelin und Baxstrom verstanden sich auf Anhieb, teilten sie doch die Liebe für Bücher und alles Handwerkliche. Die beiden wurden Freunde, und irgendwann erzählte Peter, dass er und seine Frau Emma ihre beiden jüngsten Töchter innerhalb von zehn Tagen verloren hatten und ihre Ehe an dem Leid zerbrochen war. Emma lebte mit der verbliebenen dritten Tochter inzwischen in Oregon.

Kaum hatte sich der Schwede eingelebt, machte er sich daran, den Ort von den umliegenden Städten unabhängig zu machen. Rosa bewunderte die Energie, mit der er seinen Plan vorantrieb, ein Gerichtsgebäude aus Sandstein für Cortez zu bauen. Im Jahr darauf kam ein Postamt hinzu. Eines Tages, so verriet ihnen Peter bei einem gemütlichen Plausch auf ihrer Terrasse, würde er eine Highschool bauen, damit auch die älteren Kinder vor Ort unterrichtet werden konnten.

Julias helles Lachen holte Rosa in die Wirklichkeit zurück. Ein schlaksiger, etwa zwölf Jahre alter Junge in Hose und Felljacke hockte neben ihr und rieb grinsend Schnee auf ihre Stupsnase. Rosa versteifte sich, doch als sie seine langen schwarzen Haare und das breite Gesicht erkannte und Bogen und Köcher bemerkte, die er um die Schulter trug, atmete sie auf.

Es war der Indianerjunge Bobbie, der seit Jahren wie ein Schatten um ihr Grundstück schlich. Was ihn an den neuen Siedlern faszinierte, hatte sie lange nicht ergründen können. Anfangs hatte er sich als Obstdieb bei ihr unbeliebt gemacht. Da er aber stets nur einzelne Früchte stahl, kam sie zu dem Schluss, dass er möglicherweise unter Hunger litt. Weshalb sie ihm so oft wie möglich ein paar Leckereien hinters Haus legte, im Sommer Gemüse und Obst, im Winter Rüben oder kleine Brote. Alles war kurz darauf immer verschwunden.

Überdies schien er von Julia verzaubert zu sein, denn seit sie selbstständig im Garten herumtollte, erwischte sie die beiden des Öfteren, wie sie einträchtig miteinander spielten. Rosa beeindruckte, wie ihre Tochter zwischen Englisch und Deutsch wechselte, als wäre es das Natürlichste der Welt. Wendelin und sie hingegen suchten im Gespräch mit Einheimischen zuweilen immer noch nach passenden Vokabeln. Fröstelnd zog sie ihren Mantelkragen hoch. Ob Bobbie sein richtiger Name war?

Da von Julia nicht viel über ihren Freund herauszubekommen war und in den Zeitungen stets von der »erfolgreichen Vertreibung der Wilden« geschrieben wurde, hatte sich Rosa bei den Siedlern umgehört. Ihr war seit Langem aufgefallen, dass man ungern über die Indianer sprach, und wenn, war ganz allgemein von der Furcht vor den unerschrockenen Kriegern die Rede, die nach einem »Vorfall« rücksichtslos plünderten und mordeten. Es hieß, vor drei Jahren hätten Weiße sechs Ute – Männer, Frauen und Kinder – bei Tagesanbruch angegriffen und getötet. Der Stamm und dessen Indian Agent gaben an, dass die Opfer in friedlicher Absicht unterwegs gewesen waren. Dem widersprachen jedoch die Siedler. Seitdem flammten die Vorbehalte gegen die Ute immer wieder auf. Aus Angst vor Vergeltung legten beide Seiten den Mantel des Schweigens über diese »unglückliche Angelegenheit«. Der Indian Agent beklagte damals, man betrachte die Indianer kaum als menschliche Wesen, und für das Verbrechen gebe es keine Entschuldigung. Ein alter Siedler hatte Rosa erzählt, dass die Regierung den Ute im Reservat nicht mehr als ein Pfund Rindfleisch und dreieinhalb Pfund Mehl pro Woche und Familie zuwies. Unter den Umständen wäre es für Rosa durchaus verständlich gewesen, wenn die sechs Indianer tatsächlich außerhalb des Reservats auf der Jagd gewesen wären. Aber den Gedanken behielt sie wohlweislich für sich.

Ein Großteil der Siedler begrüßte seither die Entscheidung, die Indianer in Reservaten unterzubringen. »Dort hat man die Barbaren besser unter Kontrolle«, hörte Rosa von einigen. Und: »Wir sind froh, dass sie ihre Kinder in Indianerschulen schicken dürfen, wo man sie zu zivilisierten und gebildeten Christen erzieht, damit sie unserer Gesellschaft dienlich sind.« Wobei Rosa herausfand, dass sich die nächsten Schulen dieser Art in New Mexico und Arizona befanden. Viel zu weit entfernt, um die Familie und die Heimat zu besuchen. Der Gedanke, die Kinder der Ute aus ihrem Umfeld zu reißen und sie von ihren Liebsten zu trennen, erschien ihr entsetzlich.

Zum Glück erklärten sich ein paar Siedler bereit, etwas konkreter über die Indianergruppe in der Nachbarschaft zu sprechen. Offenbar gehörte Bobbie den Weeminuche an, denen man gestattete, in einem Reservat am Fuße ihres heiligen Bergs, des Ute Mountain, zu bleiben. Was sich wie eine großmütige Geste anhörte, entpuppte sich bei genauerer Betrachtung als Farce, zumindest für diejenigen, die mit den Gebräuchen des Stammes vertraut waren. Die Weeminuche lebten einst als Nomaden, die ihre Lager im Sommer in höheren Lagen und im Winter in Tälern aufschlugen, sodass sie und ihre Tiere immer genug Nahrung fanden. Seit sie jedoch ins Reservat getrieben worden waren, hatten die Weißen nicht nur ihr Jagdgebiet verkleinert, auch ihre heiligen Orte waren nicht mehr zugänglich. Den Großteil von Bobbies Stamm hatte man vor einiger Zeit zu Fuß nach Utah und New Mexico getrieben, Tausende waren in den vergangenen Jahren in den kargen und unwirtlichen Gebieten verhungert.

Bobbie musste bewusst sein, dass es verboten war, das Reservat zu verlassen, denn er behielt seine Umgebung aufmerksam im Blick. Wie tragisch, dachte Rosa zuweilen, der Kontakt zwischen den Kindern war gewiss ebenfalls unerwünscht. Jedenfalls machte sich der Junge stets eilig aus dem Staub, sobald er ungewöhnliche Geräusche wahrnahm.

Ihr Mann hackte hinterm Haus Holz, und als er wenig später mit einem Stapel überm Arm und einem liebevollen Lächeln auf sie zukam, war der Junge verschwunden.

»Ich habe mit Bobbie gespielt, Papa.« Julia umschlang mit leuchtenden Augen seine Beine.

Wendelin runzelte die Stirn. »Bobbie Gerlach, der Sohn von Agnes und Ernst? Ist er nicht erst zwei?«

»Nicht der Kleine, dieser Junge ist älter und muss kürzlich zugezogen sein«, kam Rosa ihrer Tochter zu Hilfe. Ihren Mann zu beschwindeln, behagte ihr gar nicht. Aber die unschuldige Freundschaft zweier Kinder zu verraten, kam ihr auch nicht in den Sinn. Wenn Julia erst alt genug war, zu begreifen, dass Bobbie gegen die Gesetze seines Volkes verstieß, würden sich die Spielkameraden ohnehin früher oder später aus den Augen verlieren. Doch bis dahin wollte Rosa ihre Tochter davor bewahren, dass sie mit ihrem kleinen Plappermund ihr Geheimnis verriet.

»Ich möchte einen Schneemann bauen, Papa.« Julia zerrte an Wendelins Hosenbein.

»Gleich, mein Liebling.«

Wendelin huschte in die Kate, da bemerkte Rosa einen Maultierkarren, der sich ihnen gemächlich auf dem Sandweg näherte. Als eine kräftige Gestalt mit kurzen Haaren und mit einem alten Hut auf dem Kopf winkte, legte sie sich rasch einen Umhang um die Schultern und eilte der Person entgegen.

»Florence, du bist es!«

Ihre beste Freundin, die allein auf dem Nachbargrundstück lebte und dort Rinder züchtete, war wegen ihrer burschikosen Art eher berüchtigt als berühmt. Sie stieg vom Karren, klopfte Schnee von Mantel und Hut und strich dem Lasttier über die Flanke. »Verfluchtes Wetter.«

»Du kommst spät«, sagte Rosa nach einer Umarmung. »Hast du das Futter bekommen?«

»Ja, aber ich musste mit Hektor auf halber Strecke in einem Schuppen unterschlüpfen. Der Sturkopf weigerte sich, im Schneesturm weiterzulaufen.«

Rosa schmunzelte. »Er weiß eben, wann es Zeit ist, Schutz zu suchen.«

Florence zog eine Grimasse und reichte ihr einen Umschlag mit deutschen Briefmarken.

»Ich habe euch die Post mitgebracht.«

Rosa warf einen raschen Blick auf den Absender. Ein Brief von Theodor. »Danke.«

»Gern geschehen.« Florence stieg wieder auf. »Ich muss das Futter in den Stall bringen. Kommt doch später auf einen Kaffee vorbei. Ich habe gestern Julias Lieblingskekse gebacken.«

»Gern«, murmelte Rosa, ohne aufzusehen. »Bis später.«

Gemächlich trottete Florence' Maulesel aufs Nachbargrundstück zu.

»Mama, komm!«, drang die Stimme ihrer Tochter zu ihr.

»Uns fehlt nur noch der Kopf vom Schneemann«, sagte ihr Mann augenzwinkernd und wies auf den Umschlag in ihrer Hand. »Hilfst du uns schnell? So lange hat die Post bestimmt Zeit.«

Nachdem der Schneemann Form angenommen und eine alte Mütze und zwei Stück Kohle für die Augen erhalten hatte, eilte Rosa ins Haus, begutachtete den Poststempel und riss das Kuvert auf.

Meine Lieben,
seid Ihr wohlauf? Ich sehe Deinen strafenden Blick vor mir, meine liebe Rosa, und es tut mir leid, dass ich Euren letzten Brief nicht beantwortet habe. Doch dies hat seinen Grund. Vermutlich habt Ihr davon keine Kenntnis, ansonsten hättet Ihr längst ein besorgtes Telegramm geschickt. Die Tuberkulose wütet in Berlin. Die Meldungen über die Todesfälle erscheinen mir nicht zuverlässig, von fünf- bis achttausend Opfern ist bisher die Rede. Man fordert die Bürger zur Reinlichkeit auf, verteilt Merkblätter vom Kaiserlichen Gesundheitsamt. Sie haben sogar Spuckverbotstafeln in öffentlichen Gebäuden und Spucknäpfe aufgestellt. Ihr erinnert Euch gewiss an die Begeisterung, mit der jedermann Professor Koch gratulierte, nachdem er den Erreger der Krankheit entdeckt hatte. Ich wünschte, seine Forschungen wären weiter vorangeschritten und er könnte diese unsäglich grausame Krankheit heilen.

Rosa überlief ein Beben, das erste Blatt entglitt ihrer Hand, und sie hob es auf.

Sorgt Euch bitte nicht, wir sind gesund und munter. Leider sieht es bei unseren Mitarbeitern anders aus. Drei Schuhmacher sowie unsere zweite Sekretärin Frau Herbart fehlen seit einiger Zeit, und zu unserem Bedauern hat sich letzte Woche auch unser Vorarbeiter Kovacz krankgemeldet. Ich habe mich gleich bei den Familien nach deren Befinden erkundigt. Einer unserer Schuhmacher ringt mit dem Tod, für ihn kommt jede Hilfe zu spät. Bei Frau Herbart ist die Prognose vorsichtig optimistisch. Kovacz hat es leider ebenfalls schlimm erwischt. Ich hatte Doktor Schubert gebeten, nach ihm zu sehen. Er meinte, der Gute müsse schon länger infiziert sein, hatte es aber verheimlicht, bis es nicht mehr ging. Es sieht nicht gut aus für den armen Kerl. Wir können nur hoffen, dass Doktor Schubert seine Qualen ein wenig lindern kann. Anfangs hatten wir sogar die Befürchtung, die Fabrik schließen zu müssen, aber zum Glück hat es seit zwei Wochen keine neuen Ansteckungen gegeben.

Vielleicht versteht Ihr jetzt, warum ich Euch die traurige Nachricht nicht früher überbringen wollte. Wie Ihr mich kennt, habe ich unseren Lieben strikt verboten, auch nur einen Fuß aufs Fabrikgelände zu setzen. Zum ersten Mal seit langer Zeit akzeptierte Vater meine Anordnung kommentarlos, was uns wirklich erleichterte.

Vermutlich könnt Ihr Euch das Chaos vorstellen, welches die Tuberkulose ausgelöst hat.

Die Krankenhäuser platzen aus allen Nähten, und wer wohlauf ist, achtet an bevölkerten Orten auf einen gehörigen Abstand. Die Situation wird sich meinem Gefühl nach bald entspannen, wenn weiterhin keine Neuinfektionen mehr zu verzeichnen sind. Doch bis dahin habe ich ein strenges Auge auf die Familie.
In Liebe, Theodor

Rosa blickte erst auf, als Wendelin die Kate betrat.

Er legte den Kopf schief. »Schlechte Nachrichten?«

Sie sah sich um. »Wo ist Julia?«

»Dorothea hat gefragt, ob sie beim Plätzchenbacken in der Schule mithelfen möchte.«

Rosa nickte und reichte ihrem Mann das Schreiben, er überflog es und zog sie in die Arme.

»Wie furchtbar. Wir können Theodor für seine Umsichtigkeit gar nicht genug danken.«

Die Liebe, die aus seinen Augen leuchtete, erfüllte ihr Innerstes. »Du sprichst aus, was mir eben durch den Kopf gegangen ist. Gott segne ihn, er ist der Beste von uns.«

»Da ist Theodor anderer Meinung«, sagte Wendelin leichthin. »Für uns und die Siedler bist du das Beste, das uns je widerfahren konnte.«

»Du entwickelst dich zum Schmeichler. Aber danke.« Sie küsste ihn auf die Nasenspitze. »Wir sollten Georg verständigen.«

»Ich bin davon überzeugt, dass Theodor ihn ebenfalls informiert hat.« Wendelin zog sie mit sich ins Freie. »Lass uns mal schauen, ob wir bei Dorothea ein paar Plätzchen stibitzen können. Julias Mama hat sicher auch Appetit darauf.«

Rosa schmunzelte. »Da sage ich nicht Nein.«

Kapitel 2

Theodor

Prenzlauer Berg, 15. Dezember 1888

Erschöpft wischte sich Theodor über die Augen. Seit vier Jahren leitete der Mittdreißiger das Familienunternehmen *Schuherzeugung Breitenbach,* das sein Vater im Lauf von fünfundzwanzig Jahren zu einem der erfolgreichsten und einflussreichsten Unternehmen des Kaiserreiches aufgebaut hatte.

Es war bereits nach fünf, und er diktierte seiner Sekretärin in der Schreibstube einige Briefe. Wegen der schwer erkrankten Schuhmacher, für die Theodor so schnell keinen Ersatz finden konnte, gab es Probleme in der Fertigung und mit der Auslieferung ihrer Waren. Doch ihre Fabrik war bei Weitem nicht die einzige, die gegen das Chaos kämpfte, das die Tuberkulose in der Hauptstadt angerichtet hatte.

Theodor blickte hinaus in den klaren und kalten Wintertag. »Ich habe überlegt, den alten Wagner zu fragen, ob er uns aushilfsweise zur Verfügung steht, bis die neuen Schuhmacher im Februar ihren Dienst antreten.«

»Siegbert Wagner? Ich weiß nicht recht, er müsste hoch in den Sechzigern sein«, gab Fräulein Nehlsen zu bedenken und rückte ihre Brille zurecht, die ihr auf die Nasenspitze gerutscht war. Die ledige Endvierzigerin stand seit vielen Jahren in ihren Diensten und genoss längst das uneingeschränkte Vertrauen seines Vaters.

»Richtig«, erwiderte Theodor. »Herr Kovacz hat mir vor nicht allzu langer Zeit erzählt, dass sie im Frühjahr noch gemeinsam auf Wanderschaft in Mecklenburg waren. Er soll für sein Alter sehr rüstig sein.«

»Gut, Herr Breitenbach. Fragen kostet ja nichts.« Fräulein Nehlsen suchte seinen Blick. »Wie geht es Ihrem Herrn Vater? Er wird unter der Belegschaft vermisst.«

Was insbesondere für Sie selbst gilt, dachte Theodor bei sich, kannte er doch ihre Schwäche für seinen charismatischen Vater, der seiner früh verstorbenen Frau und Mutter von Theodor, Georg und Rosa bis zum heutigen Tag treu geblieben war. »Es geht ihm gut, danke vielmals. Er erwartet, dass ich ihn allabendlich über die Vorgänge in der Fabrik auf dem Laufenden halte.«

Seine Sekretärin schmunzelte. »Richten Sie ihm bitte herzliche Grüße aus.«

»Das mach ich.« Er wehrte ab, als sie neues Papier in die Schreibmaschine spannen wollte. »Dafür ist morgen auch noch Zeit. Sie können jetzt gehen. Einen schönen Feierabend.«

Auch Theodor machte sich wenig später auf den Heimweg.

Felix kam ihm im Empfangsraum entgegen. Für seine dreizehn Jahre war er groß und wirkte mit seinen zu lang geratenen Armen und Beinen wie ein Fohlen.

Theodor strich über seine blonden Locken. Felix protestierte nicht, dennoch schienen ihm die väterlichen Zärtlichkeiten immer häufiger unangenehm zu sein. *Er wird allmählich erwachsen,* durchfuhr es ihn. »Wie war dein Tag, mein Junge?«

»Der Lehrer hat mir Extraaufgaben in Englisch aufgegeben«, erwiderte Felix gepresst. »Ich soll meine Aussprache verbessern.«

Theodor schlug ihm auf die Schulter. »Das schadet nicht. Denke an Tante Rosa und Onkel Georg, auch sie haben ein paar Monate lang Englischlektionen genommen.«

»Ich weiß, aber es macht keinen Spaß. Papa, ich bin jetzt fertig. Kann ich draußen Fußball spielen?«

»Sicher. Wo ist Vanda?«

»Mit Isa in der Badestube.« Damit war Felix zur Tür hinaus.

Nur Momente später stand Theodor in der geöffneten Tür der Badestube, kreuzte die Arme vor der Brust und beobachtete, wie seine zweite Frau die acht Wochen alte Tochter wusch. Vanda fand, dass sie mit der geraden Nase und dem wachen Blick ihm und seinem Vater ähnelte, die großen blauen Augen hatte sie jedoch von ihr. Isa hatte selbst Felix um den Finger gewickelt. Er betete sie an, obwohl er nicht viel mit dem winzigen Bündel anzufangen wusste.

Auf Vandas feinen Zügen lag ein Strahlen, als sie ihn bemerkte. Jäh stand ihm wieder seine erste Begegnung mit ihr vor Augen. Sie war als Tänzerin im beliebten Vergnügungslokal Neue Welt aufgetreten und hatte ihn mit ihrer Anmut und natürlichen Schönheit sofort verzaubert. Theodor war zu jener Zeit noch in seiner denkbar unglücklichen Ehe mit Elena gefangen. Doch die Zeiten lagen zum Glück hinter ihm. Einige Monate nach der Scheidung hatte er seine Vanda geheiratet. Seitdem kümmerte sie sich um Felix und hatte stets ein liebevolles Auge auf seinen Vater. Als Familienoberhaupt hatte dieser anfangs Vorbehalte gegen die »Hupfdohle« gehegt, doch inzwischen standen sich Vanda und er sehr nahe. Eine überraschende Entwicklung, die Theodor dem Einfühlungsvermögen seiner Frau zuschrieb.

»Wir beide haben schon sehnsüchtig auf dich gewartet, nicht wahr, Isa?«, riss Vanda ihn aus den Gedanken.

Sie würde nie ermessen können, wie viel es Theodor bedeutete, sie so glücklich zu erleben. Nach fast drei Jahren

Kinderlosigkeit hatten sie die Hoffnung beinahe aufgegeben, ihre Familie doch noch zu vergrößern. Wobei er bis zu seinem letzten Atemzug dankbar und zufrieden gewesen wäre, in ihr seine große Liebe gefunden zu haben. Zu seinem persönlichen Glück brauchte er nur Felix und Vanda, doch ihren Kummer tagtäglich zu fühlen, hatte er kaum ertragen. Als der Gynäkologe dann ihre Schwangerschaft bestätigte, freuten sie sich überschwänglich.

Vorsichtig nahm er Vanda das Kind ab, schlang ein Handtuch um den kleinen Körper und küsste die zarte Wange. Während er Isa wickelte, tauschte das Paar die Neuigkeiten des Tages aus.

»Habt ihr euch inzwischen für eine Aushilfe für Frau Herbart entschieden?« Vanda reichte ihrem Mann einen Tiegel mit Creme.

»Das ist leider nicht so einfach.« Theodor pustete auf Isas Bauch, bis sie gluckste. »Wir wissen bisher nicht, ob und wann sie zurückkommt. Unsere Bewerberinnen brauchen verständlicherweise eine klare Aussage über die Dauer der Beschäftigung.«

»Ich könnte aushelfen.« Vandas blaue Augen senkten sich in seine. »Damals, als ich in einer Damenschneiderei tätig war, habe ich mich zeitweilig auch um Bestellungen und die Kasse gekümmert.«

Theodor lachte leise. »Deine Hilfsbereitschaft in allen Ehren. In welchem Beruf willst du noch arbeiten, abgesehen von den letzten dreien?«

»Jedem, der benötigt wird, mein lieber Mann«, konterte sie und nahm Isa auf den Arm.

Theodor betrachtete sie nachdenklich. »Du hast keine Erfahrung im Sekretariat. Außerdem, wie stellst du dir das vor mit der Kleinen?«

»Ich könnte Isa mitnehmen, sie schläft viel«, antwortete Vanda hastig. »Mit zwei Stunden täglich wäre euch bestimmt schon gedient, oder nicht?«

»Fräulein Nehlsen wäre für jede Hilfe dankbar. Aber du musst das nicht tun.«

»Ich würde aber sehr gern«, fuhr Vanda unbeirrt fort. »Mir fällt zu Hause die Decke auf den Kopf. Will ich Magda oder Simon bei der Hausarbeit zur Hand gehen, schicken sie mich entsetzt fort. Felix ist in der Schule, und du bist im Betrieb.« Ihre Stimme wurde einschmeichelnd. »Fräulein Nehlsen wird mich schon einweisen. Ich lerne schnell. Mir würde es Freude machen, euch zu unterstützen. Bitte sag Ja.«

Theodor unterdrückte ein Schmunzeln. Vandas Hartnäckigkeit kannte er zur Genüge, eine Eigenschaft, die sie mit seiner Schwester Rosa teilte. Und bei beiden Frauen fiel es ihm schwer, ihnen eine Bitte abzuschlagen. »Am besten sprichst du selbst mit Fräulein Nehlsen. Für den Fall, dass sie einverstanden ist, überlasse ich ihr die Entscheidung.«

Vanda küsste ihn. »Danke. Wir werden sehen, nicht wahr?«

In ihren Augen erkannte er einen kämpferischen Schimmer.

Als Isa schlief und Vanda mit Felix Lebkuchen backte, suchte Theodor seinen Vater auf. Wie meist am späten Nachmittag, wenn es in der Stadtvilla ruhiger zuging, las dieser ausgiebig die Tageszeitungen.

Hermann Breitenbach war im Lauf der Jahre ergraut, was seine scharfen Gesichtszüge noch eine Spur attraktiver wirken ließ. Seit man eine Herzerkrankung bei ihm festgestellt und er seinem Sohn die Geschäfte überlassen hatte, spielte er meist morgens ein wenig Tennis und ernährte sich gesund. Abgesehen von einer leichten Blässe deutete nichts darauf hin, dass er ständige ärztliche Betreuung benötigte. Er blickte auf, als Theodor eintrat.

»Guten Abend, mein Junge. Du kommst spät. Hat Evchen dich aufgehalten?« Er war der Einzige, der Fräulein Nehlsen mit dem Vornamen ansprechen durfte.

»Genau genommen war es umgekehrt«, gab Theodor unumwunden zu. »Unsere Frau Herbart fehlt uns als zweite Kraft an allen Ecken und Enden.«

Hermann schüttelte bekümmert den Kopf. »Diese furchtbare Seuche. Nimm Platz. Was gibt es Neues in der Firma?«

Theodor setzte ihn über die Ereignisse in Kenntnis.

»Überlass die Suche nach ein paar Aushilfskräften mir. Ich werde eine Annonce aufgeben«, meinte sein Vater anschließend. »Die Idee, unseren Siegbert Wagner um Hilfe zu bitten, finde ich übrigens ausgezeichnet. Ich setze mich mit ihm in Verbindung.«

»Danke.« Theodor forschte im Gesicht seines Vaters. »Du weißt, wir haben Schwierigkeiten, Frau Herbart zu ersetzen. Vanda möchte gern täglich zwei oder drei Stunden für sie einspringen. Sie ist wild entschlossen, sich von Fräulein Nehlsen einarbeiten zu lassen, und du weißt, was das bei meiner lieben Frau bedeutet.«

Zu Theodors Verblüffung nickte sein Vater lediglich. »Vanda ist eine patente Frau. Wenn sie Freude an einer Aushilfstätigkeit hat, warum nicht?« Er zwirbelte nachdenklich seinen Bart. »Dann nimmt sie Isa sicher mit, oder? Sie kann im Stubenwagen im Archiv neben der Schreibstube schlafen.«

Theodor traute seinen Ohren kaum. Kein Protest, kein Monolog über Mutterpflichten oder Ähnliches? »Gut, Fräulein Nehlsen darf entscheiden.« Er blinzelte. »Ihr habt euch abgesprochen, gib es zu.«

Sein Vater, der den Siegelring an seiner rechten Hand betrachtete, zog seine buschigen Brauen zusammen. »Das würden Vanda und ich niemals tun.« Die Sorgenfalten auf seiner Stirn vertieften sich jäh. »Ich habe Simon und Magda übrigens angewiesen, unseren kranken Mitarbeitern und deren Familien Lebensmittel zukommen zu lassen. Ihnen fehlt es wegen der kostspieligen Medikamente am Nötigsten.«

Theodor nickte. »Auch Vanda und ich haben uns Gedanken gemacht, Doktor Schubert junior soll die Rechnungen für die Medizin an uns schicken.«

Der Hausarzt der Familie Breitenbach war inzwischen pensioniert und hatte seinem Sohn Fred die Praxis übergeben, die dieser mit frischem Elan führte.

Hermanns Züge wurden weich. »Das ist eine vortreffliche Idee, mein Sohn. Wissen die Familien davon?«

»Nein, ich informiere sie in den nächsten Tagen.«

»Wir werden ihnen hoffentlich die schwere Zeit ein wenig erleichtern.« Hermanns Blick schweifte in die Ferne, danach kam er bei seinem Sohn zur Ruhe. »Halte in Herrgotts Namen Abstand von den armen Infizierten.«

Theodor winkte ab. »Ich bekomme sie gar nicht zu Gesicht. Doktor Schubert hat sie sofort vom Rest der Familie isoliert.«

»Das beruhigt mich.« Sein Vater deutete auf eine aufgeschlagene Seite des *Berliner Tageblatts* auf dem Tisch. »Ich nehme an, du hattest bisher keine Gelegenheit, die heutige Ausgabe zu lesen?«

»Gut geraten. Tagsüber bleibt mir kaum Zeit zum Luftholen.«

Hermann beugte sich näher. »Dann lies die betreffende Seite aufmerksam.«

Kaspar Meißner zieht sich in ein Schweizer Sanatorium zurück, stand in Fettschrift auf der zweiten Seite. Der Name genügte, um Theodors Blut in Wallung zu bringen. Eigentlich war er von Natur aus ein friedfertiger Charakter, aber Meißner weckte in ihm den Wunsch nach einer ausgleichenden Gerechtigkeit. Der liebe Gott lässt die Bäume nicht in den Himmel wachsen, hatte seine Mutter gern angemerkt, und auch er hoffte darauf, dass

Meißner eines Tages für alles bezahlen musste, was er insbesondere seinem Vater angetan hatte. Theodor überflog den Bericht und rieb sich die Augen. »Der Kerl muss krank sein, ansonsten würde er die Firmenleitung nie seinem Geschäftsführer überlassen.«

»Schon gar nicht auf unbestimmte Zeit«, wandte Hermann ein. »Zumal die neue Frühlings- und Sommerkollektion in den Startlöchern steht. Kaspar hat noch nie etwas dem Zufall überlassen.«

»Der Mann ist es nicht wert, dass wir uns seinetwegen den Kopf zerbrechen.« Theodor legte eine Hand auf die Schulter seines Vaters. »Du hattest heute eine Untersuchung bei Doktor Schubert. Was hat er gesagt?«

»Er ist recht zufrieden«, erwiderte Hermann.

Theodor spürte deutlich, dass seinem Vater das Thema missfiel, wie alles, was ihn an seine Gebrechlichkeit erinnerte.

»Ich habe die Geschäftsbücher gründlich studiert«, wechselte Hermann das Thema. »Die Wirtschaft boomt, unsere Zahlen sowie die unserer Tochterfabrik sind ausgezeichnet. Wir sollten im kommenden Jahr erweitern, unsere Lager und Fertigungshallen platzen aus allen Nähten. Was meinst du?«

Theodor gab sich redlich Mühe, nicht zu schmunzeln. Seit mindestens zwei Jahren lag er seinem Vater mit einem Ausbau von *Schuherzeugung Breitenbach* in den Ohren, und nun tat dieser, als wäre es seine ureigene Idee.

»Ich gebe dir recht, Vater. Wir benötigen dringend eine neue Fertigungshalle für Sportschuhe und mehr Lagerkapazität. Außerdem sind wir mit Fuhrwerken etwas knapp bestückt.«

»Das deckt sich in etwa mit meiner Einschätzung«, sagte Hermann.

Theodor lächelte. »Wunderbar. Ich werde einen Architekten engagieren, der die Pläne mit uns ausarbeitet. Du hast die Zahlen gesehen, wie viele zusätzliche Arbeiter werden wir deiner Meinung nach benötigen?« Soweit möglich, bezog er seinen Vater in die Entscheidungen mit ein, seine Erfahrungen kamen dem Unternehmen stets zugute.

»Ich mache mir darüber Gedanken.« Hermanns Blick blieb an dem Beistelltisch mit der gerahmten Fotografie von Rosa, Wendelin und der kleinen Julia haften. Daneben stand eine Aufnahme mit Georg, der neuerdings einen Zwicker auf der Nase trug, und dem feingliedrigen, dunkelhaarigen Levy, der seine Narbe am Kinn mit einem Bart versteckte. Wie sie lässig gegen einen Flügel lehnten und einander ins Gesicht lachten, machte ihre enge Bindung deutlich. »Ich wünschte, wir könnten das Weihnachtsfest gemeinsam feiern. Julia ist ihrer Mutter wie aus dem Gesicht geschnitten. Sie sollte ihren Großvater und Onkel endlich kennenlernen.«

Theodor teilte seine Empfindungen. Er vermisste seine Geschwister Rosa und Georg schmerzlich, wegen der labilen Gesundheit seines Vaters erschien es ihm aber zu riskant, ihm die Geschäfte für eine längere Zeit zu überlassen.

»Sie wollen das nächste Weihnachtsfest mit uns verbringen. Rosa meinte, dann wäre Julia alt genug. Sie brennen darauf, Vanda und Klein-Isa in die Arme zu schließen.«

»Wir sollten nicht voneinander getrennt sein«, sagte sein Vater wie zu sich selbst.

Die Traurigkeit in seiner Stimme setzte Theodor zu. »Sehen wir es mal positiv. Georg hat sich in Rico zu einem gestandenen und erfolgreichen Mann entwickelt, der weiß, was er will. Er scheint mit seiner Pension und der Fabrik zufrieden zu sein.« Er wies auf die Fotografie seiner Schwester und ihrer Familie. »Außerdem bezweifle ich, dass aus Rosa und Wendelin hier ein Paar geworden wäre. Insofern hat doch alles sein Gutes.« Mehr Vorteile wollten ihm nicht einfallen, mit denen sie beide versuchen konnten, das Beste aus der Situation zu machen.

»Es wird Zeit, dass das Mädchen wieder nach Hause kommt«, murrte Hermann. »Rosa wollte eine Schule in Cortez eröffnen, das hat sie erreicht. Sie wollte ein eigenständiges Leben, auch das hat sie sich aufgebaut. Für die Schule kann sie eine Leitung einstellen. Ich sehe keinen Grund, warum sie noch in diesem gottverfluchten Wilden Westen ausharrt.«

Theodor lachte leise. »Aus dir spricht der liebende Vater.«

»Ja, und?« Hermann wirkte tatsächlich ein wenig verlegen. »Ihr Leben in Berlin wäre um einiges komfortabler. Ich hätte meine Lieben eben gern beisammen.«

Derartige Gefühlsäußerungen hörte man von dem großen Unternehmer selten.

»Wir auch«, meinte Theodor. »Doch selbst wenn uns die Tatsache nicht gefällt, müssen wir uns mit dem Gedanken auseinandersetzen, dass die drei in Colorado bleiben.« Er nahm den Bilderrahmen in die Hand. »Rosa beeindruckt mich immer wieder. Sie ist ungeheuer zielstrebig.«

Hermann lugte auf seine Taschenuhr. »Das stimmt. Es wird Zeit fürs Abendessen. Wollen wir?«

Einträchtig schritten sie nebeneinander ins Speisezimmer. Vanda hatte bereits Platz genommen und wiegte das leise greinende Kind.

Hermann strich Isa über die Wange. »Gib mir mal die Kleine. Sie hat ihren Großvater heute noch nicht gesehen.«

Er nahm Vanda das Kind ab und legte es gegen seine Brust, wo es wenig später einnickte.

Theodor sog die friedliche Szene in sich auf und wechselte einen Blick mit seiner Frau. Hätte er diesen Moment des Glücks nur für immer einfangen können!

Kapitel 3

Georg

Rico, 23. Dezember 1888

Es war Abend. Rosas zwei Jahre älterer Bruder Georg stand auf dem Gehweg vor seinem vornehmen Haus mit den Putten über den Fenstern, das er vor einigen Jahren von seiner Tante Funny geerbt hatte, und betrachtete es versonnen. Er liebte sein Heim, das ungeheuer weiblich auf ihn wirkte, und hatte sich geschworen, es nie zu verkaufen. Der Wind frischte auf und spielte mit seinen halblangen blonden Locken. Der Schnee der letzten Tage war zum Glück bis auf ein paar schmutzige Flecke am Straßenrand geschmolzen. Zierliche Lampen in den Fenstern des Hauses sowie ein Kronleuchter warfen Lichtstreifen auf den dunklen Weg und gaben den Blick auf einen Raum frei, dessen Mittelpunkt ein Flügel darstellte. Ein mannshoher, noch ungeschmückter Tannenbaum stand vor einer Bar, eine Handvoll Sofas und runde Tischchen luden zum Verweilen ein. Ein leichtes Lächeln umspielte seinen Mund. Freudige Erwartung ergriff ihn. In weniger als einer Stunde würde sein Klavierabend beginnen, an dem er anstelle der üblichen klassischen Stücke traditionelle Weihnachtsmusik spielen würde. Für ihn konnte es kaum einen schöneren Anlass geben, gemeinsam mit Jung und Alt zu feiern, als den vierten Advent, der dieses Jahr auf den Tag vor Heiligabend fiel.

Nichts an dem Salon erinnerte mehr an dessen Vergangenheit. Georg entsann sich seines Entsetzens, als er feststellen musste, dass seine Tante keine Pension geführt hatte, wie sie seiner Familie weisgemacht hatte, sondern ein Female Boarding House, welches sie im großen Stil betrieben hatte. Zu ihrem Bordell gehörten vier Damen, die unterschiedlicher nicht hätten sein können und sich dennoch eng miteinander verbunden fühlten. Die dunkelhäutige Schönheit Jessi war ein Kind ehemaliger Sklaven, der die Männer nachsagten, ihre Haut dufte nach Schokolade. Dann gab es Fat Liddy, deren enormer Busen so manchen Blick auf sich zog, Blind Katy, die für ihre Feinfühligkeit bekannt war, und die Mexikanerin Olivia, die einen besonderen Platz in seinem Herzen innehatte.

In Berlin hatte er stets nach hohen moralischen Maßstäben gelebt, bereits von den Kindern, und vor allem den Mädchen, wurde unbedingter Gehorsam erwartet. Liddy, Jessi, Katy und Olivia hingegen taten nur, was ihnen gefiel, und besaßen wahrscheinlich mehr Einfluss auf die Männer, welche die Geschicke Ricos lenkten, als alle Ehefrauen der Stadt zusammen. Sie schliefen mit Beamten, Stadtkämmerern und zuweilen auch mit Sheriffs, entlockten ihnen so manches Geheimnis, und um die Damen zum Schweigen zu verpflichten, verschafften die Männer ihnen einige Privilegien.

Seit einiger Zeit sorgte er sich jedoch zunehmend um die vier. Noch waren sie jung und ihre Körper fest. Was aber sollte aus ihnen werden, wenn ihre Brüste allmählich erschlafften oder sich die ersten Runzeln in ihre Gesichter schlichen? Sie sich als Ehefrauen oder Mütter vorzustellen, erschien Georg schier unmöglich. Sie waren geborene Unterhaltungsdamen, wussten einen Mann mit ihren Reizen zu fesseln und genossen ein Leben im Luxus. Von Kindererziehung und Kochen verstanden sie unglücklicherweise genauso wenig wie er, zumal sich wohl ohnehin kein anständiger Kerl für sie entscheiden würde.

Zu Georgs Entsetzen, plötzlich Bordellbesitzer zu sein, hatten sich bald Mitgefühl und Bewunderung für die Damen, die ihr Leben selbstbewusst und zuweilen auch ein wenig skrupellos bestimmten, gesellt. Dennoch war er heilfroh, als ihm die charmante Prostituierte Laura Golding seine Frauen abgekauft hatte, mit der ihn seitdem eine innige Freundschaft verband. Danach hatte Georg es eilig gehabt, das Etablissement in eine seriöse Pension zu verwandeln. Wie nicht anders zu erwarten, lag anfangs ein Makel über dem Haus, doch je mehr Zeit verstrich, umso mehr geriet das ehemalige Bordell in Vergessenheit, und die ersten Pensionsgäste fanden sich bei ihm ein.

Im Salon, von dem vier Zimmer abgingen, strömte Georg der Duft von Zimt, Nelken und gebratenen Äpfeln entgegen, die der neunzehnjährige Levy zubereitet hatte. Der jüdische Emigrant arbeitete bei ihm als Mädchen für alles, bewohnte eine kleine Kammer neben der Küche im hinteren Trakt und war aus seinem Leben nicht mehr wegzudenken.

Eine zierliche Person betrat den Salon mit einem Korb auf dem Arm. Olivias sonnengelbes, hochgeschlossenes Kleid trotzte den winterlich tristen Farben, und Georg beobachtete, wie sie den Weihnachtsbaum mit Strohsternen und weißen Kerzen schmückte, wie es in seiner Heimat Brauch war. Olivia war ihm bereits bei ihrer ersten Begegnung aufgefallen. Obgleich sie damals dem ältesten Gewerbe der Welt nachging und die Männer mit ihren Reizen zu umgarnen verstand, strahlte sie Würde aus. Die Erinnerung an den Moment, in dem sie geweint hatte, weil sie ein Kind erwartete, holte ihn jäh wieder ein. Ein Kind, aus einem lieblosen Akt entstanden, mit einem Vater, an den sie sich nicht mehr erinnerte. Laut einem Gesetz war es Prostituierten verboten, Kinder aufzuziehen, weshalb man sie ihnen gleich nach der Geburt fortnahm. Olivia fürchtete sich davor, das Neugeborene zu lieben, wenn sie es erst sehen oder berühren würde, um es dann womöglich den Rest ihres Lebens zu vermissen.

Ihre Verzweiflung berührte Georg tief, und während er sie unbeholfen zu trösten versuchte, wurde ihm bewusst, dass sie sich still und leise in sein Herz geschlichen hatte.

Als seine Freundin Laura einige Wochen später mit Tante Funnys ehemaligen Damen das geplante Bordell eröffnete, war Olivias Zerrissenheit deutlich zu spüren. Sie schien sich dort nicht wohlzufühlen.

Bald darauf gestand sie ihm, dass sie sich von dem Milieu verabschieden wolle und nach einem Ausweg suche.

Eine Nacht lang wog Georg das Für und Wider ab, dann suchte er sie am folgenden Tag in Lauras Büro auf, wo sie sich bis zur Geburt um die Korrespondenz und den Einkauf kümmern sollte.

Nie würde er ihre Betroffenheit vergessen, als er ihr anbot, sie zu heiraten. »Du könntest das Kind behalten und an meiner Seite ein neues Leben beginnen.«

»Was sagt deine Familie dazu?«, warf sie fassungslos ein.

Er umfasste ihre Schultern. »Olivia, ich gedenke, mein Leben nach eigenen Wünschen zu gestalten.«

Die Stille, die seinen Worten folgte, lastete plötzlich zentnerschwer auf ihm.

Sie trat zu ihm. »Ich habe dich nicht verdient, Georg«, sagte sie mit brüchiger Stimme und nahm seine Hände in ihre. »Ich danke dir für das großherzige Angebot. Das bedeutet mir sehr viel. Aber ich tauge nicht als Eheweib und würde jeden guten Mann unglücklich machen. Auch dich.«

Er hauchte einen Kuss auf ihren Handrücken. »Ich bin anderer Meinung. Du bist warmherzig und klug, außerdem stelle ich keine Erwartungen an dich. Ich möchte für dich sorgen und werde dir ein guter Ehemann und deinem Kind ein liebevoller Vater sein, das verspreche ich dir.«

Er brach ab, weil Olivia einen Finger auf seinen Mund legte. Dabei drängte es ihn, ihr ins Ohr zu flüstern, dass ihn ihre Vergangenheit nicht kümmerte. Er liebte ihr sanftmütiges und lebhaftes Wesen. Was mehr konnte er sich von einer Frau erhoffen?

In ihren dunklen Augen entdeckte er einen Hauch von Traurigkeit. »Das weiß ich«, sagte sie leise. »Bitte versteh mich doch. Ich will das Kind nicht. Was soll ich ihm erzählen, wenn es nach seinem Vater fragt? Es würde in dem Bewusstsein aufwachsen, ungewollt zu sein.« Ihre Augen füllten sich mit Tränen. »Das Kleine hat eine Familie verdient, die es behütet aufzieht. Außerdem bin ich vermutlich jedem Einwohner in Rico bekannt. Hast du das bedacht? Man würde über uns reden, weil du mit einer ehemaligen Hure verheiratet bist. Ich bin das Getratsche gewohnt, aber du bist ein angesehener Geschäftsmann und hast viel zu verlieren.« Sie berührte sanft seine Wange. »Du kannst es dir nicht leisten, eine Frau wie mich zu heiraten.«

Georg wollte protestieren, aber er brachte kein Wort heraus. Sein Herz schlug dumpf und schwer gegen die Rippen.

»Du gehörst hierher«, fuhr sie fort. »Ich hingegen müsste die Stadt verlassen, um irgendwo neu anzufangen. Das kommt für mich aber nicht infrage, ich möchte in Liddys, Katys und Jessis Nähe bleiben.« Sie hob die Schultern. »Wir sind nicht füreinander bestimmt. Du findest eine bessere Frau, ganz bestimmt.«

Natürlich hatte er mit einer Abfuhr rechnen müssen, nicht jedoch, dass ihn ihre Worte so schmerzlich treffen würden.

»Darf ich dir wenigstens bei der Suche nach einer anderen Arbeitsstelle helfen?«, gelang es ihm schließlich, zu fragen.

Sie löste sich von ihm. »Kennst du denn jemanden, der mich einstellen würde?«

»Ja, ich«, erklärte er fest. »Levy ist ein guter Koch und Kellner für die Frühstücksgäste und die Bar. Für die Ausstattung der Pension, die Reservierungen und die Organisation meiner Klavierabende benötige ich dringend eine zusätzliche Kraft. Die Leitung der Firma nimmt seit der Erweiterung im vergangenen Jahr immer mehr Zeit in Anspruch, deshalb suche ich händeringend nach einer Kraft, die unseren Gästen den Aufenthalt so angenehm wie möglich gestaltet.« Er lächelte leicht, spürte aber sogleich, dass es schief geraten war.

So kam es, dass Georg am nächsten Morgen mit Laura sprach, die schöne Mexikanerin zwei Wochen später in seinen Dienst trat und die Kammer neben Levys Reich bezog. In den ersten Wochen fühlte er in ihrer Nähe Beklommenheit, wenn er ihren sich allmählich wölbenden Bauch und die dunklen Ränder unter ihren Augen sah, die von schlaflosen Nächten zeugten.

Olivias stille Freude über ihren Neuanfang überwog schließlich, und sie brachte ein paar Monate später einen gesunden Jungen zur Welt, den die Hebamme sofort wegbrachte. Olivia weinte herzzerreißend, fand aber zu Georgs Erleichterung im Lauf der nächsten Wochen ihr inneres Gleichgewicht zurück. Ihre Entscheidungen änderten allerdings nichts an seinen Gefühlen. Aber womöglich sollte er ihr sogar dankbar sein, dass sie seine Illusion von einer Ehe aus Liebe im Keim erstickt hatte.

Rückblickend betrachtet, bewunderte er ihre Haltung und räumte im Stillen ein, dass sie vermutlich die richtige Entscheidung getroffen hatte. Das alles lag nun rund vier Jahre zurück, in denen Olivia und er gute Freunde geworden waren.

»Soll ich die Geschenke auch an den Weihnachtsbaum hängen?«, riss sie ihn jetzt aus seinen Erinnerungen. In liebevoller Kleinarbeit hatte sie bunte Päckchen mit Süßigkeiten für die Kinder gefüllt, denn er erwartete heute neben den Pensionsgästen auch einige Familien zum Klavierabend.

»Das überlasse ich dir«, sagte Georg und eilte ins Obergeschoss, wo sich sein privater Bereich, ein Waschraum und ein Gästezimmer für die Familie befanden. Dort schlüpfte er in ein weißes Hemd, seine eng geschnittene schwarze Hose und das Dinnerjacket, das ihm Misses Saterlee aus der Main Street eigens für seine Konzerte geschneidert hatte. Zum Schluss steckte er sich noch ein Taschentuch in die Brusttasche und kämmte sein Haar nach hinten.

Nachdenklich rückte er eine gerahmte Fotografie seiner verstorbenen Tante Funny zurecht, neben der die Kette lag, deren silberner Anhänger einen weißen Ahorn aufwies. Sie hatte die Kette bis zu ihrem Tod niemals abgelegt. Seiner Tante verdankte er nicht nur dieses bezaubernde Haus, sie hatte der Familie obendrein das Grundstück geschenkt, auf dem nun die Tochterfabrik der *Schuherzeugung Breitenbach* stand. Mit *Breitenbach Shoes* hatte er sich in den letzten Jahren hauptsächlich wegen der robusten Arbeitsschuhe einen Namen gemacht.

Georg küsste seinen Siegelring. Das Symbol des Ahorns bedeutete ihm und seiner Familie viel, und plötzlich vermeinte er wieder, die sanfte Stimme seiner Mutter zu hören, die ihm und seinen Geschwistern dessen Bedeutung erklärt hatte.

»Viele Jahre muss der Ahornbaum wachsen, neue Äste und Zweige bilden und seine Wurzeln tief in der Erde verankern, bevor er stark genug ist, den Stürmen des Lebens zu trotzen. Euer Vater ist wie der Stamm – er hat die Fabrik gegründet. Stellt euch vor, ihr seid die drei kräftigsten Äste, die den Baum krönen und sich weiter und weiter verzweigen. Es mögen Zeiten kommen, in denen es unser Ahorn schwer hat, bei Unwetter zu überleben. Es liegt an euch, ob er einmal ein stolzer Baum wird, der andere überragt. Habt ihr verstanden?«

»Ja, Mutter«, hatten sie zu dritt eifrig und wie aus einem Mund versichert.

»Nur wenn ihr in schweren Zeiten fest zusammenhaltet und weise Entscheidungen trefft, wird die Firma durch eure Kinder und Enkel fortbestehen«, endete sie. »Versprecht uns und euch, dass ihr diese Worte immer im Herzen tragt.«

Daraufhin hatte der Vater ihnen die Siegelringe mit feierlicher Miene an die Finger gesteckt, und sie begingen ihr Gelöbnis mit einem Festessen.

Als Heranwachsender hatte er sich in jenem Moment wie ein Auserwählter gefühlt, wie Lancelot etwa, während er von König Artus zum Ritter geschlagen wurde. Keiner seiner Freunde und Kameraden besaß ein so außergewöhnliches Schmuckstück. Im Lauf der Jahre jedoch schien der Siegelring an der linken Hand täglich schwerer zu werden, denn er bedeutete auch die Verpflichtung, wenn es darauf ankam, das Wohl der Familie über das eigene zu stellen. Ansonsten wäre er nie Buchhalter bei *Schuherzeugung Breitenbach* geworden. Zum Glück lagen diese Jahre hinter ihm, er hatte nicht nur seinen Vater stolz gemacht, sondern bewies ihm darüber hinaus tagtäglich mit der Leitung der Tochterfabrik, dass er mehr war als der verträumte Schreibtischtäter, für den ihn der Senior lange Zeit gehalten hatte.

Als Georg in den Salon trat, der zugleich als Frühstücksraum diente, ließen sich die Waterstones, die übers Weihnachtsfest ein Zimmer bei ihm gebucht hatten, gerade von Levy den besten Whisky kredenzen, den die Pension vorrätig hatte. Georg hieß das ältere Paar sowie eine junge Familie mit ihren Zwillingen willkommen, da bimmelte die Türglocke erneut, und eine kleine und zwei große Gestalten schoben sich ins Innere.

Ein Mädchen mit blonden Zöpfen stürmte auf ihn zu und umschloss seine Beine.

»Onkel Georg!«, rief Julia begeistert.

Er nahm sie hoch und drückte sie an sich. Mit weit aufgerissenen Augen starrte er auf ihre Eltern, die lächelnd nähertraten.

»Da staunst du, nicht wahr?« Rosa schloss ihn samt Julia in die Arme und küsste ihn links und rechts auf die Wange.

Georgs Herz machte einen freudigen Satz, während er die Zärtlichkeiten seiner Schwester fassungslos über sich ergehen ließ. »Was macht ihr … wieso, ich verstehe nicht?«

Wendelin, der die stürmische Begrüßung von Frau und Tochter amüsiert verfolgt hatte, stellte einen Koffer ab. »Wir wollen natürlich Weihnachten mit dir feiern. Außerdem hast du heute Geburtstag, oder dachtest du, wir hätten das vergessen?«

Rosa küsste ihn noch einmal herzhaft auf die Wange. »Herzlichen Glückwunsch, Brüderchen.«

Die Gäste, die die Szenerie beobachtet hatten, klatschten. Julia hatte unterdessen die Arme um seinen Hals geschlungen und schmiegte sich an ihn.

Georg räusperte sich. »Dass ihr so unverhofft vor mir steht, ist die schönste Geburtstagsüberraschung überhaupt. Wie lange könnt ihr bleiben?«

»Bis ins neue Jahr, wenn es dir recht ist«, sagte Rosa und stupste Wendelin liebevoll in die Seite. »Mein lieber Mann hat unser Haus verbarrikadiert und rundum mit Stacheldraht gesichert. Florence behält derweil das Grundstück im Auge und schießt jedem vor die Füße, der sich uns weiter als auf zwanzig Schritt nähert.«

Georg lächelte. »Das wird vermutlich niemand wagen. Wie schön, dass ihr nicht nur auf Stippvisite gekommen seid.« Er setzte seine Nichte ab und winkte Levy. »Bring das Gepäck bitte nach oben ins Gästezimmer und sorge dafür, dass es meiner Familie an nichts fehlt.«

Levy zwinkerte Julia zu, nahm ihren Eltern die Mäntel ab und verbeugte sich leicht. »Guten Abend, die Herrschaften.

Wie schön, Sie zu sehen.« Er wandte sich an den Hausherrn. »Bin schon unterwegs.«

Georgs Blick fiel auf Olivia, die Gebäck und andere kleine Köstlichkeiten auf die Tische stellte, und winkte ihr.

Als sie Rosa und Wendelin gewahr wurde, huschte ein Strahlen über ihr Gesicht.

»Was für eine großartige Überraschung.« Olivia sah Georg strafend an und drückte Rosas Hände. »Wieso hast du mir nichts von dem Besuch erzählt?«

»Ich wusste es selbst nicht«, erwiderte er.

Zwei hochgewachsene Männer in langen Mänteln betraten die Pension und nickten Georg zu. »Bitte entschuldigt mich«, sagte Olivia mit ihrer weichen, tiefen Stimme, »ich muss mich um die Neuankömmlinge kümmern. Wir sprechen uns später.«

»Gern«, antwortete Rosa warm und drehte sich zu ihrem Bruder um. »Du liebst sie immer noch, nicht wahr?« Ihre Frage klang eher nach einer Feststellung.

»Ich kann nichts dagegen tun«, sagte Georg leise. Die Tatsache, dass Rosa nie abfällig von Olivia sprach, obwohl sie ihre Vergangenheit kannte, brachte ihm seine Schwester noch näher. Er hauchte einen Kuss auf ihre Stirn und wandte sich Wendelin zu. »Ihr möchtet euch vor dem Konzert bestimmt noch frisch machen.«

»Nicht nötig«, meinte sein Schwager. »Wir sind bereits heute Nachmittag eingetroffen und durften uns in Lauras Haus umziehen.«

Georg kniff in gespielter Entrüstung die Augen zusammen. »Ach, ich verstehe. Die Überraschung ist euch jedenfalls gelungen. Setzt euch, und wünscht mir Glück.«

Der Abend würde Georg noch lange im Gedächtnis bleiben. Kerzen tauchten den bis auf den letzten Platz gefüllten Salon in festliches Licht. Die erwartungsvollen Gesichter der Kinder, die sich aufs Christkind freuten, erinnerten ihn an längst vergangene Zeiten, als seine Geschwister und er in der Nacht vor dem Heiligen Abend vor Aufregung kaum ein Auge zugetan hatten. Rosa, Wendelin und Julia in diesem Moment vor sich zu sehen, während er die ersten Akkorde eines Weihnachtsliedes anstimmte, erfüllte ihn mit reiner Freude.

Nach dem Konzert applaudierten die Gäste begeistert und versicherten Georg, auch seinen nächsten Klavierabend besuchen zu wollen. Als sie gegangen und die Kerzen gelöscht waren, las er Julia eine Gutenachtgeschichte vor. Danach tauschten Rosa, Olivia, Wendelin und er noch Neuigkeiten aus und genossen das Beisammensein. In dieser Nacht schlief er tief und traumlos.

Der nächste Morgen begann mit strahlendem Sonnenschein, und Georg beschloss kurzerhand, mit seiner Familie eine Kutschfahrt zu unternehmen, um ihr die bezaubernde Berglandschaft zu zeigen. Mit von der Kälte geröteten Nasen kehrten sie später zurück und wärmten sich mit heißem Früchtetee. Wendelin und Rosa erzählten gerade von dem neuen Lehrer, der die Belegschaft der Breitenbach School im nächsten Jahr verstärken würde, berichteten von der guten Ernte auf ihrer Obstplantage und den Skunks, die zu ihrem Leidwesen regelmäßig auf ihrem Grundstück umherstreiften und einen erbärmlichen Gestank verbreiteten. Da bimmelte die Türglocke.

Georg erhob sich. »Ich gehe schon.«

Der Postbote Angus Melony lüftete seinen Hut. »Mister Breitenbach, ein Telegramm für Sie. Merry Christmas!«

»Danke, ebenfalls.« Er schloss die Tür und winkte lächelnd mit dem Umschlag. »Unsere Weihnachtspost ist eingetroffen.«

Rosa zwinkerte. »Ich wette, Theodor ist ein wenig neidisch, dass wir gemeinsam feiern.«

»Mir scheint, jeder außer mir wusste von eurem Besuch«, kommentierte Georg.

Wendelin nickte. »So ist es. Mach die Post endlich auf.«

»Bitte ein Foto.« Julia klatschte. »Ich möchte ein Bild von Isa.«

»Das ist ein Telegramm, kein Brief, mein Schatz«, gab Rosa ihrer Tochter sanft zu verstehen.

Georg öffnete den Umschlag.

Bei Vater wurde Tuberkulose nachgewiesen. Er hat hohes Fieber. Die Ärzte geben wegen seines schwachen Herzens keine Prognose ab. Bitte betet für ihn.

In Liebe, Theodor und Vanda

Für einen kurzen Moment verschwamm Georgs Umgebung, und er schloss die Augen. Jedes einzelne Wort aus Theodors Nachricht hallte wie ein Donnerschlag in ihm nach. Das konnte, das durfte nicht sein. Ganz deutlich sah er seinen Vater vor sich, in seiner typischen stolzen Haltung, eine Hand in die Hosentasche gesteckt, sein wacher Blick, das immer etwas abwesende Lächeln. Ja, er meinte gar, sein Rasierwasser zu riechen. Sich seinen Vater dahinsiechend vorzustellen … erschien ihm undenkbar.

»Grundgütiger.«

Levy, der ihnen Tee nachgoss, verharrte bei Georgs Ausruf in der Bewegung und griff nach Julias Hand. »Schätzchen, uns ist vor ein paar Tagen ein Kätzchen zugelaufen. Es ist noch etwas ängstlich und braucht Streicheleinheiten. Möchtest du es sehen?«

Julia strahlte. »Au ja. Darf ich, Papa?«

Georg warf Levy einen dankbaren Blick zu.

»Geh nur«, antwortete Wendelin.

Die beiden waren kaum aus der Tür, da baute sich Rosa vor ihrem Bruder auf und rüttelte ihn an der Schulter. »Was ist passiert? Du machst mir Angst!«

Er blickte auf, aber seine Kehle war wie zugeschnürt.

Entschlossen riss ihm Rosa das Telegramm aus der Hand, las und reichte es an ihren Mann weiter. Ihre Augen füllten sich mit Tränen. »Oh mein Gott. Armer Vater«, kam es kaum verständlich von ihren Lippen. »Warum passiert das ausgerechnet ihm?«

Darauf fiel weder Wendelin noch ihm eine vernünftige Erklärung ein. Georg zog die beiden in die Arme. In ihm breitete sich eisige Kälte aus.

Die Gewissheit, am anderen Ende der Erde zu leben, viele Tausend Kilometer von ihrem Vater und Schwiegervater getrennt, zur Untätigkeit verdammt und auf Nachrichten angewiesen zu sein, raubte ihnen schier den Atem.

Wenn wir wenigstens über den Fernsprecher mit Theodor sprechen könnten, durchfuhr es Georg. Aber es war fraglich, ob sich die neuartige Erfindung eines Tages bis nach Übersee durchsetzen würde.

Sie hielten einander umfangen und versuchten zu begreifen, was mit ihrem Vater vor sich ging. Rosas Schluchzen schnitt Georg ins Herz. Wendelin trocknete ihre Tränen und strich über ihren zuckenden Rücken.

»Uns bleibt nur zu hoffen und zu beten«, brachte sie irgendwann stockend heraus. »Möge der Himmel über ihn wachen.«

Kapitel 4

Theodor

Prenzlauer Berg, 25. Dezember 1888

In den letzten Tagen vor Weihnachten hatte der Frost die Straßen in gefährliche Rutschbahnen verwandelt, und die Sonne versteckte sich hinter einer geschlossenen Wolkendecke. Wie jedes Jahr hatte Theodor am Samstag vor dem Fest kleine Aufmerksamkeiten an die Belegschaft verteilt und Magda und Simon am Nachmittag des Heiligen Abends zu Punsch und Appetithäppchen eingeladen. Auch ansonsten taten er und Vanda ihr Möglichstes, Felix ein unbeschwertes Weihnachtsfest zu bereiten. Trotzdem gelang es ihnen nicht, die Sorge um den Vater, Groß- und Schwiegervater vor dem sensiblen Jungen zu verbergen. Wenigstens war Isa noch zu klein, um zu verstehen, was die Eltern bedrückte, ein Umstand, der ihnen in dieser Situation wie eine Gnade vorkam.

»Wird Großvater wieder gesund?«, wollte Felix nach dem Gottesdienst von seiner Stiefmutter wissen.

»Ich weiß es nicht, mein Schatz«, erwiderte sie vorsichtig. »Aber wir geben die Hoffnung nicht auf. Dein Großvater ist stark.«

Damit hatte sich der Junge zufriedengegeben, er blieb jedoch ungewöhnlich still.

Am Nachmittag des zweiten Weihnachtstages beschloss Vanda, ihren Mann, der sich nach dem Zustand seines Vaters erkundigen wollte, in die Klinik zu begleiten. Beide hofften, dass man ihnen endlich gestattete, ihn zu besuchen. Felix und Magda würden derweil auf Klein-Isa achten.

Wenig später machten sie sich auf den Weg zur Charité. Als Simon die Pferde vor dem Portal anhielt, küsste Theodor seine Frau und rückte den Zylinder zurecht.

»Du wartest hier. Ich bin in ein paar Minuten zurück.«

»Liebling, bitte«, erwiderte sie schmeichelnd. »Ich möchte dich begleiten.«

Trotz Vandas bittendem Augenaufschlag ließ sich Theodor nicht erweichen.

»Schlag dir das aus deinem hübschen Kopf. Wir können nicht ausschließen, dass es in der Klinik Neuinfizierte gibt, die, ohne es zu ahnen, andere anstecken könnten. Ich möchte das Risiko so klein wie möglich halten.«

Ohne auf ihren Protest zu achten, stieg er aus der Kutsche und steuerte auf das lang gestreckte, altehrwürdige Gebäude zu.

Gleich am Eingang der Quarantänestation fing ihn eine Schwester ab, sie trug eine Haube auf dem streng zurückgekämmten Haar und sah ihn ernst an.

»Guten Tag, Herr Breitenbach, Doktor Rademacher wünscht Sie kurz zu sprechen. Wären Sie so freundlich, einen Moment Platz zu nehmen?« Sie wies auf eine Sitzgruppe nahe der Tür. »Ich sage ihm Bescheid, dass Sie eingetroffen sind.«

Ihr Lächeln sollte beruhigend wirken, erreichte bei Theodor allerdings das Gegenteil.

»Sicher.«

Eine Handvoll junger Mädchen in weißen Kitteln und weißen Hauben schritt an ihm vorüber. Die Hilfsschwestern hingen an den Lippen eines Arztes mit einem Monokel und einem Hörrohr um den Hals, der ihnen offenbar einen Vortrag über die Hygienevorschriften der Klinik hielt. Dann betraten sie einen Raum, und die Tür schloss sich hinter ihnen.

Die einsetzende Stille zerrte an Theodors Nerven, und von der inneren Unruhe getrieben, begann er auf und ab zu laufen. Minuten wurden zur Ewigkeit, und als endlich ein untersetzter Mann mit grau meliertem Bart auf ihn zusteuerte, eilte Theodor ihm entgegen.

»Guten Tag, Herr Doktor, wie geht es meinem Vater?«

»Seien Sie mir gegrüßt, Herr Breitenbach. Kommen Sie, darüber reden wir besser in Ruhe.«

Der Leiter der Quarantänestation bat ihn in sein Sprechzimmer und nahm hinter einem Schreibtisch Platz, auf dem sich die Fachliteratur einen Meter hoch stapelte. Professor Rademacher klemmte sich eine Lesebrille hinter die Ohren und studierte die Akte vor ihm. Als er aufblickte, war seine Stirn umwölkt.

»Sie wissen, wir hatten Ihren Herrn Vater unter strenge Quarantäne gestellt, weil wir sicherstellen mussten, dass er nicht an einer offenen Tuberkulose leidet. Er klagt jedoch seit dem frühen Morgen über diffuse Bauchbeschwerden, wir nehmen an, dass sich das Bakterium in seinem Darm festgesetzt hat, und verabreichen ihm Schmerzmittel.«

Theodor stieß heftig die Luft aus. »Das ist gut, zu wissen.«

»Die Forschung steckt bedauerlicherweise noch in den Kinderschuhen«, fuhr Professor Rademacher fort. »Seien Sie jedoch versichert, dass wir tun, was in unserer Macht steht. Sein Allgemeinzustand hat sich dennoch rapide verschlechtert.«

Theodor erstarrte. »Um Himmels willen. Inwiefern?«

»Seit gestern Abend müssen ihm die Schwestern wegen seiner Schwäche die Nahrung verabreichen, zudem überfiel ihn heftiger Nachtschweiß.« Der Professor faltete seine Hände auf dem Tisch. »Bedauerlicherweise hat Ihr Herr Vater gegen Mittag einen Herzanfall erlitten. Wir konnten ihn vorerst stabilisieren, aber ich fürchte, es geht mit ihm zu Ende.«

Theodor fühlte regelrecht, wie ihm das Blut aus dem Gesicht wich. »Verzeihen Sie … es ist alles so verwirrend. Noch vor zwei Wochen hat er Tennis gespielt.« Alles in ihm sträubte sich, die Realität zu akzeptieren. Bis ins Mark erschüttert, sah er seinem Gegenüber ins Gesicht. »Es muss doch Möglichkeiten geben, ihm zu helfen.«

Der Professor schüttelte den Kopf.

»Es tut mir leid, aber die Krankheit verlangt seinem Herzen die letzte Kraft ab, dagegen ist jede medizinische Maßnahme machtlos.«

Theodor starrte auf seine gefalteten Hände.

»Wie viel Zeit bleibt ihm noch?«

»Bis sein Herz den Kampf aufgibt. Stunden, vielleicht Tage.«

Er hob den Kopf und suchte Rademachers Blick.

»Ich möchte bei meinem Vater bleiben, wenn Sie gestatten.«

Der Professor musterte ihn aufmerksam und nickte schließlich.

»Da er weniger ansteckend ist als befürchtet, steht dem nichts im Wege. Vorausgesetzt, Sie beachten gewisse Regeln.« Mit ernster Miene klärte der Arzt ihn darüber auf, dass er einen Sicherheitsabstand und die Hygienevorschriften einzuhalten hatte. »Die diensthabende Schwester wird Sie genauestens unterweisen.«

»Ich danke Ihnen. Meine Frau wartet in der Kutsche, ich werde sie rasch unterrichten. Ich bin gleich zurück.«

»Selbstverständlich.« Der Professor erhob sich. »Wir haben ihn inzwischen in einen gesonderten Raum verlegt, damit Sie sich in Ruhe voneinander verabschieden können. Wenn ich Ihnen irgendwie helfen kann, lassen Sie es mich bitte wissen.«

Theodor murmelte einen Dank und verließ das Behandlungszimmer wie ein Schlafwandler. Zunächst wechselte er ein paar Worte mit Simon, danach wandte er sich seiner Frau zu.

Vanda schlug eine Hand vor den Mund, als sie die Hiobsbotschaft erfuhr.

»Simon bringt dich nach Hause.« Theodors Stimme klang hohl und fremd in seinen Ohren. »Bitte such alles Notwendige für ein oder zwei Übernachtungen für mich zusammen. Simon wird es in der Charité für mich abgeben. Ich bleibe bis zum Schluss bei Vater, gleichgültig, wie lange es dauert.«

Vanda schlang die Arme um seinen Hals und küsste ihn. Seine Wange war nass von ihren Tränen.

»Ist gut, Liebling. Bitte … richte ihm aus, dass wir ihn lieben.«

»Das werde ich.« Theodor wusste selbst nicht, woher er die Kraft für das Gespräch nahm. »Umarme die Kinder von mir.«

In ihren blauen Augen erkannte er Furcht.

»Was soll ich Felix sagen?«

»Du findest die richtigen Worte, das weiß ich.« Er strich ihr übers Haar und gab Simon ein Zeichen, loszufahren.

Gleich darauf setzte sich die Kutsche in Bewegung, und Theodor blickte ihr mit bangem Herzen nach.

Wenig später betrat er in Begleitung einer Schwester das Krankenzimmer. Der Geruch nach Alkohol und Bohnerwachs hing wie eine bedrohliche Wolke im Raum. Obgleich man ihn behutsam auf den desolaten Zustand seines Vaters hingewiesen hatte, traf ihn dessen Anblick mit aller Härte. Bei Theodors Eintreten hatte der Leidende die Augen geschlossen. Der hochgewachsene und sportliche Mann wirkte auf einmal klein und erschreckend dünn. Man hatte ihn in warme Decken gehüllt. Ein schlichtes Holzkreuz prangte über seinem Bett. Ein Fenster war leicht geöffnet und ließ das aufgeregte Zirpen einer Schar Spatzen herein.

Hermann hob mühsam die Lider. »Mein Junge.« Auf sein Zeichen hin schob die Schwester ein zweites Kissen unter seinen Kopf, um ihm durch die höhere Lage das Atmen zu erleichtern.

Sie suchte Theodors Blick. »Ich lasse Sie jetzt allein. Wenn Sie mich brauchen, finden Sie mich im Schwesternzimmer.«

»Vielen Dank.«

Nachdem sich die Tür hinter ihr geschlossen hatte, streckte Hermann ihm beide Hände entgegen, und er hielt sie fest. *Wie durchscheinend seine Haut ist.*

»Hat man dich endlich zu mir gelassen?«, kam es stockend von seinem Vater.

»Sie mussten erst die Untersuchungsergebnisse abwarten.«

Theodor sammelte sich und richtete die guten Wünsche seiner Familie aus.

»Danke, umarme und küsse sie von mir, auch die Kleinste.« Sein Vater rang nach Atem. »Gut, dass du hier bist, wir haben einiges zu besprechen, und ich weiß nicht, wie lange ich noch die Kraft dazu habe.«

Theodors Mund wurde trocken. Er wollte etwas erwidern, doch sein Vater brachte ihn mit einer kleinen Geste zum Schweigen.

»Wir brauchen … nicht um den heißen Brei herumzureden.« Hermann befeuchtete seine spröden Lippen. »Ich weiß, wie es … um mich steht. Ich habe Durst.«

Theodor gab ihm schluckweise von dem lauwarmen Tee auf dem Tischchen neben dem Bett zu trinken und wartete, bis sein Vater fortfuhr.

»Ich habe mich mit dem Tod ausgesöhnt, mein Junge.« Hermanns Augen hatten ihren Glanz verloren. »Ich bin dankbar für mein schönes Leben und bereit, zu gehen.« Zitternd tastete er nach einem Taschentuch, und Theodor übernahm es, ihm den Schweiß von der Stirn zu wischen. »Wenn ich Georg und mein kleines Mädchen … noch einmal in die Arme schließen könnte.« Eine Träne rann über seine eingefallene Wange. Er stockte, schloss einen Moment gequält die Augen. »Hätte ich nur Doktor Schuberts Ratschlag in den Wind geschrieben und wäre nach Colorado gereist. Nun ist es zu spät. Rosa und Georg fehlen mir so sehr.«

Theodor nickte. »Sie wären jetzt auch gern bei dir.« Er konnte nur erahnen, wie es Rosa ergehen musste. Der Vater und sie fühlten sich von jeher eng verbunden, was nicht nur in der Tatsache begründet lag, dass sie seine einzige Tochter war. Rosa teilte außerdem seine Neigung, gegen Ungerechtigkeiten aufzubegehren, was ihm in den stürmischen Jahren ihres Heranwachsens so manchen Ärger eingebracht hatte. Von den nervenaufreibenden Kämpfen ganz zu schweigen, die der Vater gegen seinen größten Widersacher Meißner ausgefochten und die ihm letztlich die Gesundheit gekostet hatten.

Für Theodor ein Grund mehr, dankbar zu sein, ihn auf seinem letzten Weg begleiten zu dürfen. Wenn er nur gewusst hätte, wie er den Abschied ertragen sollte.

Hermann wies zu seiner Rechten.

»Siehst du den großen Umschlag auf dem Nachtschrank? Leg ihn bitte zu meinem Testament in der obersten Schublade des Sekretärs im Schlafzimmer.«

Theodor nahm ihn an sich und schluckte.

»Was ist das, und wieso hast du ihn an mich adressiert?«

»Weil ich nicht sicher war, ob wir uns noch einmal sehen. Es handelt sich um einen testamentarischen Zusatz.« Hermann biss sich auf die Unterlippe. »Leider bin ich nicht mehr in der Lage, ihn beglaubigen zu lassen. Weil ich … zu schwach bin, habe ich eine Krankenschwester gebeten, das Schriftstück für mich aufzusetzen. Wie gut, das erledigt zu haben. Ein paar Stunden später erlitt ich diesen vermaledeiten Herzanfall.«

»Ich kümmere mich darum, Vater«, war alles, was Theodor herausbrachte.

»Gut. Für mein Begräbnis habe ich bereits alles arrangiert. Die Unterlagen findest du ebenfalls in der Schublade.« Sein Atem ging flach. Das Sprechen kostete ihn offenbar viel Kraft. »Versprich mir, dass ihr meinen Letzten Willen erfüllt, selbst wenn … ihr nicht mit ihm einverstanden sein solltet.«

»Natürlich«, entgegnete Theodor irritiert. »Ich verstehe nur nicht …«

Auf Hermanns Lippen zeichnete sich ein trauriges Lächeln ab.

»Das ist auch nicht notwendig. Ich weiß, dass ich mich auf deine Loyalität verlassen kann.«

Theodors Kopf schwirrte von den Fragen, die sich ihm unwillkürlich aufdrängten. Doch sein Respekt vor dem Sterbenden verbot ihm, sie auszusprechen.

Der Blick seines Vaters war in weite Ferne gerichtet. Es kam Theodor vor, als wäre ein Teil von ihm bereits auf der Reise in eine Welt, in die er ihm nicht folgen konnte. Der Gedanke ließ ihn schaudern. Der Sterbende lag ganz still da, seine Hände jedoch schienen ein Eigenleben zu führen, sie wanderten unruhig über das weiße Laken, als würden sie einen Anker suchen, an den sie sich klammern konnten. Plötzlich entwich ihm ein leises Stöhnen, und er krümmte sich mit schmerzverzerrten Zügen zusammen.

Mit einem Satz war Theodor draußen bei der Schwester, die gerade Medikamente, Spuckschalen und Verbandszeug auf einen rollbaren Wagen stellte.

»Mein Vater … Bitte kommen Sie schnell!«

Sie lief in Hermanns Zimmer, erfasste sofort die Lage und griff nach einer Bettpfanne. »Bitte warten Sie draußen. Ich gebe Ihnen Bescheid, wenn Sie wieder zu ihm können.«

Auf dem Flur war lediglich das Ticken der Wanduhr zu hören, die fast sechs Uhr abends anzeigte. Theodor setzte sich auf einen Stuhl und vergrub sein Gesicht in den Händen. Wie aus dem Nichts kamen eine zweite Schwester sowie ein junger Arzt mit wehendem Kittel herbeigelaufen und eilten ins Zimmer seines Vaters, ohne von ihm Notiz zu nehmen. Theodors Puls raste. Es erschien ihm wie eine Ewigkeit, bis die Schwestern das Krankenzimmer verließen und der Doktor, kaum älter als Ende zwanzig, neben ihm Platz nahm.

Er begegnete dem mitfühlenden Blick des Arztes.

»Wie geht es meinem Vater?«

Der Mediziner legte das Hörrohr auf seinen Schoß und lockerte seine Krawatte.

»Die Tuberkulose in seinem Darm bereitet ihm einige unangenehme Probleme. Statt der üblichen Schmerzmittel verabreichen wir ihm jetzt eine Opiumtinktur, die sich bei derartigen Beschwerden als sehr wirkungsvoll herausgestellt hat. Er befindet sich in einem Dämmerschlaf, das ist sicher in Ihrem Sinne.«

»Hauptsache, er leidet keine Schmerzen«, antwortete Theodor leise.

»Dafür tragen wir Sorge.« Der Arzt hängte sich das Hörrohr um den Hals. »Wissen Sie, mein Bruder hat jahrelang bei *Schuherzeugung Breitenbach* gearbeitet und hält große Stücke auf Ihren Vater, weil er seine Mitarbeiter stets fair behandelt hat und selbst in schwierigen Zeiten ehrlich und gradlinig geblieben ist. Menschen wie ihn findet man nicht alle Tage. Deshalb tut mir sein Schicksal persönlich leid.« Der junge Arzt betrachtete ihn aufmerksam. »Wie lange sind Sie schon hier?«

»Ein paar Stunden«, murmelte Theodor.

»Es ist kalt heute. Ich wollte mir etwas Heißes zu trinken holen. Möchten Sie auch?«

»Ein Kaffee wäre fabelhaft.«

Der Arzt schlug sich auf die Oberschenkel.

»Ich lasse Ihnen welchen bringen. Bitte entschuldigen Sie mich, ich habe gleich ein Patientengespräch zu führen. Gehen Sie ruhig wieder zu Ihrem Vater. Übrigens wurde eine Tasche für Sie abgegeben. Die Schwester wird sie Ihnen bringen. Alles Gute für Sie und Ihre Familie.«

»Vielen Dank für alles.«

Wenig später setzte sich Theodor wieder zu seinem Vater, der kurz die Lider hob, aber sogleich in den Schlaf zurücksank. Seine Züge wirkten friedlich, sein flacher Atem und die fiebrigen Wangen offenbarten jedoch den Kampf, den sein Körper gegen das Bakterium führte.

Auf leisen Sohlen kam die Schwester herein und reichte Theodor eine große Ledertasche. Dann ging sie noch einmal kurz hinaus und kehrte mit einem Tablett zurück. Sie stellte es behutsam auf den Tisch am anderen Ende des Raumes und flüsterte: »Sie sollten etwas zu sich nehmen, Herr Breitenbach, damit Sie bei Kräften bleiben.«

»Das ist sehr freundlich, danke«, erwiderte er heiser, ohne sich von dem traurigen Anblick seines Vaters zu lösen.

Als sie das Zimmer verlassen hatte, griff Theodor lediglich nach dem Kaffeebecher. Danach begutachtete er den Inhalt der Tasche. Vanda hatte ihm ein größeres Kissen eingepackt, das er sich aufatmend in den Rücken stopfte. Eine einzelne Lampe am Fenster warf diffuses Licht in den ansonsten im Dunkeln liegenden Raum. Fröstelnd schloss er das Fenster und wickelte sich eine Decke um die Beine, aber gegen die Kälte in seinem Inneren konnte auch sie nichts ausrichten.

Ein rasselndes Geräusch schreckte ihn auf.

»Komm näher, mein Junge«, kam es kaum verständlich von seinem Vater.

Theodor warf die Decke von sich, zog den Stuhl näher ans Bett und nahm die Hand seines Vaters.

»Sterben ist eine … eine anstrengende Angelegenheit. Meine Kraft schwindet, also höre mir gut zu.«

»Das werde ich.« Theodor beugte sich zu dem Kranken, um ihn besser verstehen zu können. »Ich … wir wollen dich noch nicht verlieren.«

Seinem Vater schien es schwerzufallen, die Augen offen zu halten. »Die Entscheidung liegt nicht in unserer Macht.« Einen winzigen Moment klang seine Stimme wieder so kraftvoll wie eh und je. »Gib mir dein Wort, dass du unser Vermächtnis und die Familie schützt, wie ich es vor dir getan habe.«

»Sicher«, entfuhr es Theodor aufgewühlt. »Was willst du von mir hören?«

»Lass keine Zwistigkeiten zwischen euch Geschwistern zu. Ihr seid meine Kinder. Wie verschieden ihr auch sein mögt, haltet fest zusammen, was auch immer geschieht. Schwöre auf den weißen Ahorn, dass du die Familie zusammenhältst und unsere Fabriken sicher ins kommende Jahrhundert führst. Sorge dafür, dass eure Kinder dasselbe tun. Das ist alles, was ich mir wünsche, mein Junge.«

Theodor wandte sich ab, damit sein Vater die Tränen nicht sah, die seinen Blick verschleierten. Als er seine Fassung wiedergefunden hatte, begann er zu zitieren, was ihnen ihre Mutter vor vielen Jahren mit auf den Weg gegeben hatte.

»Es mögen Zeiten kommen, in denen es unser Ahorn schwer hat, bei Unwetter zu überleben«, endete Theodor. »Es liegt an uns, ob er einmal ein stolzer Baum wird, der andere überragt.« Er räusperte sich. »Ich schwöre dir, dass ich die Familie zusammenhalten und die Firmen im Sinne unseres Gelöbnisses weiterführen werde. Und ich verspreche dir, deine Mahnung zu beherzigen.«

Die Anspannung wich von seinem Vater. »Ich danke dir.«

Gleich darauf sank Hermann in den Schlaf zurück. Theodor wickelte sich wieder in die Decke und betrachtete, so gut es im

Halbdunkel des Raums möglich war, jede Linie im väterlichen Gesicht. Irgendwann kam die Nachtschwester herein, fühlte den Puls des Sterbenden, tupfte den Schweiß von seiner Stirn und huschte mit einem freundlichen Nicken wieder hinaus. Theodor hätte gern ein wenig mehr Licht gemacht, um sich seine Eindrücke und Gefühle von der Seele zu schreiben, wollte jedoch den Schlafenden nicht wecken. Die Stille im Raum und das leichte Flackern der trüben Lampe machten auch ihn schläfrig, und er nickte schließlich ein.

Was ihn gegen Mitternacht weckte, hätte er nicht benennen können. War es ein Geräusch, ein Gefühl, die Gänsehaut, die ihm über den Körper lief? Als er aufblickte, lag der Kopf seines Vaters zur Seite geneigt, sein Mund war leicht geöffnet. Er war sanft und still von ihnen gegangen.

Kapitel 5

Theodor

Prenzlauer Berg, 30. Dezember 1888

Seinem Wunsch entsprechend, wurde Hermann Breitenbach wenige Tage später in aller Stille beigesetzt. Täglich trafen neue Kondolenzschreiben von Geschäftspartnern, Mitarbeitern und ihren Familien in der Stadtvilla ein, sogar der Reichskanzler Otto von Bismarck hatte mit ein paar handschriftlichen Zeilen sein Beileid zum viel zu frühen Verlust zum Ausdruck gebracht. Die Belegschaft hatte offenbar die letzte Ruhestätte des Firmengründers aufgesucht, denn sie war trotz der eisigen Kälte mit Kränzen und frischen Blumen übersät.

Wie durch Nebel von der Außenwelt getrennt, las Theodor die Zeilen der Anteilnahme, die Simon ihm auf den Schreibtisch legte. Felix, sichtlich mit der Situation überfordert, zog sich oft auf sein Zimmer zurück, um zu trauern. Vanda versuchte unterdessen, tapfer zu lächeln, wenn Theodor sie bemerkte. Sogar Simon wischte sich verstohlen Tränen aus den Augenwinkeln, als er gedankenversunken ein Frühstücksgedeck für den Verstorbenen auf den Tisch gestellt hatte. Die pausbäckige Magda hingegen, die kein Staubkorn im Haus duldete, weigerte sich schluchzend, das private Reich des Verstorbenen zu betreten.

Als Felix und Klein-Isa eines Abends schliefen, setzte sich Vanda zu ihrem Mann aufs Sofa, der abwesend einige Zeitungen durchblätterte. »Liebling, du schleichst seit Tagen um den Sekretär in Vaters Schlafzimmer herum«, begann sie sanft. »Er hat dich gebeten, sich um seinen Letzten Willen zu kümmern. Ich finde, es wird Zeit, dass du ihn liest.«

Der trübe Himmel und der Nieselregen spiegelten die gleiche Trostlosigkeit wider, die auch Theodor empfand.

»Ich weiß, aber ich hätte nie gedacht, dass ich mich vor einem Schreiben fürchte.«

»Wegen Vaters Andeutung?«

»Ja. Ich frage mich die ganze Zeit, warum wir mit seinem Letzten Willen nicht einverstanden sein sollten. Hat er sich möglicherweise dafür entschieden, einen Teil seines Erbes einer karitativen Einrichtung zu spenden?«

Vanda wehrte ab. »Das kann ich mir nicht vorstellen. Ihr wart euch immer der Verantwortung für die Gesellschaft bewusst, und Vater konnte davon ausgehen, dass du damit einverstanden wärst.« Zärtlich nahm sie sein Gesicht in die Hände. »Sehen wir einfach nach, dann sind wir klüger.«

An der Schwelle zum Salon seines Vaters blieb Theodor jäh stehen. Er vermeinte, noch einen schwachen Duft von Hermanns Rasierwasser wahrzunehmen. Sein Blick fiel auf die Messingtafel mit dem Symbol des weißen Ahorns auf der Anrichte. Beklemmung stieg in ihm auf.

Die Pfeife seines Vaters lag in einer Schale auf dem Tisch, daneben ein aufgeschlagenes Notizbuch, in dem ein Termin dick unterstrichen war. Seine Anzugjacke hing wie achtlos hingeworfen über der Sofalehne. Der Salon wirkte, als hätte sein Bewohner den Raum nur kurz verlassen. Entschlossen legte sich

Vanda die Jacke über den Arm, dann betraten sie das verwaiste Schlafzimmer.

Auf dem Nachtschrank stand das Fläschchen mit Vaters herzstärkendem Mittel. Magda hatte den Raum während des Krankenhausaufenthalts frisch hergerichtet, damit der Hausherr es behaglich haben sollte, wenn er heimkehrte. Sie hatte ja nicht ahnen können, dass sein Leben ein derart tragisches Ende nehmen würde.

Theodor entnahm dem Sekretär die Unterlagen und hatte es eilig, die Privaträume seines Vaters zu verlassen.

Neben einigen persönlichen Briefen an seine Kinder und Hausangestellten befand sich auch der Umschlag darunter, den sein Vater ihm im Krankenhaus gegeben hatte.

Bewegt betrachtete Theodor die klare, weibliche Handschrift. Datiert war das Schreiben auf den 26. Dezember 1888.

»Lies vor«, bat Vanda, als sie in der guten Stube Platz genommen hatten.

Meine Lieben,
wie dankbar ich Professor Rademacher bin, dass er mir die Wahrheit so unverblümt mitgeteilt hat. Das gibt mir die Möglichkeit, die letzten Vorkehrungen für die Zukunft zu treffen. Da das Fieber gesunken ist, arbeitet mein Hirn wieder, wenn auch langsamer. Das Leiden zwingt mich zum Innehalten, und ich habe mich gefragt, ob ich zu dieser Stunde mit mir und den Menschen, die mein Leben begleitet haben, im Reinen bin. Tatsächlich gibt es für mich noch eine ungeklärte Angelegenheit auf meiner Liste. Ihr ahnt sicher, auf wen ich anspiele. Ich habe schon Erkundigungen über K. M. eingezogen, gleich

nachdem ich den Bericht über seinen Aufenthalt in einem Sanatorium gelesen habe.

Theodor brach ab und starrte ungläubig auf das Papier.

»K. M.?«, echote Vanda.

Sie sahen einander fassungslos an.

Das Blatt Papier in seiner Hand zitterte. »Kaspar Meißner.«

»Aber wieso … Ach, jetzt verstehe ich, Liebling!« Sie wies auf die betreffende Stelle. »Die Schwester, die das Schreiben aufgesetzt hat, sollte keine Interna mitbekommen. Deshalb hat Vater ein Kürzel benutzt.«

Er küsste sie. »Das klingt plausibel.« Dann beugte er sich wieder über das Schreiben.

Ich wollte ihm Glück wünschen, innerlich mit ihm Frieden schließen. Bald stellte sich jedoch heraus, dass er sich gar nicht in der Schweiz aufhält, wie es irrtümlich in der Zeitung zu lesen war, sondern in einer Kleinstadt im hohen Norden. Vermutlich hat er sogar selbst die falsche Fährte gelegt, um sein Privatleben zu wahren. Es sollte allerdings nicht die einzige Überraschung bleiben. Nicht K. befindet sich in einer Lungenheilstätte, sondern sein Begleiter, der Rumäne, der wie ich – welch schicksalhaftes Zeichen – an Tuberkulose leidet. Mir ist es einerlei, ob K. mir noch grollt, weil wir seine Machenschaften aufgedeckt haben, ich möchte meine Seele erleichtern. Deshalb soll er eine Summe von 10 000 Mark aus meinem Nachlass erhalten. Er hat sich für den Menschen, den er liebt, hoch verschuldet, und ihn bei den Johannitern untergebracht.

Theodor fuhr ruckartig hoch. »Vater, mein Gott. Das hat der Kerl nicht verdient!« Hitze wallte in ihm auf.

Vanda legte ihre Arme um seine Taille. »Beruhige dich. Vater war ein besonnener Mann. Er wird sich etwas dabei gedacht haben.«

Er schüttelte heftig den Kopf. »Ich kann das nicht begreifen! Warum sollte Vater sein hart erarbeitetes Geld an ihn verschleudern? Das ergibt keinen Sinn.« Der Gedanke genügte, seinen alten Zorn auf Meißner wieder aufflammen zu lassen.

»Lies weiter«, bat Vanda.

Schließlich setzte sich Theodor widerstrebend und nahm das Schreiben wieder auf.

Was soll ich K. nachtragen, was nicht seit Jahren der Vergangenheit angehört? Ich fühle mit ihm, denn auch ich musste hilflos mit ansehen, wie Eure Mutter plötzlich erkrankte und sich nicht mehr erholte. Das ständige Hoffen und Bangen ist unsäglich schwer; auch Ihr bangt jetzt um mich und werdet eines Tages meine Beweggründe verstehen.

Seid Ihr entsetzt, dass ich ausgerechnet ihn im Testament bedenke? Dann vergesst nie: Liebe ist Liebe, sie wird uns geschenkt, bereitet uns das höchste Glück und den tiefsten Schmerz. Sie kennt keine Grenzen und lässt uns nicht mehr los. Nicht einmal K. ist imstande, sein Herz zu manipulieren. Mit der Summe ist er hoffentlich in der Lage, alles Menschenmögliche zu unternehmen, damit sich sein Begleiter wieder erholt. Die Adresse der Lungenheilstätte findet Ihr auf der Rückseite meiner Nachricht.

Ich wäre gern noch eine Weile in Eurer Mitte geblieben, doch das ist mir nicht vergönnt. Wenn

Ihr über meine Zeilen nachgedacht und K. die Summe übergeben habt, werdet Ihr hoffentlich meinen Tod zum Anlass nehmen und mit meinen sterblichen Überresten auch alle zerstörerischen Gedanken an ihn begraben. Glaubt mir, jemandem zu verzeihen ist eine sehr befreiende Angelegenheit.

Bis wir uns wiedersehen, in Liebe, Euer Vater

Am folgenden Tag fand eine kleine Trauerfeier für die Belegschaft und die Hausangestellten statt. Theodor spürte bereits jetzt deutlich die Lücke, die sein Vater bei *Schuherzeugung Breitenbach* hinterließ. Eine Zweitschrift seines Testaments zu besitzen, die Klarheit über die Zukunft der Familie brachte, empfand er als tröstlich. Wie erwartet, ging der Besitz von *Schuherzeugung Breitenbach* in Theodors und der von *Breitenbach Shoes* in Georgs Hände über. Die Stadtvilla jedoch würde Rosa erben. Außerdem hatte sein Vater Simon und Magda zum Dank für ihre jahrelange Treue eine kleine Summe hinterlassen.

Trotz der Weitsichtigkeit, mit der sein Vater den Nachlass geregelt hatte, schlief Theodor unruhig, zu viele Gedanken kreisten in seinem Kopf und wollten nicht verstummen.

Am nächsten Morgen verließ die Kutsche der Breitenbachs den Prenzlauer Berg. Theodor hatte sich in Wollmantel und Schal gehüllt und begutachtete besorgt die vereisten Wege. Der klare Himmel konnte nicht über die frostigen Temperaturen hinwegtäuschen. Er blickte zurück. Die Kinder hatten noch geschlafen, als er sich von Vanda verabschiedet und sie ihm viel Glück für seine Unternehmung gewünscht hatte. Mindestens vier Tage würde er unterwegs sein, und ob er erreichte, was er sich zum Ziel gesetzt hatte, blieb ungewiss.

Auf dem Weg durch stille Gassen und Straßen pfiff Simon ein paar bekannte Melodien, die aber bald von den Geräuschen der erwachenden Hauptstadt übertönt wurden. Die Pferde schnaubten und stießen dabei Atemwolken in die klirrende Luft. Dann verließen sie die Stadt.

Zwei Stunden später legten sie in Oranienburg eine kurze Rast ein und tränkten die Pferde, danach lenkte Simon die Kutsche weiter nach Mecklenburg. Während Theodor den Anblick der ländlichen Idylle von Gutshäusern, Feldern und Wiesen in sich aufnahm, flogen seine Gedanken zu dem Schreiben in seiner Manteltasche. Auch zwei Tage, nachdem Vanda und er die Zusatzbestimmung seines Vaters gelesen hatten, beherrschten ihn noch widerstreitende Gefühle, und hätte der Verstorbene ihn nicht eindringlich an seine Loyalität erinnert, hätte er die Reise in den Norden nie angetreten. Trotz aller Einwände war es für Theodor eine Ehrensache, den letzten Wunsch seines Vaters in die Tat umzusetzen.

Durchgefroren und erschöpft, fanden sie am frühen Abend in der Nähe der Papiermühle von Parchim eine Pension, die auch über einen Kutschstall verfügte. Nach einem guten Abendessen begaben sie sich früh zur Ruhe.

Noch vor Sonnenaufgang setzten sie ihre Reise fort. Da sie voraussichtlich erst am Abend in Plön eintreffen würden, blieb Theodor genügend Zeit, sich auf das Zusammentreffen mit Meißner vorzubereiten. Am frühen Nachmittag durchfuhren sie eine hügelige Seenlandschaft, die wegen der länger werdenden Schatten der Bäume und Gutshäuser etwas Mystisches erhielt. Auf den Straßen herrschte reger Verkehr, weshalb sie Plön erst nach Einbruch der Dunkelheit erreichten. Sie passierten ein Schloss, in dem die preußische Kadettenanstalt untergebracht war, wie ein Händler berichtete, den sie bei einer Rast nach dem Weg zur Lungenheilstätte befragten.

Der Mann wich unwillkürlich zurück, doch Theodor konnte ihn beruhigen.

»Wir wollen nur jemandem einen Besuch abstatten.«

»Dann ist es ja gut.« Seine Züge entspannten sich sichtlich. »In den Mottenbunker wollen Sie. Halten Sie sich weiter geradeaus, und folgen Sie der Hamburger Straße. Es ist ein zweigeschossiges Backsteingebäude und wird rundum von Bäumen abgeschirmt. Sie können es gar nicht verfehlen.« Als er die verdutzten Gesichter von Simon und Theodor bemerkte, lachte er dröhnend.

»Mottenbunker?«, wiederholte Simon gedehnt.

»So nennen wir die Heilstätte hier scherzhaft. Mit den Motten sind natürlich die Erreger gemeint.«

Theodor konnte daran nichts Lustiges finden, aber er hielt dem Händler zugute, dass er nichts vom Tuberkulosetod seines Vaters wissen konnte. Deshalb wechselte er rasch das Thema. »Meinen Sie, man kann zu dieser Uhrzeit dort noch vorsprechen?«

Der Händler wehrte ab. »Nach sechs Uhr abends kommt dort niemand mehr hinein.«

Theodor kräuselte die Stirn. *Also hält sich Meißner woanders auf. Aber wo?*

»Ich würde es morgen versuchen«, unterbrach der Händler seine Überlegungen. »Haben Sie bereits eine Unterkunft?«

Simon und Theodor verneinten.

»An Ihrer Stelle würde ich es direkt in der Stadt probieren. Die Herbergen und Wirtshäuser nahe der Lungenheilstätte nutzen mit überteuerten Preisen die Not der Angehörigen aus.«

Die beiden Männer bedankten sich bei ihm, Simon bestieg den Kutschbock, und wenig später mieteten sie sich am Stadtgraben in einer Herberge ein. Nachdem sich Theodor frisch gemacht hatte, wies er Simon an, alle Herbergen und Gasthöfe im Umkreis der Heilstätte anzufahren. *Meißner muss sich irgendwo in der Nachbarschaft aufhalten.*

»Wird erledigt.« Simon schnalzte mit der Zunge, und die Pferde setzten sich in Bewegung.

Bei einem Dutzend Herbergsleuten und Pensionswirten erhielt Theodor eine abschlägige Antwort, dann endlich der erlösende Hinweis.

»Ja, er ist Gast bei mir«, sagte eine Wirtin, die gegenüber dem Amtsgericht eine etwas heruntergekommen wirkende Pension betrieb. »Er ist zurzeit nicht im Haus. Ich weiß aber, dass er die Abende meist im Wirtshaus nebenan verbringt. Versuchen Sie es dort mal.«

Theodor dankte ihr und bat Simon, in der Kutsche zu warten.

Der Geruch von abgestandenem Bier und Tabakrauch schlug ihm beim Eintreten entgegen. Die Wirtschaft war nur schwach besucht, und er entdeckte den Konkurrenten seines Vaters am letzten Fenstertisch, den Kopf über einen Becher Bier gesenkt, als wäre er tief in Gedanken versunken.

Mit glasigen Augen blickte der beleibte Mann hoch, auf seinem feisten Gesicht zeichnete sich Verblüffung ab.

»Der verehrte Herr Breitenbach. Was verschafft mir das zweifelhafte Vergnügen?«

»Guten Abend. Darf ich mich setzen?«

Meißner machte eine einladende Geste.

»Ich weiß zwar nicht, was wir miteinander zu schaffen hätten. Aber dies ist ein öffentlicher Ort, nicht wahr?«

Theodor ignorierte den Sarkasmus, fest entschlossen, sich von dem Mann nicht aus der Ruhe bringen zu lassen. Unauffällig betrachtete er dessen fahle Haut und die dunklen Augenränder.

»Darf ich Sie auf einen Becher einladen?«

Ein freudloses Lächeln schlich sich um Meißners Mundwinkel.

»Da sag ich nicht Nein.«

Theodor wartete, bis die Bestellung gebracht wurde und der Kellner außer Sichtweite war. »Mein Vater ist vor Kurzem gestorben.«

»Hab ich in der Zeitung gelesen«, brummte Meißner und wischte sich den Bierschaum vom Mund. »Mein Beileid. Sie sind jetzt Hermanns Nachfolger und somit ein gemachter Mann. Ich gratuliere.«

Das klang zwar beiläufig, aber immerhin hielt sich der Kerl an ein Mindestmaß von Höflichkeitsregeln. Theodor senkte seine Stimme.

»Ich bin über die Umstände Ihres Aufenthalts informiert. Ihr … Begleiter hält sich in der Lungenheilstätte auf, und Sie sind hier, um in seiner Nähe zu sein. Wir brauchen uns also nichts vorzumachen.«

Um Meißners Mund grub sich ein bitterer Zug. Er beugte sich tiefer über den Tisch. »Lassen Sie uns mit offenen Karten spielen, Breitenbach. Was fangen Sie jetzt mit Ihrem Wissen an? Stellen Sie mich an den Pranger? Ich sehe schon die Lettern auf der ersten Seite der Tageszeitungen: Breitenbach deckt auf – Meißner treibt Unzucht!« Er hielt inne; seine Hände, mit denen er den Becher umklammerte, zitterten wie Espenlaub, doch in seinen Augen glomm ein Feuer. »Wenn Sie sich an mir rächen wollen, bitte sehr! Die Gelegenheit sollten Sie sich nicht entgehen lassen. Denn wissen Sie was, die Fabrik und mein Ruf sind mir mittlerweile scheißegal!«

Seinen Worten folgte eine betretene Stille.

»Wie geht es Ihrem jungen Freund?«, fragte Theodor schließlich.

»Was soll die Frage?«, blaffte Meißner. »Aber falls Sie es wirklich wissen wollen: Dorin ist in schlechter Verfassung und hustet sich die Seele aus dem Leib.« Er stürzte das Bier herunter. »Ob Sie mir glauben oder nicht, für seine Gesundheit würde ich alles hergeben. Aber für Leute wie Sie sind wir nichts als perverse Schweine, die ins Gefängnis gehören.«

»Das ist Ihre Einschätzung, nicht meine«, kommentierte Theodor knapp. »Wir wissen nämlich sehr wohl, wie es ist, einen geliebten Menschen an diese furchtbare Krankheit zu verlieren.« Er verspürte plötzlich große Lust, die Wirtschaft auf der Stelle zu verlassen. Nach einem tiefen Atemzug bestellte er zwei Schnäpse und bat zugleich um die Rechnung.

»Ich übernehme die Getränke«, sagte er, ohne auf das überraschte Blinzeln seines Gegenübers zu reagieren.

Als sich der Kellner wieder entfernte, legte Theodor ein sorgfältig verschnürtes Päckchen auf den Tisch.

»Bevor Sie mich erneut anblaffen, schlage ich vor, Sie hören mir aufmerksam zu.«

Meißner verschluckte sich fast an seinem Hochprozentigen. »Na schön«, erwiderte er gedehnt. »Ich gebe Ihnen fünf Minuten, und dann verschwinden Sie von hier!«

»Mit größtem Vergnügen.« Theodor wies auf das Päckchen.

»Nehmen Sie es, verbunden mit den besten Wünschen meines Vaters für die baldige Genesung Ihres Bekannten.«

»Was soll das sein?«

»Mein Vater hat Ihnen eine Summe von 10 000 Mark hinterlassen. Ermöglichen Sie Dorin die beste ärztliche Versorgung. Niemand muss etwas davon erfahren, es handelt sich um eine Vereinbarung, die mein Vater und ich getroffen haben.«

Meißner wurde kalkweiß. »Aber wie … wieso, warum sollte er …?«

»Weil mein Vater großherzig war«, antwortete Theodor mühsam beherrscht. »Eine Eigenschaft, die Sie nicht besitzen. Wenn Sie noch einen Funken Anstand im Leib haben, zünden Sie in der Kirche eine Kerze für ihn an und leisten Sie Abbitte für alles, was Sie ihm und meiner Familie angetan haben.«

Damit schob er seinen Stuhl zurück und bemerkte noch, wie Meißner seinen Kopf auf die Tischplatte sinken ließ und seine Schultern in stummem Schmerz zuckten. Dann wandte er sich ab und verließ die Wirtschaft.

Kapitel 6

Akule

Reservat der Weeminuche, Cortez, 2. Januar 1889

Akule, den die Weißen Acowitz riefen, stand vor seinem Tipi, das er sich mit seinen beiden Frauen und dem jüngsten Sohn teilte, und schabte das Fell von einem jungen Wapitihirsch. Er konnte den Namen Acowitz nicht ausstehen, er hatte weder mit seiner Herkunft noch mit seinem Wesen etwas gemein. Waren er und seine Stammesmitglieder unter sich, benutzten sie stets ihre wahren Namen.

Wie Heuschreckenschwärme war der weiße Mann über das Land der leuchtenden Berge hergefallen. Ein grünes, vom Wind gepeitschtes Land mit Seen und Flüssen. Auf den Wiesen sprangen Rehe und Hirsche umher, in den Wäldern lebten Bären, ihre heiligen Tiere, und in der Prärie hatten Abertausende von Büffeln gegrast und sie mit Fleisch, Kleidung und warmen Umhängen beschenkt. Sein Volk hatte das Land mit dem weißen Mann teilen wollen, denn sie waren alle Teil eines großen Ganzen. In der Brust aller Menschen schlug ein Herz, ob weiß, ob rot. Sie alle liebten ihre Frauen und Kinder. Ja, sie hatten den weißen Mann wegen seiner Klugheit sogar bewundert. Doch er hatte ihnen ihr geliebtes Land geraubt und die *Núu-ci,* wie sie sich nannten, in ein winziges Gebiet gedrängt, als wären sie Tiere, die man langsam ausbluten ließ.

Vor einigen Jahren hatten die Weißen die meisten Ute-Stämme wie Vieh nach Utah getrieben, in einen Landstrich, der nicht einmal den Mormonen gefiel. Ohne ihre Jagdgründe in den Prärien, die Nüsse und Beeren war ihr Leben nicht mehr dasselbe. Als Nomaden hatten sie gelebt, und wenn der Winter nahte, hatten sie ihre Lager in den Rocky Mountains aufgeschlagen und sich die steifen Glieder in den heißen Quellen gewärmt. Jetzt hütete Akules Stamm tagaus, tagein Schafe, verkaufte deren Felle und träumte von alten Zeiten, in denen sie die Schätze von Mutter Erde gewürdigt hatten.

Ihr großer Chief Ouray, der sich zeitlebens für den Frieden eingesetzt hatte, war ein Jahr vor dem Massaker von Wounded Knee gestorben. Für Akules Stamm ein furchtbarer Verlust, doch für Ouray war es vielleicht sogar ein Segen, nicht miterleben zu müssen, wie sein Volk endgültig geschlagen wurde und sich die Überlebenden den Amerikanern schließlich ergeben mussten.

Die Cheyenne und Arapahoe, die Komantschen und Kiowa, die Jicarilla und einen Großteil der Ute hatte man inzwischen nahezu ausgelöscht. Über ihre Berge und Prärien ritt nur noch die weiße Plage.

Wieder und wieder rief Akule den Großen Geist an und flehte, dass es einigen klugen Männern gelingen möge, die Geschichte seines Volkes schriftlich festzuhalten, damit wenigstens ihre Namen im Gedächtnis blieben. Doch inzwischen glaubte er kaum mehr daran, dass dieser die verzweifelten Rufe seines Volkes noch hörte.

Seit geraumer Zeit lag es in den Händen eines Indian Agent, sie regelmäßig mit dem Notwendigsten zu versorgen, wobei James Carrington nicht müde wurde, zu betonen, dass sein Gott ihm die Aufgabe übertragen habe, die blutrünstigen Krieger zu anständigen Christen zu bekehren.

Mit verengten Augen schleuderte Akule einen Stein von sich. Was wusste der Weiße schon von ihrem Leben, von Senawahv, dem Schöpfer und Großen Geist, der allen Lebewesen innewohnte, oder von der Kraft aus Träumen und ihren heiligen Zeremonien.

Noch vor ein paar Jahren hatten sie in der Mitte des Sommers gefastet und sich für den *Sun Dance* gereinigt. Inzwischen jedoch hatte der weiße Mann ihre spirituellen Zeremonien verboten. Erwischte man sie dennoch beim Sonnentanz, drohten ihnen neunzig Tage Haft oder der Entzug ihrer Essensrationen. Das hätte kein Núu-ci riskiert, besonders nicht diejenigen, die Kinder zu versorgen hatten. Mehrere Ehefrauen zu besitzen, war für die Weißen eine Sünde, bislang duldete man aber, was bei den Núu-ci seit Urzeiten Brauch war. Sogar die heiligen Praktiken ihrer Medizinmänner galten als geächtet.

Akule wischte sich über die Augen und murmelte heilige Worte.

Er vermeinte, beinahe körperlich zu spüren, wie die Männer und Frauen an Substanz verloren, gleich Pflanzen, denen man das Sonnenlicht entzog. Die Seelen seines Volkes verkümmerten buchstäblich ohne die heiligen und kraftspendenden Zeremonien.

Zudem schossen seit einiger Zeit Missionskirchen, Schulen und Internate wie Pilze aus dem Boden, man bot ihren Kindern die Möglichkeit, sich zu klugen Amerikanern ausbilden zu lassen, wie sich Carrington ausdrückte. Spätestens seit Chief Ignacio das letzte seiner zwölf Kinder verloren hatte, das in der Albuquerque Indian School an einer Seuche zugrunde gegangen war, glaubte Akule dem Engländer kein Wort mehr. Er sprach mit gespaltener Zunge wie eine Schlange. Viele ihrer

Kinder waren in derartigen Einrichtungen an den Krankheiten der Weißen gestorben, niemand kannte die Zahl der Opfer.

Zum Glück konnten die Weißen ihn nicht zwingen, ihnen seinen zwölfjährigen Sohn zu überlassen, Carrington hatte betont, die Teilnahme an der Ausbildung sei freiwillig. Akule jedenfalls würde Chesmu niemals den Weißen überlassen, die seinem Volk Stück für Stück die Seele raubten.

Der Agent hatte ihnen vor Kurzem eine Botschaft vom Großen Vater in Washington übermittelt: Er wünschte, dass sie eine eigene Indianerpolizei aufstellten, man werde diese für ihre Dienste gut bezahlen. Die Männer sollten also ihre eigenen Verwandten im Auge behalten, damit sie es ja nicht wagten, das Reservat zu verlassen.

Leise fluchend konzentrierte er sich wieder auf seine Aufgabe. Die Augen seiner ersten Frau Onawa hatten wie Sterne geleuchtet, als sie ihn mit dem Hirsch über den Schultern entdeckt hatte. Ein Hochgefühl ergriff von ihm Besitz. Heute Abend würde er ein Festessen geben, für seine Familie und jene, denen in den vergangenen Tagen weniger Jagdglück beschieden war.

Beim Verlassen des Tipis warf er Onawa und seiner jüngeren Frau Nituna, die am Eingang webten, einen traurigen Blick zu. Seit man sie zu Handarbeiten drängte, wich der Frohsinn von Tag zu Tag mehr aus ihren Gesichtern.

Chesmu lief schwer atmend auf ihn zu.

»Chief Ignacio ist eingetroffen und ruft den Ältestenrat zusammen. Er erwartet dich.«

Er hatte den Anführer der Weeminuche, der sich trotz aller Grausamkeiten der weißen Eindringlinge unablässig für den Frieden einsetzte, eine Weile nicht gesehen. Alarmiert legte Akule seine Schürze beiseite und wischte sich die Hände an einem Tuch trocken.

»Mach weiter, Junge, wenn ich zurückkehre, bist du mit dem Enthäuten fertig.«

Er wartete Chesmus Antwort nicht ab und eilte zu der großen Hütte, in der die Versammlungen stattfanden.

Beim Eintreten richteten sich die Blicke der vier Anwesenden, die im Schneidersitz auf Fellen saßen, auf ihn. Da waren sie, die Ältesten seines Stammes. Der grauhaarige Elsu, der immer ein wenig finster wirkte. Nitunas Vater Demothi, dessen Gesicht einem wahren Faltenmeer glich. Neben ihm Mingan, der beste Jäger der Gruppe und Bruder des Medizinmannes, und natürlich Chief Ignacio im Anzug und in Mokassins, dessen breites Gesicht von den nervenzehrenden Kämpfen und Verhandlungen gezeichnet war und dennoch Ruhe ausstrahlte.

Jedermann hatte die Kleidung des weißen Mannes zu tragen, was Akule beschämend fand. Die schönen, mit Glasperlen besetzten Kleider der Frauen, die reich verzierten Hosen und den aufwendigen Kopfschmuck der Weeminuche hatten sie abgeben müssen. Die Kleidung, die die Frauen weiterhin anfertigten, diente jetzt nur noch als Anschauungsobjekt für Fremde oder wurde auf den Märkten der Umgebung verkauft. Akules Volk weigerte sich jedoch beharrlich, die langen Zöpfe abzuschneiden, in die sie nach alter Tradition Bänder und Federn flochten.

Er holte tief Luft. Die Stille in der Hütte bereitete ihm Unbehagen. Der Chief war ein hoch angesehener Mann, jedermann bewunderte ihn, seit er vor einiger Zeit zusammen mit den Ute-Chiefs Buckskin Charlie, Old Aguila und Mariano zum Großen Vater nach Washington D. C. gereist war, um vor dem Kongress über das Meeker-Massaker und den Aufstand unter den nördlichen Ute am White River auszusagen. Dem Verhandlungsgeschick dieser Männer hatten es die Weeminuche zu verdanken, dass sie an ihrem heiligen Berg bleiben durften.

Chief Ignacios weiche Züge waren verhärtet. Die anderen Mitglieder des Ältestenrats ignorierend, winkte er Akule näher und warf ihm einen Zeitungsausschnitt vor die Füße.

»Hast du etwas dazu zu sagen?«

Verwirrt sah Akule von einem zum anderen und beugte sich über das Papier.

Richard Wetherill und sein Schwager Charlie Mason entdecken Ruinen der Puebloindianer!

Fassungslos starrte er auf die Fotografie. Bei dem Mann handelte es sich zweifelsohne um seinen weißen Freund Richard. Vor seinem geistigen Auge tauchten wieder die Bilder jenes Tages auf, da sie gemeinsam auf der Jagd gewesen und von einem Schneesturm überrascht worden waren. Der furchtsame Ausdruck in Richards Augen hatte sich ihm unwiderruflich eingebrannt. Den Unterschlupf hatte er ihm gezeigt, weil er ihm vertraute. Ein Zeichen der Zuneigung wollte er ihm schenken, ihm im Moment der größten Angst die jahrhundertealte Stätte seiner Vorfahren zeigen.

Er vermeinte, die Stimme seines Freundes abermals zu hören.

Euer Geheimnis ist bei mir sicher.

Zutiefst verwirrt rief sich Akule zur Ordnung und las weiter.

Am 18. Dezember 1888 hielten sich Richard Wetherill und Charlie Mason auf dem Tafelberg auf, um ein paar Rinder zu suchen, die aus der Herde ausgebrochen waren. Dabei stießen sie zufällig auf uralte Ruinen im Fels, die offenkundig von Puebloindianern errichtet wurden. Der

Rancher aus Mancos gilt bereits jetzt als großer Entdecker und wird allerorts gefeiert. Historiker und Archäologen befinden sich zwecks weiterer Untersuchungen auf dem Weg zu der Felsstadt, die Wetherill Cliff Palace *nennt.*

Die Worte schmerzten. Akule konnte förmlich spüren, wie jeder Blutstropfen aus seinem Gesicht wich. *Richard.* In seinem Kopf surrte es. Das konnte nicht sein. Er blickte auf.

»Das hat sich ein Reporter ausgedacht.«

»Red keinen Unsinn! Was weißt du darüber?!« Wie Messerstiche zerschnitt die tiefe Stimme des Anführers die Stille der Hütte.

Akule schüttelte den Kopf, unfähig zu begreifen. Richard. Charlie Mason. Als er den Blick des Chiefs erwiderte, wurde es eiskalt in ihm.

»Das Ganze ist ein Missverständnis.« Er sammelte sich, aber das Misstrauen in den Mienen der vier Männer ließ seine Knie butterweich werden. »Richard und ich waren auf der Jagd«, begann er und gab wieder, was sich an jenem Dezembertag zugetragen hatte.

Die Ältesten raunten, spien auf den Boden.

Chief Ignacio baute sich vor ihm auf. Obgleich sie in etwa gleich groß waren, schien der Anführer ihn um Haupteslänge zu überragen.

»Du bist es gewesen, du hast ihm einen unserer heiligsten Plätze verraten!«

»Das war nie meine Absicht. Wir waren in Lebensgefahr. Der Sturm zwang uns, Schutz zu suchen.« Akule reckte das Kinn. Er musste Haltung bewahren, wenn er nicht jeden Funken Respekt, den er sich im Lauf der Jahre erworben hatte, auf einen Schlag verlieren wollte. »Es war der einzig sichere Unterschlupf weit und breit.«

»Was hast du ihm erzählt?«

»Dass er die Stätte nie betreten und niemand davon wissen darf«, erwiderte Akule wahrheitsgemäß.

Der Chief starrte ihn an, als würde er seine Gedanken und Gefühle ergründen wollen, und Akule zwang sich, seinem Blick standzuhalten, wenngleich ihm die Brust so eng wurde, dass er meinte, keine Luft mehr zu bekommen.

Eine quälend lange Zeit sagte der Anführer kein Wort.

Dann hieb er ihm den Zeigefinger in die Brust. »Wir haben dich jahrelang vor dem weißen Mann gewarnt. Da siehst du, was dir die Freundschaft eingebracht hat!« Er zog seine Brauen zu einer Linie zusammen. »Dass du in deiner Gutgläubigkeit einen Fehler begangen hast, darüber können wir vielleicht noch hinwegsehen.«

Die anderen murmelten Zustimmung.

Die Stimme des Chiefs schwoll an, und Akule traten Schweißperlen auf die Stirn. Seine Gedanken überschlugen sich. Mit einem einzigen Fingerschnippen konnte der Chief ihn und seine Familie wie räudige Hunde aus dem Stamm verbannen.

»Aber das Geheimnis unserer Ahnen zu verraten und somit den heiligen Ort zu entweihen, den wir seit langer Zeit behüten, dafür gibt es keine Entschuldigung!«

Hitze wallte in Akule auf. *Wie konntest du mir diese Schande antun, Richard?* Ein eiserner Ring schien sich um seine Brust zu legen. »Verzeiht. Ich werde ihn auffordern, alles zu dementieren.«

»Schweig!« Chief Ignacio stieß ihn von sich. »Dafür ist es längst zu spät. Wie blind kann ein einzelner Mann vertrauen, dass er die Konsequenzen nicht bedenkt!« Mit verzerrter Miene riss er den Zeitungsausschnitt an sich. »Hast du das hier aufmerksam gelesen? Die Weißen sind längst unterwegs! Die Forscher drehen jeden Stein um, sie wissen ja kaum, was sie anrichten! Hunderte von Männern werden den heiligen Ort entweihen. Verloren für alle Zeit.« Er packte Akule an den Armen. »Erinnere dich an die Worte des weißen Mannes. Goldenes Land haben sie uns Núu-ci versprochen. Und was fanden wir in Utah vor? Eine unfruchtbare Stein- und Sandwüste! Jämmerlich verhungern lässt man uns. Die Eindringlinge sind durchtrieben, schon vergessen?« Sein Griff verstärkte sich. »Flehe unsere Ahnen und den Großen Geist um Gnade an. Bitte sie um Verzeihung. Wir treffen uns später in der Schwitzhütte. In Momenten wie diesem ist es wichtig, uns mit den Geistern aller Wesen zu verbinden, Körper und Geist zu reinigen. Für den Kampf gegen diejenigen, die uns unsere Identität rauben wollen, brauchen wir innere Stärke. Und die finden wir nur gemeinsam.«

Die Weißen hatten ihnen neben den spirituellen Zeremonien auch ihre Schwitzhütten verboten, aber die Núu-ci dachten nicht daran, diese Tradition aufzugeben, und tarnten sie als Unterstand für Holz oder als Lagerraum. Sollten die Weißen ihre Schwitzhütte entdecken, würden sie diese eben an anderer Stelle neu errichten.

Der Anführer suchte die Aufmerksamkeit der Ältesten. »Ich muss mich mit den Chiefs der Southern Ute beraten, welche Strafen sie für angemessen halten.« Er machte eine Handbewegung, als wolle er Akule wie ein lästiges Insekt verjagen, und dieser nahm betreten seinen Platz ein.

Demothi hob die Hand und wartete, bis der Chief ihm das Wort erteilte.

»Bitte bedenke, dass sich mein Schwiegersohn wegen seiner Besonnenheit einen guten Ruf erworben hat, Chief. Er ist ein Ehemann und Vater und im Ältestenrat unverzichtbar.«

Eine Welle der Dankbarkeit überlief Akule.

Elsu bat um Aufmerksamkeit.

»Unsere Gesetze gelten für jeden, lässt sich einer vom Ältestenrat etwas zuschulden kommen, soll er auf dieselbe Weise bestraft werden wie jeder andere auch.«

Akule betrachtete den etwa Sechzigjährigen mit den tiefen Falten unauffällig und schluckte.

»Ich stimme Elsu zu«, antwortete der Chief energisch. »Dies ist eine ernste Angelegenheit. Wir müssen unbedingt weiteren Schaden abwenden.«

Mingan bat, sprechen zu dürfen.

»Wir verstehen das, Chief. Was Akule getan hat, war unüberlegt, aber er hat es gut gemeint und nichts über die Geschichte unseres heiligen Ortes preisgegeben. Deshalb wäre ich dafür, über den Vorfall zu schweigen. Wenn wir die Nachricht außerhalb der Versammlungshütte weitertragen, macht sie in Windeseile die Runde.«

»Außerdem«, ergänzte Demothi und suchte Akules Blick, »wird nicht nur das Ansehen meines Schwiegersohns zerstört, auch das unserer Familie, obwohl uns keine Schuld an den Vorkommnissen trifft. Ich schließe mich Mingan an und bitte um Stillschweigen, bis du dich mit den anderen Chiefs beraten hast.«

Der Anführer versank in Schweigen.

»Na schön«, sagte er schließlich. »Bis nach der Beratung, dann sehen wir weiter.« Er gab den anderen ein Zeichen, sich entfernen zu dürfen.

Vor der Hütte hielt Akule seinen Schwiegervater und Mingan fest.

»Ich danke euch.«

Die beiden nickten, gingen ohne ein weiteres Wort davon und ließen ihn mit einem bangen Gefühl zurück. Das Schicksal seiner Familie lag nun in den Händen der Chiefs.

Kapitel 7

Rosa

Rico und Cortez, am selben Tag

Georg hatte Levy beauftragt, Wendelin, Rosa und Julia bald nach Sonnenaufgang mit einem Planwagen, der von zwei Ochsen gezogen wurde, nach Cortez zu bringen. Levy sollte bei der Familie übernachten und am folgenden Tag nach Rico zurückkehren. Mit stolzgeschwellter Brust hatte sich der junge Mann für Georgs Vertrauen bedankt und versprach den dreien eine sichere Heimreise.

Ihr Gepäck war bereits sicher im Planwagen verstaut. Das junge Paar saß noch in Georgs Zimmer, das einst Tante Funny gehört hatte, und Rosa kämpfte gegen den Abschiedsschmerz, der sie jedes Mal mit Macht überfiel, wenn sie Georg Lebewohl sagen musste. Von unten drangen das Klappern von Geschirr und der Duft frisch gebrühten Kaffees herauf. Olivia deckte die Frühstückstische für die Pensionsgäste ein, und Levy beschäftigte sich mit Julia im Garten, sodass die drei ungestört miteinander reden konnten. Ihr Gespräch drehte sich wie so oft um die Heimat und insbesondere um die Nachricht, die sie gestern von Theodor erhalten hatten.

»Ich ziehe meinen Hut vor ihm«, meinte Wendelin nachdenklich. »Er war schon immer ein guter Kerl, aber dass er Meißner, obwohl er diesen ablehnte, aufsucht und ihm das Erbe zusteckt, verdient unseren Respekt.« Er zog seine Frau an sich. »Erinnert euch, wie lange er bei eurem Vater um mehr Mitspracherecht gekämpft hat. Aus Theodor ist ein würdiger Nachfolger geworden, der die Bedürfnisse der Familie über seine eigenen stellt.«

Verstohlen wischte sich Rosa Tränen von der Wange, und Georg, der ihr gegenübersaß, strich über ihren Handrücken.

»Wir sollten froh sein, dass Vater in seiner letzten Stunde nicht allein war.«

»Ich weine nicht nur um ihn«, sprach sie aus, was ihr seit seinem Tod den Schlaf raubte. »Ich sorge mich um Theodor und frage mich, wie er die große Fabrik führen, Vaters Nachlass regeln und auch noch Zeit für seine Familie erübrigen soll. Die Last der Verantwortung ist auf Dauer zu schwer für ihn. Er braucht Unterstützung.«

Wendelin und Georg nickten.

»Genau aus dem Grund habe ich vergangene Nacht eine Entscheidung getroffen, die mir nicht leichtgefallen ist«, unterbrach Georg schließlich die Stille und blickte von einem zum anderen. »Jimmy Norris ist ein guter und verlässlicher Mann. Ich werde ihn zum Geschäftsführer von *Breitenbach Shoes* ernennen, die Pension verpachten und heimreisen.«

Norris war Georgs Vorarbeiter.

Rosa spürte ihren pochenden Puls an der Halsschlagader und wollte etwas entgegnen, aber die Worte blieben ihr im Hals stecken.

Auch Wendelin hatte ihm aufmerksam zugehört und machte eine wegwerfende Handbewegung. »Theodor ist durchaus in der Lage, einen zweiten Mann einzustellen, der einen Teil seiner Aufgaben übernimmt. Es besteht keinerlei Anlass, alles aufzugeben, was du dir in Rico aufgebaut hast.«

»Das sehe ich anders, meine Lieben.« Die Entschlossenheit in Georgs Stimme tat Rosa weh. »Erinnert euch. Vaters Auftrag, hier ein zweites Standbein für unsere Familie aufzubauen, war von vornherein zeitlich begrenzt. Er wollte, dass ich beziehungsweise wir zurückkehren, wenn unsere Missionen erfüllt sind. Das ist mir inzwischen gelungen, ich kann mich wegen des Silberbooms vor Aufträgen für *Breitenbach Shoes* kaum retten und habe gerade ein Dutzend weitere Arbeiter eingestellt.«

Rosa starrte entsetzt auf ihren Bruder. *Du kannst uns doch nicht verlassen,* war alles, was ihr durch den Kopf schoss.

»Die Pension wirft keinen nennenswerten Gewinn ab, trägt sich jedoch selbst«, drang es wie durch Nebel zu ihr durch. Georg zwang ihr seinen Blick auf. »Einer von uns sollte an Theodors Seite sein, findest du nicht auch? Ihr habt euch in Cortez ein freies Leben aufgebaut, zu Hause würde man dich wieder in die Rolle des schwachen Geschlechts …«

»Was ist mit dir?«, unterbrach Rosa ihn erregt. »Willst du nach allem, was du hier gelernt und erfahren hast, wieder am Schreibtisch über der Buchführung brüten?«

»Für den Anfang bestimmt, aber das spielt keine Rolle«, erwiderte er sanft. »Was auch immer vonnöten ist, Theodor tatkräftig unter die Arme zu greifen, werde ich tun. Ich bin mein eigener Herr, habe keine Familie zu versorgen und reise mit leichtem Gepäck. Außerdem haben wir auf den weißen Ahorn geschworen, das Unternehmen nie fremden Händen zu überlassen.«

»Du würdest *Breitenbach Shoes* aber einem Fremden übergeben«, entfuhr es Rosa.

Georg schüttelte den Kopf. »Unser Gelöbnis hat sich immer auf die Hauptfabrik bezogen.«

»Wissen Levy und Olivia davon?«, warf Wendelin ein.

»Nein, bisher hatte ich dazu keine Gelegenheit. Wenn Levy wieder zu Hause ist, werde ich die beiden fragen, ob sie mich begleiten wollen.«

Rosa vergrub das Gesicht in den Händen. Am liebsten hätte sie Georg geschüttelt und ihn daran erinnert, dass sie sich dann für lange Zeit nicht sehen würden und sie nicht wusste, ob sie einen weiteren Abschied ertrug. Doch sie biss sich auf die Unterlippe und senkte den Kopf, sie hätte ihm nicht in die Augen sehen können, ohne in Tränen auszubrechen.

Wendelin ahnte wohl, was sie bewegte, und ergriff das Wort.

»Verstehe. Deine Überlegungen ehren dich, mein Lieber. So ein Schritt muss wohlüberlegt sein. Denke bitte noch mal in Ruhe darüber nach.«

Georg nickte, aber Rosa bemerkte die Schatten, die über sein Gesicht huschten.

»Die Entscheidung ist unumstößlich. Es dauert natürlich noch eine Weile, bis alles geregelt ist. Am schwierigsten wird vermutlich die Suche nach einem Pächter für die Pension. Laura und ihre drei Damen besuchen mich heute Abend. Niemand hat so viel Einblick in das Privatleben der Männer wie sie. Ich werde sie bitten, sich nach möglichen Interessenten umzuhören.« Er blickte in die Runde. »Keine betretenen Gesichter, meine Lieben. Noch haben wir Zeit, außerdem wollt ihr doch ohnehin das nächste Weihnachtsfest daheim verbringen, oder?«

»Richtig.« Rosa umarmte ihn. Nichts wünschte sie sich sehnlicher, als die Feiertage mit der ganzen Familie zu verbringen. Wendelin und sie hatten nach der letzten guten Ernte ein paar Ersparnisse zurückgelegt, doch für die Anreise sowie drei Schiffspassagen würde es noch nicht reichen. Obendrein benötigte sie eine Lehrkraft, die sie während ihrer Abwesenheit vertreten konnte. Aber Rosa war zuversichtlich, dass ihnen das

Vorhaben gelingen würde, und stupste ihrem Bruder in gespielter Strenge den Zeigefinger an die Brust.

»Halte uns gefälligst auf dem Laufenden. Außerdem erwarte ich, dass du uns vor deiner Abreise noch einen Besuch abstattest. Wehe, wenn nicht!«

Statt einer Antwort nahm er sie in seine Arme. »Sei nicht traurig. Mir tut der Gedanke an Trennung auch weh, Schwesterchen. Aber wir müssen stark bleiben«, raunte er ihr ins Ohr. Dann gab er sie frei und klatschte in die Hände. »Wie wäre es mit einem Abschiedstrunk?«

»Danke«, wehrte Rosas Mann ab. »Ich möchte vor Sonnenuntergang die bergigen Pfade hinter mir gelassen haben und in Cortez sein, deshalb wäre es mir lieb, gleich aufzubrechen.«

Sie forschte in Georgs Gesicht, aber anders als sonst gelang es ihm in diesem Moment, seine Gefühle zu verschließen.

Er kann es nicht ernst meinen, wem will er etwas beweisen?

Da stürmte Julia mit hochroten Wangen ins Zimmer, und Rosa war dankbar für die Ablenkung. »Die Katze ist so putzig. Darf ich sie mit nach Hause nehmen, Mama?«

»Schätzchen, wir brauchen sie dringend hier«, sagte Levy, der hinter ihr in der Tür erschien. »Ohne sie würden die Mäuse unsere ganzen Vorräte auffressen.«

Julia zog einen Flunsch.

»Wir fragen daheim Adam oder Oscar, sie haben einen Haufen Katzen, die bestimmt bald Junge werfen«, beschwichtigte Wendelin. »Dann bekommst du eine.«

Die Kleine schlang die Arme um seinen Hals und drückte ihm einen feuchten Kuss auf die Wange. »Danke, Papa.«

»Geh dir Hände und Gesicht waschen«, mahnte Rosa, »und verabschiede dich von dem Kätzchen, es wird Zeit, aufzubrechen.«

Eine halbe Stunde später küsste sie ihren Bruder und stieg zu Mann und Tochter auf den Planwagen. Ein letzter Blick, ein letzter Gruß, dann trieb Levy die Ochsen an.

Glücklicherweise blieb es trotz des wolkigen Himmels trocken. Ein böiger Wind begleitete jedoch ihre schier endlose Fahrt, die Stunden über Stunden in Schleifen abwärts führte. So manches Mal bat sie Julia, die Augen zu schließen, wenn die Räder allzu dicht am Abgrund entlangrollen mussten. Rosas Gedanken wanderten wieder und wieder zu ihrem Vater. Hätte sie ihm nur noch einmal sagen können, wie sehr sie ihn liebte! In ihren Träumen hatte sie ihn mit gefalteten Händen im Sarg liegen sehen und war jedes Mal weinend erwacht. Am meisten schmerzte es sie, ihn nicht auf seinem letzten Weg begleitet zu haben – und dass er seine Enkelin nicht mehr kennenlernen durfte. Aus seinen Zeilen war deutlich herauszulesen gewesen, wie sehnsüchtig ihr Vater das nächste Weihnachtsfest herbeigesehnt hatte, das sie alle gemeinsam begehen wollten. Das Schicksal hatte anders entschieden.

Rosa lehnte den Kopf gegen Wendelins Schulter und lächelte ihre Tochter tapfer an, die ihre Stoffpuppe, ein Geschenk von Georg, an sich drückte.

Sie vernahm erneut Georgs Worte, als er ihnen eröffnet hatte, nach Hause zurückkehren zu wollen. Je länger sie darüber nachdachte, umso zuversichtlicher wurde sie, dass er es sich doch noch anders überlegte. Im Lauf der Jahre hatte er sich zu einem beliebten Pianisten entwickelt. In der hektischen Atmosphäre des Firmenalltags würde ihm kaum Zeit bleiben, seinem Klavierspiel regelmäßig nachzugehen. Warum wollte Georg Colorado den Rücken kehren, obwohl er hier seinen Traum von einem freien Leben, in dem genug Raum für seine Kunst blieb, verwirklicht hatte?

Die Lippen fest aufeinandergepresst, bewegte Rosa ihre eingeschlafenen Füße. Sie sehnte sich danach, die Beine auszustrecken, doch die leeren Weinfässer, die Levy auf dem Rückweg in Big Bend gegen volle tauschen sollte, nahmen zu viel Platz ein.

An einer Biegung stärkten sie sich schließlich mit einem Imbiss. Unterdessen plapperte Julia unablässig von dem Kätzchen, das Wendelin ihr versprochen hatte. Es wurde Nachmittag, die länger werdenden Schatten bescherten Rosa ein mulmiges Gefühl in der Magengegend, und Levy trieb die erschöpften Tiere für die letzte, immerhin halbwegs ebene Strecke an.

Dennoch erreichten sie Cortez erst am Abend. Der Ort lag still und verlassen vor ihnen, das Goodykoontz Zeltrestaurant an der Ecke Main und Market Street war bereits geschlossen, und in den Pferdemietställen, die auf dem direkten Weg zu ihrer Kate lagen, brannte noch Licht. Die Umrisse ihrer Schule tauchten vor den Reisenden auf, dann waren sie wieder daheim.

Florence begrüßte ihre Freundin herzlich und versicherte, dass während ihrer Abwesenheit alles in Ordnung gewesen sei. Nachdem die Tiere versorgt waren und Wendelin den Stacheldraht entfernt hatte, entzündete er ein Feuer an der Herdstelle und bereitete mit Levys Hilfe das Abendessen zu. Unterdessen richtete Rosa ihrem Gast in der Hütte nebenan mit einer Strohmatratze, einer Decke und einem Fell ein bequemes Nachtlager her.

In einem unbeobachteten Moment legte sie ein paar Kartoffeln und Zwiebeln in eine Blechkiste, die hinter der Hütte stand und normalerweise als Abfalleimer diente. Seit sie Bobbie regelmäßig etwas zukommen ließ, hatte er sie nie wieder bestohlen. Wendelin würde sie vermutlich hoffnungslos gutgläubig schelten, wenn er davon wüsste, deshalb hatte sie bislang nicht mit ihm darüber gesprochen.

Ihre Tochter schlief nach dem Essen auf ihrem Schoß ein. Von der langen Fahrt erschöpft, beschlossen sie, ins Bett zu gehen, denn Levy wollte mit dem ersten Hahnenschrei den Rückweg antreten.

Julia und Wendelin lagen längst in tiefem Schlaf, auch in der Hütte nebenan war alles still. Rosa hingegen starrte aufgewühlt an die Decke und versuchte vergeblich, ihre kreisenden Gedanken zur Ruhe zu zwingen. Die Atemzüge ihres Mannes erfüllten den Raum. Geräuschlos schlüpfte sie aus dem Bett, warf sich einen Wollumhang um und schlich auf Zehenspitzen durch die hintere Tür zum Abort, der sich neben dem Vorratsraum befand. Als sie zurück ins Schlafzimmer ging, meinte sie, ein unbestimmtes Geräusch wahrzunehmen.

Beim nächsten Atemzug presste ihr jemand einen Lappen in den Mund, sie würgte, während ihre Arme grob nach hinten gezogen wurden. Bevor Rosa realisieren konnte, was vor sich ging, huschten drei dunkle Gestalten in den Vorratsraum. Unterdessen zwang die Person hinter ihr sie auf die Knie und fesselte sie an ein hölzernes Bein des Werktisches.

Der warme Atem des Fremden streifte ihren Nacken, als er ihre Taille umklammerte und auf Julia wies, die keine zwanzig Schritte von ihnen entfernt in eine warme Decke gehüllt auf dem Sofa schlief, weil es nahe dem Ofen am wärmsten war.

Er flüsterte Rosa etwas in einer fremden Sprache zu und gab ihr mit einer herrischen Geste zu verstehen, sich nicht zu rühren. Seine Stimme klang tiefer als jede, die sie je wahrgenommen hatte, und fuhr ihr durch Mark und Bein.

Wie Geister bewegten sich die Gestalten durch den Raum, und sie verfolgte mit weit aufgerissenen Augen, wie sie Säcke mit Maismehl, Konservendosen und Gemüse sowie einige Kisten voll Kartoffeln ins Freie schleppten. Der Schweinebauch, den Georg ihnen mitgegeben hatte und der zum Trocknen an einem Haken von der Decke hing, wechselte ebenfalls die Besitzer. Die Regale leerten sich in Windeseile, wenige Minuten später war der Spuk vorbei, und nur ihre hastigen Atemzüge unterbrachen die Stille im Vorratsraum. *Warum?*, schrie es in ihr. All die Jahre hatte sie ihre Lebensmittel geteilt, die Indianer hingegen ließen ihr nichts als einen Tonkrug mit eingelegten Gurken. Fieberhaft rechnete Rosa ihre Rücklagen nach und schluchzte auf. Mit dem Geld konnten sie höchstens ein paar Wochen überbrücken. *Die Arbeit eines ganzen Sommers war umsonst,* durchfuhr es sie. *Was nun?* Sie lauschte in die gespenstische Stille.

In diesem Moment verfluchte Rosa den festen Schlaf ihres Mannes. Angewidert, aber vergeblich versuchte sie, den Lappen auszuspucken, und zerrte an dem Seil um ihr Handgelenk. Die Kälte drang durch ihren Umhang und ließ ihre bloßen Beine kribbeln. Rosa schrie, aber der Laut verhallte im Knebel. Mit wachsender Verzweiflung blickte sie sich um. Mit ihren Füßen, die in Fellstiefeln steckten, tastete sie in der Dunkelheit den Boden nach einem Werkzeug ab, einer leeren Konservendose, irgendetwas. Doch mit jeder Bewegung schnitt das Seil tiefer in die zarte Haut an ihrem Handgelenk.

Schweißperlen rannen Rosa die Wirbelsäule hinab. Sie musste sich irgendwie bemerkbar machen. Da spürte sie einen Widerstand, aber mit den groben Stiefeln gelang es ihr nicht, den Gegenstand näher an sich zu bringen. Mit zusammengebissenen Zähnen zerrte und schob sie mit dem einen Stiefel so lange an dem anderen, bis er ihr vom Fuß glitt. Bibbernd vor Kälte zwang sie sich, Ruhe zu bewahren und sich zu konzentrieren. Es schien ein Glas mit Deckel zu sein, die Oberfläche war kühl und glatt. Millimeter um Millimeter schob sie es näher zu sich, bis es vor ihrem angewinkelten Bein zum Stehen kam. Wäre doch mehr Mondlicht in den Raum gefallen, dann hätte sie etwas erkennen können, so aber konnte sie die Umrisse des Tonkruges höchstens erahnen.

Rosa nahm einen tiefen Atemzug und stieß das Glas seinem Ziel entgegen – es kippte um und blieb wenige Zentimeter vor dem Tonkrug liegen. Ihr Herz klopfte zum Zerspringen. Sie sammelte sich und probierte es erneut. Diesmal traf sie ihr Ziel, und ein dumpfes Klirren hallte durch den finsteren Raum.

Sie lauschte mit angehaltenem Atem.

Nie hatte sie das Knarren der Dielen unter den Schritten ihres Mannes sehnlicher begrüßt als in diesem Moment, da sie ihn, eine Petroleumlampe in der Hand, auf sich zukommen sah.

»Himmel!« Seine Augen weiteten sich, als er die leeren Regale bemerkte, dann stürzte er auf sie zu, befreite sie von Knebel und Handfesseln und zog sie in die Arme.

»Geht es dir gut, mein Herz?«

Sie nickte, obgleich sie zitterte wie Espenlaub, und gab stockend wieder, was sich zugetragen hatte, während sie sich von ihm ins Schlafzimmer führen ließ. Julia hob kurz die Lider, als sie an ihr vorbeischlichen, schlief aber sofort wieder ein.

»Elendige Diebe! Wehe, die Schweine hätten Julia auch nur …«

Ein gellender Schrei erstickte seine letzten Worte im Keim. Sie warfen sich einen alarmierten Blick zu.

Wendelin wickelte sie entschieden in eine zweite Wolldecke und drückte sie in die Kissen. »Rühr dich nicht vom Fleck. Ich sehe nach.« Entschlossen nahm er das Gewehr aus einem Schrank neben der Tür und verließ leise die Kate.

Doch Rosa dachte gar nicht daran, der Aufforderung ihres Mannes Folge zu leisten, schlüpfte wieder in ihre Stiefel und hockte sich vors Sofa. Keinen Millimeter würde sich Rosa von ihrer Tochter fortbewegen, sie würde ihren Schlaf bewachen, bis sie die Gewissheit hatte, dass sie sich in Sicherheit befand.

Plötzlich stand Wendelin in der weit geöffneten Tür. »Feuer! Christines und Dorotheas Haus brennt! Raus hier, schnell!« Die beiden wohnten keine zwanzig Meter Luftlinie von ihnen entfernt.

Vom Ruf ihres Vaters aufgeschreckt, fing Julia an zu weinen, Rosa wickelte auch sie in Decken und hastete mit ihr ins Freie. Atemlos vor Entsetzen verfolgte sie, die Kleine fest an sich gepresst, wie ein Pferd in Panik davongaloppierte. Ein Schauder überlief sie.

Levy trat zu ihr. »Geht es Ihnen gut? Beim Allmächtigen!«

»Alles in Ordnung«, gelang es ihr zu antworten, schon stürmte der junge Mann zu Wendelin und den anderen Männern, die verbissen gegen das Feuer kämpften.

Eine Salve rot glühender Pfeile flog durch die Luft und landete auf dem Dach eines Nachbarhauses, vielleicht fünfzig Meter entfernt. Sofort leckten Flammenzungen an der Holzfassade. Rauchwolken raubten Rosa die Sicht, und sie wich weiter zurück.

Julias Augen waren ängstlich geweitet. »Mama, das Feuer macht doch das Haus kaputt.«

»Alles wird wieder gut, mein Schatz. Mach dir keine Sorgen.«

Rosa hörte ihre eigene Stimme, die auf einmal fremd und dumpf klang. Fassungslos beobachtete sie, wie ein Holzhaus nach dem anderen zu brennen begann. Sie blickte sich suchend nach Florence um, konnte sie im hektischen Treiben jedoch zunächst nicht ausmachen. Als sie ihre Freundin schließlich unter den Männern entdeckte, die alles dafür taten, das Feuer einzudämmen, und Florence ihr ein Zeichen gab, dass alles in Ordnung sei, wurden ihre Knie weich vor Erleichterung.

Mit rußgeschwärztem Gesicht und fleckigen Armen kam ihr Dorothea entgegen und fiel ihr weinend in die Arme. Christine stand bleich hinter ihr.

Rosa hielt Dorothea fest. »Wo ist Agnes?«

»Bei Ernst, sie und die Kinder haben sich bei einem Nachbarn in Sicherheit gebracht«, erwiderte ihre Freundin hastig.

»Gut. Kommt mit zu uns. Es ist kalt.«

»Hast du keine Angst, dass sie euer Haus auch …?«, entfuhr es Christine.

»Dann hätten sie es längst getan«, erwiderte Rosa energisch.

Kurze Zeit später saßen die drei Frauen in der Kate. Rosa hatte Julia ins Ehebett gelegt, Wendelin und sie würden in dieser Nacht ohnehin keinen Schlaf finden. Auf der Herdstelle erwärmte sie die Brühe, die sie am Morgen zubereitet hatte. Als die Kälte allmählich aus ihren Gliedern wich, wischte sich Dorothea über das tränennasse Gesicht: »Sie haben nicht nur Brände gelegt, sie haben auch sämtliche Vorräte und unsere Pferde gestohlen. Ich weiß nicht, wie es weitergehen soll.«

»Unser schwerhöriger Enzo … ist tot.« Christine klammerte sich an ihre Tochter.

Der Mischlingshund war den beiden Frauen viele Jahre ein treuer Begleiter gewesen.

Dann stürmte Wendelins Freund Peter Baxstrom in die Kate. Die Erschöpfung zeichnete scharfe Linien auf seine Züge.

»Gott sei Dank, ihr seid wohlauf. Ich habe mich gesorgt, weil ihr nicht mehr zu sehen wart.« Er trat zu Dorothea und Christine. »Wir konnten das Feuer löschen. Das Dach ist zwar nicht mehr zu retten, aber euer Haus hat nicht viel abbekommen.«

»Meine Gebete wurden erhört.« Christine erhob sich schwankend. »Wir können Ihnen nicht genug danken.«

»Keine Ursache.« Peter wandte sich an Rosa. »Ich habe gesehen, dass die Schule unversehrt ist. Die Gerlachs hat es schlimm erwischt. Ihr Haus ist bis auf die Grundmauern niedergebrannt. Stellst du ihnen die Schule zur Verfügung, die drei kleinen Kinder brauchen einen Schlafplatz.«

»Natürlich, Peter.«

In den folgenden Stunden organisierten sich die Frauen, damit die betroffenen Familien zumindest einen Unterschlupf und ein Bett erhielten. Peter, der als einer der wenigen in der Straße ein Steinhaus besaß, nahm ein älteres Ehepaar bei sich auf. Sie alle berichteten von Plünderungen, gestohlenen Tieren und brennenden Pfeilen, und bald hatte Rosa Gewissheit darüber, was bisher nur als ein Verdacht in ihr keimte. Die Ute-Indianer hatten jedes Haus in der Straße geplündert und in Brand gelegt, Rosas und Wendelins Kate sowie ihre Schule jedoch vom Feuer verschont.

Kapitel 8

Georg

Auf der Heimreise, 15. April 1889

Georg stand mit Levy an der Reling des Überseedampfers, schirmte die Augen gegen das gleißende Sonnenlicht ab und starrte auf Bremerhaven, das gleich einer dunklen Linie in der Ferne auszumachen war. Seine Gedanken flogen zu Rosa. Nie würde er den Ausdruck in ihren Augen vergessen, als sie sich am Morgen nach der Abschiedsfeier in Cortez voneinander verabschiedet hatten. Dabei war es ihm nicht anders ergangen. Hätte er Wendelin, sie und Julia in Sicherheit gewusst, wäre ihm leichter ums Herz gewesen. Einen Heidenschreck hatte er bekommen, als Rosas Telegramm eintraf, in dem sie ihm von den Plünderungen und Brandlegungen der ansässigen Indianer berichtet hatte. Georg wäre auf der Stelle nach Cortez gefahren, um ihnen und den Siedlern zu helfen, doch sie meinte, das sei nicht nötig. Daraufhin hatte er Levy gebeten, noch eine Woche länger bei Rosas Familie zu bleiben und die Siedler bei den Aufräumarbeiten zu unterstützen.

Die Vorstellung, wie die drei möglicherweise Not litten, hatte ihm in den folgenden Wochen keine Ruhe gelassen. Stolz wie seine Schwester war, hatte sie sein Angebot, ihr finanziell unter die Arme zu greifen, rigoros abgelehnt. Mehr noch, sie hatte ihm das Versprechen abgenommen, Theodor nichts von den Vorkommnissen zu erzählen, er könne ohnehin nichts ausrichten und würde sich nur unnötig sorgen.

Es musste etwas zu bedeuten haben, dass die Ute nur ihre Kate und die Schule unversehrt gelassen hatten. Seine Schwester wusste sehr genau, warum, dessen war er sich sicher. Aber trotz seiner hartnäckigen Fragen gab sie sich ahnungslos. Wie auch immer, ungeachtet seiner Sorgen war es Wendelin und Rosa gelungen, den Winter unbeschadet zu überstehen, und er sollte allmählich lernen, ihrem Kampfgeist zu vertrauen.

Nun, da er die sich nähernde Küste betrachtete, empfand Georg Erleichterung, nach der strapaziösen Fahrt sein Ziel in Reichweite zu sehen. Die Tochterfabrik, die er mit viel Elan und harter Arbeit aufgebaut hatte, seinem Geschäftsführer Norris zu überlassen, hatte ihn Überwindung gekostet. Doch das war nichts im Vergleich zu dem langen Abschiednehmen von den Menschen, die ihm in Rico ans Herz gewachsen waren.

Er war sich so sicher gewesen, dass auch Olivia ihn begleiten würde. Stattdessen hatte sie sein Angebot sanft, aber nachdrücklich abgelehnt.

Jäh kehrte die Erinnerung an ihr Gespräch vor einigen Wochen zurück.

»Liddy, Katy und Jessi sind wie Schwestern für mich. Ich kann sie nicht verlassen. Aber du sollst wissen, dass ich nie vergessen werde, was du für mich getan hast.« Sie strich über seine Wange. »Es tut mir leid. Du bist ein wunderbarer Mann und verdienst eine Frau, die dich aufrichtig liebt.«

Hätte er wenigstens wütend auf sie sein können, aber ihre Ehrlichkeit wirkte entwaffnend.

Olivia musterte ihn nachdenklich. »Vertraue mir die Pension an. Mir würde es viel bedeuten, auf eigenen Füßen zu stehen. Die Zugezogenen wissen ohnehin nichts von meiner

Vergangenheit. In ein paar Jahren würden sie mich nur als Pensionswirtin Olivia kennen.«

Georg hatte schließlich zugestimmt. Wie hätte er ihr die Bitte auch abschlagen können, da es doch immer sein Anliegen gewesen war, sie gut zu versorgen. Die Vorstellung, dass Olivia und er damit weiter in Kontakt blieben, tat zudem seiner verletzten Seele gut. Dennoch schmerzte ihn ihre Entscheidung wie ein Stachel, der nicht mehr herauszuziehen war.

Georg hielt sein Gesicht in die warme, salzige Meeresluft und wartete darauf, dass der Schmerz verebbte.

Neben Rosa und Wendelin kannte nur seine Freundin Laura seine Schwäche für Olivia. Vielleicht hatte sie ihm deshalb ein rauschendes Abschiedsfest in ihrem Haus ausgerichtet. Jedenfalls würde ihm jene Nacht unvergesslich bleiben. Er hatte mit Jessi ausgelassen getanzt, mit Liddy einen Whisky nach dem anderen getrunken, bis seine schweren Gedanken verflogen waren, und Blind Katy demonstrierte zu guter Letzt ungeniert, weshalb man sie zu Recht eine Meisterin der verführerischen Entkleidung nannte. Zu später Stunde hatten die vier Frauen Georg liebevoll damit aufgezogen, dass man ihn privat nie in Begleitung junger Damen gesehen hatte. Was Lauras Diskretion zuzuschreiben war, denn sie und Georg verband seit Jahren weit mehr als eine platonische Freundschaft. Sie fühlten sich beide oft einsam, und zu der Vertrautheit hatte sich bald Zärtlichkeit gesellt, und so ergab es sich, dass sie eines Abends das Bett miteinander geteilt hatten. Laura schenkte ihm, wonach er sich bereits seit Jahren sehnte. Von Liebe war zwischen ihnen allerdings nie die Rede gewesen.

Nach ihrem letzten gemeinsamen Abend fand er am folgenden Morgen am Bahnhof die vier Damen vor, die es sich nicht hatten nehmen lassen, ihnen nachzuwinken.

Levy, der von einem Fuß auf den anderen trat, holte ihn in die Realität zurück. »Wann sind wir endlich da?«

Wie gut Georg ihn verstand. Wenn das Schiff am Hafen anlegte, begann für Levy ein aufregendes Abenteuer; seine natürliche Neugier gefiel Georg.

»In einer Stunde sind wir an Land. Dann fahren wir allerdings noch einige Stunden mit der Kutsche. Jetzt im Sommer ist die Landschaft hier sehr reizvoll.«

Levy konnte sich vom Anblick des schimmernden Atlantiks nicht lösen.

»Berlin ist bestimmt um Längen aufregender als Rico.«

Georg schmunzelte. »Warte, bis dich erst unsere Schuhmacher unter ihre Fittiche nehmen. Ihre Ansprüche an unsere Lehrlinge sind groß. Sie werden dich nicht schonen, nur weil du eine Zeit lang für mich gearbeitet hast.«

Levy deutete eine Verbeugung an.

»Danke für die Möglichkeit. Ich werde mein Bestes geben.«

»Das hoffe ich. Ich denke, es wird Zeit, unser Gepäck zu holen.«

Er klopfte Levy auf die Schulter.

Bald darauf stieg Georg als Erster die Gangway hinab, während ihm sein junger Begleiter mit dem Gepäck folgte. Nach sieben Jahren betrat Georg erstmals wieder heimatlichen Boden und reckte erwartungsvoll den Hals. Etwas abseits der Menschen, die sich mal jubelnd, mal weinend in die Arme fielen, machte er einen hochgewachsenen Mann im dunklen Sakko aus, der seinen Zylinder in den Händen drehte. Wie er so dastand, leicht auf den Gehstock gestützt, meinte Georg, seinen Vater leibhaftig vor sich zu sehen. Bilder aus vergangenen Tagen zogen an ihm vorüber.

»Dort hinten ist mein Bruder!«

Theodor zog ihn in die Arme, sein Lächeln erreichte jedoch nicht seine Augen.

»Herzlich willkommen zu Hause. Es tut gut, dich zu sehen.«

»Gleichfalls.«

Das Monokel stand Theodor ausgezeichnet, ließ ihn aber um einige Jahre älter erscheinen.

»Wie war die Überfahrt?«, fragte er, nachdem Georg ihn und Levy miteinander bekannt gemacht hatte.

»Bis auf eine Schlechtwetterlage verhältnismäßig ruhig«, erwiderte Georg.

Simon verstaute das Gepäck in der Kutsche und begrüßte Georg und Levy erfreut.

Wenig später trieb er die Pferde an.

Theodor suchte Georgs Blick.

»Vanda freut sich sehr, dich kennenzulernen, und Felix fragt seit Tagen, wann ihr endlich ankommt.«

Georg pustete sich eine verschwitzte Haarsträhne aus der Stirn.

»Das haben wir uns ebenfalls gefragt, nicht wahr, Junge?«

»Wenn das Schiff nicht so geschaukelt hätte, wäre die Überfahrt lustig gewesen«, bestätigte Levy, der zeitweilig unter heftiger Seekrankheit gelitten hatte.

Am späten Abend erreichten sie Uelzen.

»Ist deine Frau eigentlich inzwischen für dich als zweite Sekretärin tätig?«, fragte Georg, als sie in der Pension, in der sie sich eingemietet hatten, einen Imbiss zu sich nahmen.

»Nein, zu aller Freude ist unsere zweite Sekretärin Frau Herbart wieder gesund und unterstützt Fräulein Nehlsen.« Theodors Züge wurden weich. »Vanda hat sich tatsächlich schnell eingearbeitet. Sie hat mich auch des Öfteren zu Konferenzen begleitet, und dabei stellte sich heraus, dass sie auf einem anderen Gebiet weit talentierter ist als im Maschineschreiben.«

Georg bestellte noch drei Becher Bier.

»Auf welchem?«

Theodors Lachen wirkte ansteckend.

»Wenn eine Frau wie Vanda am Tisch sitzt, werden Männer auf einmal galant und umgänglich. Ich kann dir versichern, meine Frau weiß das geschickt zu nutzen. Sie besitzt mehr Verhandlungsgeschick als du und ich zusammen. Dank ihr haben wir einige lukrative Geschäfte an Land gezogen. Sie arbeitet jetzt stundenweise als meine Assistentin.«

Georg pfiff durch die Zähne. »Ich gratuliere.«

Theodor sah ihn offen an. »Wie ist es bei dir? Gibt es eine Herzdame?«

»Nein.«

Theodor hob eine Braue, hielt sich zum Glück mit weiteren Kommentaren zurück und schwenkte das Gespräch in eine andere Richtung.

Nachdem die Becher geleert waren, gingen die vier Reisenden bald schlafen.

Am folgenden Nachmittag passierten sie die heimatlichen Straßen.

Levy starrte mit offenem Mund auf die herrschaftliche Stadtvilla, vor der die Kutsche schließlich hielt.

Vanda stand lächelnd in der Tür, Klein-Isa auf ihre Hüfte gesetzt, neben ihr ein Junge, halb Kind, halb Mann.

Georg rieb sich die Augen und eilte auf ihn zu. »Felix?«

Kurz vergaß der Junge, dass er sich für Zärtlichkeiten eigentlich zu alt fühlte, und stürzte in seine Arme. »Onkel Georg!«

Gerührt fuhr Georg durch seine blonden Locken, die den seinen glichen.

»Schön, dich wiederzusehen.«

Vandas und sein Blick begegneten sich, und Georg verstand sogleich, warum sich Theodor in sie verliebt hatte. Hübsche Frauen gab es viele, doch nicht jede strahlte derart viel Wärme und Herzlichkeit aus.

»Auf diesen Moment habe ich lange gewartet«, sagte Vanda, »und Isa möchte ihren Onkel auch gern kennenlernen.« Sie reichte ihm das sechs Monate alte Kind, danach begrüßte sie Levy. »Willkommen. Tretet ein.«

Isas Blick ruhte staunend auf Georg, und sein Hals wurde eng. Als sie ihre kleinen Finger nach seinem Zwicker ausstreckte, hatte er Mühe, ihn ihr zu entwenden. Sie gluckste, wollte das Spiel wiederholen, und sein Herz flog ihr zu.

Vanda wollte ihm das Kind abnehmen, aber Isa vergrub ihr Gesicht an seiner Brust. Georg lächelte. »Lass nur, ich habe sie gern noch ein bisschen bei mir.«

Sie strich über Isas Rücken. »Wie du möchtest.«

In Theodors Wohnraum blieb Georg wie angewurzelt stehen. Er war mit bunten Girlanden und Blumen liebevoll geschmückt, auf dem Tisch standen appetitlich angerichtete Häppchen und Schokoladenküchlein mit Mandeln.

»Die habe ich mit Vanda gebacken«, erklärte Felix mit gerecktem Kinn.

Ihr zärtliches Lächeln berührte Georg. Olivias Bild tauchte vor ihm auf. Jetzt, da ihn ein Kontinent von ihr trennte, musste er aufhören, von etwas zu träumen, das nicht sein sollte. Es wurde Zeit, sich zu amüsieren.

Simon und Magda erschienen in der Tür.

»Kann ich das Gepäck schon auf die Zimmer bringen?«, wollte Simon wissen.

»Natürlich.« Theodor wandte sich an seinen Bruder. »Wie unaufmerksam von mir. Folgt mir, ich zeige euch zunächst die Zimmer.«

Im ersten Stock öffnete er eine der Flügeltüren, die in einen großzügig geschnittenen Raum führten, und Georgs Verwirrung wuchs. Dort, wo einst sein geliebtes Klavier aus Nussbaum gestanden hatte, lag nun ein Orientteppich. Helle Vorhänge bewegten sich im Wind, der durch das geöffnete Fenster hereinwehte. Die Möbel waren neu, und der Dielenboden verströmte den angenehmen Duft von Bohnerwachs.

»Für Levy haben wir dein altes Zimmer vorgesehen«, erklärte Theodor.

Levy erbleichte. »Für … mich?« Die winzige Kammer, die er in Georgs Pension bewohnt hatte, war mit diesem Raum nicht zu vergleichen.

Vanda nickte dem jungen Mann zu. »Zumindest vorerst, bis du dir eine eigene Kammer leisten kannst.«

Georgs Blick flog zu seinem Bruder. »Ich verstehe nicht. Wo schlafe denn ich?«

Theodor lächelte. »Macht nichts. Folge mir einfach.«

Im Erdgeschoss blieben sie vor den Privaträumen des Verstorbenen stehen.

Theodor öffnete die Tür weit.

»Vanda und ich haben deine Rückkehr zum Anlass genommen, ein neues Kapitel in unserem Leben aufzuschlagen. Fühl dich wohl.«

Georg blinzelte. »Das kann ich nicht. Nicht in Vaters Räumen.«

»Schau sie dir doch erst mal an«, bat Vanda weich.

Georg ließ seinen Blick schweifen. Da stand die gerahmte Fotografie mit Vaters Konterfei auf dem Sekretär, daneben eine Schale, in der die Pfeife und das Tabakdöschen seines Vaters lagen, die Messingtafel mit dem Familiensymbol auf der Anrichte. Ansonsten erinnerte in dem Salon nichts mehr an seinen früheren Bewohner. Eine schlichte Seidentapete zierte die Wände, die schweren Möbel seines Vaters waren durch modernere ersetzt worden. An der hinteren Wand stand sein alter Kleiderschrank, in dem er sich als Steppke oft versteckt hatte, wenn er mit seinen Geschwistern Fangen gespielt hatte.

Das Klavier, auf dem er seine ersten Musiklektionen erhalten hatte, nahm die Mitte des Raumes ein. Georg dachte an seinen letzten feierlichen Abend am vierten Advent zurück. Den Steinway-Flügel, der um einiges kostbarer war als sein altes

Instrument, hatte er schweren Herzens einem Musiklehrer aus Denver verkauft.

Georg legte Klein-Isa auf eine Decke, damit sie mit den Beinchen strampeln konnte, strich über den glänzenden Klavierlack und schlug einen Akkord an.

Vanda trat neben ihn. »Wir haben es stimmen lassen.«

»Es klingt wundervoll.« Versunken betrachtete er die Notenblätter auf dem Ständer.

»Monatelang haben wir einen Bogen um Hermanns Räume gemacht«, fuhr seine Schwägerin leise fort. »Selbst Magda betrat sie nur auf Anordnung.« Sie legte eine Hand auf seinen Arm. »Die Atmosphäre hier hat uns bedrückt. Wir hatten oft das Gefühl, er käme gleich durch die Tür, als wäre nichts geschehen. Es fiel uns schwer, seine Kleider wegzuräumen, gleichzeitig empfanden wir es als befreiend.« Sie sah ihn offen an. »Georg, wir brauchen einen Neuanfang. Davon abgesehen, ergibt es keinen Sinn, die Zimmer länger ungenutzt zu lassen. Deshalb haben wir sie für dich renovieren und umgestalten lassen. Gefallen sie dir?«

Georg kramte die gerahmte Fotografie von Tante Funny aus seiner Sakkotasche und stellte sie aufs Klavier.

»Ihr habt recht. Ich danke euch von Herzen. Bestimmt werde ich mich hier schnell wohlfühlen.«

Als er sich jedoch spätabends in seinem Bett ausstreckte, starrte er noch lange an die Decke. Unterwegs hatte er sich auf sein vertrautes Zimmer gefreut, in dem jedes Detail mit lieb gewonnenen Erinnerungen verbunden war, die ihm geholfen hätten, in der alten Heimat neue Wurzeln zu schlagen. Die Räume hatten sie wundervoll hergerichtet, doch trotz aller Bemühungen, es ihm so behaglich wie möglich zu machen, fühlte er sich fremd, wie ein Störenfried. Womöglich waren seine Nerven auch überreizt und seine Erschöpfung war zu groß, um nach all der Aufregung in den Schlaf zu finden.

Kapitel 9

Akule

Reservat der Weeminuche, zur selben Zeit

Mehr als drei Monate waren seit der Zusammenkunft mit Chief Ignacio und dem Ältestenrat vergangen, Monate, in denen Akule die Ungewissheit kaum ertrug und so manche Nacht vor lauter Grübeln nicht in den Schlaf fand.

Im schneereichen Februar hatten vereiste Wege ein Treffen der Chiefs der Southern Ute verhindert, im März machte der schmelzende Schnee sie nahezu unpassierbar. Jeden einzelnen Tag war Akule mit Herzklopfen erwacht. Was, wenn andere das Gespräch der Ältesten mit dem Chief belauscht hatten und herauskam, dass er für den Verrat ihres großen Geheimnisses verantwortlich war? Akule benötigte keine Fantasie, sich auszumalen, was in dem Fall mit ihm und seiner Familie geschehen würde.

Besonders der feinfühligen Nituna entging nicht, dass etwas seine Seele beschwerte, Akule gelang es jedoch, ihren bohrenden Fragen geschickt auszuweichen. Eine Weile beäugte sie ihn noch skeptisch, doch auch diese Zeit verging.

In Momenten der Stille kehrten seine Gedanken zu jenen Frühlingstagen zurück, als Richard, der fließend Ute und Navajo sprach, ihm geduldig Englisch beigebracht hatte. Seitdem hatten sie in ihren Gesprächen wie selbstverständlich zwischen beiden Sprachen gewechselt. Damals wäre er für Richard gestorben. Wie hatte er sich nur derart in ihm täuschen können?

Akule zermarterte sich das Hirn, weshalb sein Freund die Begebenheit auf dem Tafelberg nicht nur falsch dargestellt, sondern den heiligen Ort auch noch als seine Entdeckung ausgegeben hatte. Er hätte es ahnen müssen, Richard war, so lange er ihn kannte, von Entdeckerfieber getrieben gewesen. Dass er aber bereit war, für eine Sensation alles zu verraten, was sie einst verbunden hatte, hätte er niemals gedacht.

Sofern es die Wetterlage zuließ, hielt er an der Grenze des Reservats dennoch nach ihm Ausschau. Der weiße Mann verbot ihnen zwar, es zu verlassen, doch die Núu-ci waren Krieger, keine Sklaven, und ließen sich nicht einpferchen. Im Schutz der Dunkelheit unternahmen sie auf ihren schnellen Ponys regelmäßig Raubzüge in Big Bend und stahlen Pferde, Waffen und Lebensmittel.

Auch Akule übertrat zuweilen die Grenze, um den Farmern das eine oder andere Stück Vieh zu stehlen, zu fischen oder zu jagen, wie an jenem unglückseligen Dezembertag. Wurden seine Leute entdeckt, kam es immer öfter zu Schießereien, im günstigsten Fall nahmen ihnen die Weißen ihre Ponys fort. Was allerdings nur zur Folge hatte, dass sie sich ihre Tiere zurückholten.

Doch um die Bäuche seiner Familie zu füllen, war Akule nahezu jedes Mittel recht. Seine Frauen und er konnten sich mit wenig begnügen, aber sein Jüngster musste bei Kräften bleiben. Zu einem wesentlichen Teil hatte es seine Familie der weißen Siedlerin zu verdanken, dass Chesmu trotz des harten Winters kaum an Gewicht verloren hatte. Anfangs hatte Akule die Lebensmittel entsetzt ablehnen wollen, die der Junge in regelmäßigen Abständen nach Hause brachte. Sein Stolz verbot es ihm, ausgerechnet von jenen deutschen Einwanderern

Geschenke anzunehmen, deren Grundstücke einst zum Gebiet seines Stammes gehört hatten. Dann fragte er sich manchmal, ob es sich auf gestohlenem Land gut schlafen ließ.

An einem frostigen Wintertag sah Onawa ihn an, als würde sie an seinem Verstand zweifeln. »Du verlangst hoffentlich nicht, dass ich das Gemüse wegwerfe? Es ist ein Geschenk für Chesmu, nicht für uns. Wenn er bald auf den Kriegspfad gehen soll, braucht er gutes Essen.«

Onawa verstand sich darauf, ihn an seinem wundesten Punkt zu treffen, und er kapitulierte schließlich.

Chesmu, der die Unterhaltung verfolgt hatte, flehte ihn daraufhin an, die junge Siedlerin und ihre Familie bei den Überfällen zu verschonen.

Nach einem Gespräch mit Onawa und einer schlaflos verbrachten Nacht wandte sich Akule an die Ältesten. Zunächst wiesen sie seine Bitte empört ab, doch letztlich gelang es ihm zumindest, sie davon zu überzeugen, Kate und Schule nicht anzurühren. Zwar schlug Akules Gewissen, weil sie den deutschen Siedlern die Vorräte rauben wollten, aber zu einem größeren Kompromiss erklärten sich die Männer nicht bereit.

Am Abend, als sie auf dem Nachtlager über Chesmus Wohltäterin sprachen, sagte Onawa: »Wir sollten den Boden bestellen wie die Siedler. Dann würden wir nicht mehr hungern.«

Allein die Vorstellung erschien Akule geradezu absurd.

»Unser Volk hat das nie getan, Weib. Wir sind Jäger und Krieger, keine Bauern. Wenn die Weißen den ganzen Tag in der Erde graben wollen, sollen sie es tun.«

Plötzlich legte sie ihre Hand gegen seine Wange.

»Wir müssen etwas tun, wenn wir nicht elendig verrecken wollen. Nituna und mir gefällt das Handarbeiten auch nicht«, flüsterte sie und deutete auf seine zweite Frau, die an der anderen Seite des Tipis schlief. »Ihre Hände sind blutig vom

Weben. Aber die Teppiche, Kleider und Decken helfen uns, zu überleben.«

Wofür wir nur einen Hungerlohn verdienen, während der weiße Mann kräftig abkassiert, durchfuhr es ihn, doch den Gedanken behielt er für sich.

Die Begebenheit lag inzwischen eine Weile zurück, und es hatte sich nichts geändert. Es würde sich nie ändern, solange sie im Reservat lebten.

Sie haben uns längst besiegt, dachte Akule, ließ den Blick sehnsüchtig zum Ute Mountain gleiten, den sie *Sleeping Ute* nannten, und träumte sich in eine Zeit zurück, in der sie mit ihren Ponys auf geheimen Pfaden gejagt hatten, nur so viel, dass das Gleichgewicht der Mächte erhalten blieb.

Eine Legende besagte, dass der Ute Mountain in alten Tagen ein großer Kriegergott gewesen sei, der erschien, um seinem Volk im Kampf gegen die Feinde Beistand zu leisten. Eine Schlacht zwischen dem Kriegergott auf der einen und dem Bösen auf der anderen Seite begann. Als die kriegerischen Seiten dabei immer härter auf den Boden stampften, entstanden unter ihren Füßen die Berge und Täler, und auf diese Weise formten sie die Landschaft. Der große Kriegergott wurde in der Schlacht verletzt, legte sich zur Rast und fiel in einen tiefen Schlaf. Das Blut aus seinen Wunden verwandelte sich in Leben spendendes Wasser für alle Kreaturen. Ziehen sich die Wolken über dem höchsten Gipfel zusammen, ist der Kriegergott mit seinem Volk zufrieden und schüttet Regenwolken aus seinen Taschen.

Akule starrte in den diesigen Himmel. Nicht einmal auf dem Sleeping Ute durften sie mehr ihre Zeremonien abhalten. Mit zusammengekniffenem Mund saß er vor seinem Tipi und schnitzte an neuen Pfeilen. Unterdessen spürte er das Gewicht des Revolvers, den er erst gestern gesäubert, poliert und geladen hatte, in seinem Stiefel. Er hatte ihn einem Deutschen in Big Bend bei einem Kampf abgenommen.

In welche Welt waren seine Kinder bloß hineingeboren worden.

Die drei älteren Söhne, die er mit Onawa hatte, waren erprobte Krieger, einzig um Chesmu sorgte er sich. Der Junge war aufgeweckt und ein gewitzter Kämpfer mit Speer, Pfeil und Bogen, aber auch ein nervtötender Plagegeist. Immer öfter stellte er die Befehle seines Vaters infrage, was bereits den Unmut anderer Núu-ci auf sie gezogen hatte. Dabei benahm sich Chesmu keineswegs respektlos, er verstand bloß nicht, warum er im Reservat bleiben musste, obwohl in der Nachbarschaft Rehe und Hirsche förmlich vor seiner Nase herumsprangen und üppig tragende Beerensträucher und Obstbäume wuchsen.

»Wieso dürfen wir keine Beeren sammeln, obwohl für alle genug da ist?«, war eine der Fragen, auf die seinem Vater keine befriedigende Antwort einfiel.

Akule war in seiner Jugend ähnlich neugierig gewesen, nur hatte er das freie Leben der Stämme ebenso miterlebt wie den langen Marsch der Navajos von Arizona nach New Mexico, deren Zwangsumsiedlung in mehreren Konvois erfolgt war. Ursprünglich hatte sein Stamm einen Raubzug im Grenzgebiet auf den verfeindeten Stamm geplant. Dort mussten Akule und einige andere Krieger mit ansehen, wie unzählige Männer, Frauen und Kinder mit ausdruckslosen Gesichtern an ihnen vorbeigetrieben wurden. Der Anblick hatte sich wie ein Brandzeichen in seine Seele gefressen und seine Feindseligkeit für einen Moment vergessen lassen. Zu jener Zeit hatte er sich des Öfteren gefragt, wie die Navajos jetzt lebten, ob es ihnen ähnlich erging wie den Southern Ute.

In Akules Innerem krampfte sich alles zusammen, wenn er an seinen Jüngsten dachte.

Missgelaunt senkte er den Kopf wieder über seine Schnitzereien und blickte erst auf, als Onawa eben diesen an den Haaren zum Eingang des Tipis zerrte.

Chesmu stellte zwei Eimer Wasser vor seinem Vater ab und blickte stur zu Boden.

»Dein ungeratener Sohn sollte Wasser holen. Statt auf der Stelle zurückzukommen und sich im Nahkampf zu üben, rate mal, wobei ich ihn erwischt habe!«

Akule schirmte seine Augen gegen das Sonnenlicht ab. »Sprich, Weib.«

»Am Bach einen Blumenkranz geflochten hat er. Einen, den er bestimmt nicht selbst tragen wollte, oder?« Sie stieß den Jungen unsanft in die Seite.

Chesmu schwieg.

Akule fuhr hoch. »Antworte! Du wolltest ihn deiner kleinen Freundin bringen, habe ich nicht recht?« Er schüttelte ihn. »Du weißt, was dir blüht, wenn sie dich außerhalb des Reservats erwischen. Außerdem habe ich dir den Kontakt mit den Weißen verboten!«

»Julia kann doch nichts dafür.« Chesmu war bleich.

»Wage es nicht, mir zu widersprechen!«, presste sein Vater hervor.

»Was ist so schlimm an unserer Freundschaft?« Chesmus Stimme zitterte verräterisch. »Julia ist erst vier. Sie ist wie eine Schwester für mich.« Er begegnete dem Blick seines Vaters. »Verbiete mir nicht, sie zu sehen.«

Der Junge treibt mich in den Wahnsinn, dachte Akule verzweifelt. »Ich weiß, dass du Kinder liebst. Aber hier gibt es genug Eltern mit kleinen Kindern. Dazu brauchst du das weiße Mädchen nicht. Unser Land ist getränkt vom Blut Tausender guter Männer, die ihretwegen auf dem Kriegspfad ihr Leben gelassen haben. Was muss noch geschehen, damit du verstehst? Jetzt mach, dass du fortkommst. Oder hast du nichts zu tun?«

Chesmus trotzig verzogener Mund schürte seinen Zorn. Er wollte ihm etwas nachrufen, da entstand hinter ihm Unruhe. Neugierig geworden, was an der Grenze vor sich ging, umringten Männer und Frauen den Ankömmling am Eingang des Reservats und begrüßten ihn.

Akule erhob sich, als Chief Ignacio auf ihn zusteuerte und ihm einen Wink gab.

Sein Puls beschleunigte sich, und er folgte dem Anführer in respektvollem Abstand.

Er war der Erste, der nach dem Chief in der Versammlungshütte seinen Platz einnahm. Akules Blut rauschte, zwischen seinen Schulterblättern sammelte sich Schweiß. Bereits als kleiner Junge hatte er Respekt und Geduld gegenüber den Älteren und höhergestellten Stammesmitgliedern erlernt, doch nie zuvor war es ihm derart schwergefallen, still zu sitzen und das Urteil des Anführers zu erwarten.

Demothi, Elsu und Mingan betraten die Hütte, ohne Akule eines Blickes zu würdigen.

Der Anführer sah von einem zum anderen. »Seid mir gegrüßt. Wir Chiefs der Southern Ute haben über Richard Wetherill und Akule beraten und sind zu einer Entscheidung gekommen.« Er legte eine bedeutungsvolle Pause ein.

Akule hielt den Atem an und wischte die feuchten Hände an seiner Hose ab.

»Es ist beschlossen«, setzte Chief Ignacio erneut an. »Akule, du hast gegen unsere Gesetze verstoßen und dem weißen Rancher mehr vertraut als uns. Deshalb schließen wir dich mit sofortiger Wirkung vom Ältestenrat aus.«

Dieser schloss gequält die Augen und erwartete das Unvermeidliche.

»Da wir dir aber glauben, dass die Not dich zu der Tat getrieben hat, lassen wir Milde walten und sind übereingekommen, den Anlass für deinen Ausschluss unerwähnt zu lassen und auch weiterhin über dein Vergehen zu schweigen. Wir können keinen Aufruhr untereinander gebrauchen.«

Eine Zentnerlast schien von Akules Schultern zu fallen. Er legte seine Hand auf die Brust. »Ich werde dir und den anderen Chiefs der Southern Ute mein Leben lang dankbar sein, das schwöre ich.«

Chief Ignacios nickte, seine Stimme drang klar und deutlich durch die Hütte.

»Unter einer Bedingung: Du wirst uns hier und jetzt mitteilen, dass es dein ureigener Wunsch ist, deinen Posten im Ältestenrat an den nächsten Kandidaten abzugeben. Einen Grund brauchst du nicht zu nennen. Weil wir lange Zeit auf dem Kriegspfad waren, haben wir einen Überschuss an älteren Männern, und du sitzt schon jahrelang im Rat. Über einen Wechsel wird sich niemand wundern. Wie du dich deiner Familie erklärst, bleibt dir überlassen.«

Akule deutete eine Verbeugung an und nickte mechanisch. *Wir dürfen bleiben,* schien es in seinem Kopf widerzuhallen. *Wir dürfen bleiben.*

»Danke.«

Dann tat er, wozu man ihn aufforderte, und die Vereinbarung wurde besiegelt.

Chief Ignacio gab den drei Männern mit ernster Miene einen Wink, gehen zu dürfen.

Als sie die Hütte verlassen hatten, bat er Akule, ihm zu folgen.

Irritiert schwang sich dieser auf den Rücken seines Ponys und verließ hinter dem Chief das Reservat. Sein Gehirn arbeitete fieberhaft, aber es erschien ihm nicht der rechte Zeitpunkt für neugierige Fragen zu sein.

Sie ritten länger als eine halbe Stunde westwärts und lenkten die Tiere geradewegs auf eine riesige Kiefer zu, da blieb der Anführer stehen.

Akule blinzelte. Neben dem Stamm des Nadelbaumes verharrten zwei Reiter mit ihren Ponys, deren lange Haare sie als Núu-ci zu erkennen gaben.

Chief Ignacios Miene blieb unbeweglich, als er sich zu ihm umwandte.

»Wir waren uns außerdem einig, Wetherill ebenfalls zur Verantwortung zu ziehen. Wir haben ihn in der Nähe von Mancos gefunden.« Er machte eine auffordernde Handbewegung zu der am Baum gefesselten Gestalt.

»Er gehört dir.«

Akules Puls beschleunigte sich. Widersprüchliche Gefühle schüttelten ihn. Ohne den Chief anzusehen, ritt er im Schritt auf die riesenhafte Kiefer zu. Dabei hatte er das Gefühl, als hätte jemand die Zeit angehalten. Überdeutlich nahm er den Flügelschlag eines Raben über ihm wahr, den Wind, der ein Keuchen zu ihm herüberbrachte, und die vertraute Gestalt des Mannes, den er einst Freund genannt hatte und der jetzt verzweifelt versuchte, seine Fesseln zu lockern. Was ihm aber lediglich einen gezielten Hieb in die Magengrube von Igasho einbrachte, einem erfahrenen Krieger und Vetter von Mingan.

Richards Gesicht glich einer Fratze.

Akule zückte sein Messer mit der langen Klinge, ohne das er nie das Reservat verließ.

Keine fünf Schritte voneinander getrennt, bedeutete er den beiden Männern, zurückzutreten.

»Was willst du von mir, mein Freund?«, stieß Richard aus.

Akule schoss auf ihn zu und näherte sich seinem Gesicht.

»Nenne mich nie wieder Freund!« Mit seiner Rechten presste er das Messer gegen Richards pochende Halsschlagader. »Du bist ein Verräter!«

Dieser befeuchtete die blutleeren Lippen.

»Acowitz, du musst mir glauben! Ich wollte die Sache ja mit dir besprechen, aber der Winter ließ es nicht zu … Ich habe deinen Namen in den Interviews bewusst verschwiegen, das schwöre ich dir.« Er stöhnte. »Mach mich endlich los, und steck das verdammte Ding weg, dann können wir in Ruhe über alles reden. Zehn Prozent von allen Einnahmen, was meinst du?«

Akule drückte das Messer tiefer in Richards Fleisch. »Ich will dein Geld nicht!«

»Wir werden uns schon einig«, stammelte der Rancher. »Fünfzehn Prozent. Denk an deine Familie, ihr braucht das Geld dringend.«

Fünfzehn Prozent. Denk an deine Familie. Akule verstärkte den Druck seines Messers an Richards Halsschlagader, ein Blutstropfen bahnte sich seinen Weg abwärts und versickerte in dessen Hemd.

»Wieso hast du das getan?«

In den Augen seines Widersachers stand blanke Furcht. Seine Lippen bebten.

»Ich bin ein Forscher und Entdecker, mein Guter! Wie hätte ich das Geheimnis verschweigen können. Außerdem, was denkst du ... wäre passiert, hätten deine Leute herausgefunden, dass du ihr Geheimnis verraten hast? Sie hätten dich verstoßen, und ihr wäret jämmerlich verreckt! Mit meinem Schweigen habe ich euer Überleben gesichert, Acowitz. Wo bleibt deine Dankbarkeit?«

Seine letzten Worte waren alles, was noch zu Akule durchdrang. Wie von ferner Hand gelenkt, steckte er das Messer zurück in die Scheide in seiner Jackentasche, umschloss den Hals des Gefesselten und drückte zu. Fester, immer fester. Nur noch wenige Augenblicke, bis Richards Augen hervortreten, sein Körper erschlaffen und das Leben aus ihm weichen würde. Er wäre bei Weitem nicht der Erste gewesen, den er eigenhändig erwürgte, erschoss oder dem er das Messer in die Eingeweide rammte. Er konnte seinen Skalp nehmen und auf einen Pfahl spießen, damit jedermann seinen Triumph sehen konnte.

Gleichzeitig liefen die Szenen ihrer Freundschaft vor seinem geistigen Auge vorüber, er fühlte das stumme Einvernehmen, das unzerstörbar geglaubte Band zwischen ihnen, das ihn in schweren Jahren gestärkt und ermutigt hatte.

Als hätte sich Akule verbrannt, ließ er von Richard ab, der sogleich erbärmlich hustete, sprang auf sein Pony und drehte ihm den Rücken zu.

»Lasst ihn gehen. Ich will, dass er bis zu seinem letzten Atemzug mit seiner Schuld lebt.«

KAPITEL 10

ROSA

Cortez, 13. Juli 1889

Rosa hielt in ihrer Arbeit inne, trank gierig einen Schluck Wasser und zog ihren Strohhut tiefer ins Gesicht. Schon am Morgen schien die Hitze alles Leben aus den kargen Pflänzchen zu saugen, die zwischen den Obstbäumen wuchsen. Seit Ende April setzte ihnen eine Dürreperiode zu und zwang sie allmählich in die Knie. Da die Flüsse kaum noch Wasser führten, wurde es rationiert und reichte nur für das Nötigste. Die ersten Tiere hatten ihren Kampf gegen den Wassermangel bereits verloren, von Florence' fünf Kälbern lebten nur noch zwei.

Doch der Zuckerrohrplantagenbesitzer Adam Haupt schwor den Siedlern Stein und Bein, dass es noch heute regnen und unbeständiges Wetter folgen werde. Woher er seine Vorhersagen nahm, die sich zumeist sogar bewahrheiteten, wusste niemand so genau.

Verbissen lockerte Rosa den steinharten Boden. Ihr Rücken brannte. Vermutlich hätten sie sich alle bei besserer Kondition befunden, wäre der Winter weniger hart gewesen. Nach den Raubzügen der Ute hatten die bessergestellten Siedler ihre Ersparnisse für Lebensmittel und andere Notwendigkeiten verbraucht und mit den Nachbarn geteilt, doch obwohl die Angriffe Monate zurücklagen, waren immer noch nicht alle Häuser instandgesetzt. Auch Wendelin und sie hatten mehr als einmal auf ihre Mahlzeit verzichtet, damit Julia satt wurde.

Rosa schnippte energisch eine Mücke von ihrem Arm. Es musste ihnen gelingen, genügend Geld mit der Ernte zu verdienen, damit es für die Berlinreise vor Weihnachten reichte. Doch selbst wenn sie das schafften, war es darüber hinaus vonnöten, sich etwas einfallen zu lassen. All die Jahre hatte sie die Schule auf Spendenbasis betrieben, die Anzahl ihrer Schüler stieg ständig weiter, und in absehbarer Zeit würden sie erneut anbauen müssen. Obwohl es ihr widerstrebte, wurde eine gewisse Summe Schulgeld notwendig, um kostendeckend arbeiten zu können.

Sonnenlicht fiel auf den Siegelring an Rosas Kette, und ihre Gedanken wanderten zu ihrem Vater. Er wäre bestimmt stolz auf die Schule gewesen, die seinen Namen trug, und das Leben, das sie sich in Cortez aufgebaut hatte. In solchen Momenten wünschte sie sich, an seinem Grab Zwiesprache mit ihm halten zu können. Bis es aber so weit war und sie ihre Familie wiedersah, würde sie dafür sorgen, dass in nicht allzu weiter Ferne jeder Einwohner von Cortez wohlwollend von der Breitenbach School sprach.

Die Aussicht auf Abkühlung und plätschernde Bäche, in denen die Fische sprangen, verlieh Rosa neue Kraft. Bis zum Nachmittag musste sie fertig sein, damit der ausgetrocknete Boden den Regen aufnahm, sie ihre Vorratskammer füllen und vielleicht sogar ihre Erzeugnisse in Big Bend oder Durango verkaufen konnten. Big Bend, zuvor nicht mehr als eine winzige Ortschaft inmitten unendlicher Weite, besaß inzwischen vier Kaufläden, einen Schmied, ein Geschäft für Futtermittelbedarf und einen Saloon. Allerdings machten seine Bewohner seit einiger Zeit immer wieder unliebsame Bekanntschaft mit den Ute, die ihre zerstörerischen Raubzüge offenbar von Cortez nach Big Bend verlagert hatten und die dortigen Einwohner in Angst und Schrecken versetzten.

Ihr Blick fiel auf die Schule. Das fröhliche Gelächter der Kinder war verflogen, keine Glocke rief zum Unterricht. Von Juni bis August blieb die Schule geschlossen. Während der Erntezeit wurde jede Hand benötigt, und mochte sie noch so klein sein. Aus diesem Grund bekam sie derzeit kaum ein Kind zu Gesicht.

Ihre Tochter saß auf der schattigen Terrasse, malte und stimmte ein Erntelied an, das Georg ihr beigebracht hatte, und vor Rosas innerem Auge tauchte unvermittelt ihr Bruder auf, seine mahlenden Kieferknochen, als sie einander Lebewohl gesagt hatten.

Ihre Umgebung verschwamm. Der Abschied war ihm ebenso schwergefallen, davon unbeirrt hatte er seine Pläne dennoch in die Tat umgesetzt. Woher nahm er die Stärke, ein zweites Mal alle Brücken hinter sich abzubrechen? Entschlossenheit war ein neuer Wesenszug an ihm. Dabei hatte sie stets gespürt, wie viel ihm seine Unabhängigkeit bedeutete, wie glücklich es ihn machte, sich seiner Musik hinzugeben. Ganz abgesehen von Olivia. Sie mochte sich nicht ausmalen, was es ihn gekostet hatte, sie mit der Pension in Rico zurückzulassen.

Rosa biss sich auf die Unterlippe. Erst wenn sie die Schule in verlässliche Hände geben konnte, hatte Theodor in seinem letzten Brief scherzhaft erklärt, dürfe sie nach Hause kommen. Bis dahin solle sie sich nicht sorgen.

Als ob das möglich war, zumal Georgs Nachrichten nur spärlich eintrafen. Normalerweise war er der gesprächigere ihrer Brüder und schrieb gern lange Briefe. Auf ihre Frage, wie es ihm im Familienunternehmen ergehe, hatte er lediglich erwidert, alles stünde zum Besten. Eben seine knappe Antwort erregte ihr Misstrauen. Zum Glück jedoch hatte Theodor nach der Fabrikerweiterung eine zweite Kraft für die Buchhaltung eingestellt. Nun, da Georg seine Fähigkeiten als Firmenleiter hinreichend unter Beweis gestellt hatte, würden sich die Brüder gewiss bald die Verantwortlichkeiten teilen.

Rosa nahm die Eindrücke ihrer Umgebung auf einmal überdeutlich wahr. Das Surren der Kolibris auf der Terrasse, wenn sie von dem Honigwasser in der Schale kosteten, die sie an heißen Tagen auf den Tisch stellte. Sie blickte sich um. Bis zum ersten Schnee würden die üppig wachsenden Wacholdersträucher ihren Duft bis zu ihrer Kate tragen, und der wilde Salbei hatte die hügelige Landschaft in ein blaues Blütenmeer verwandelt. Dahinter erhob sich der Ute Mountain, der immer etwas Geheimnisvolles ausstrahlte. Dann waren da der Tafelberg, den zu betrachten sie nicht müde wurde, und die vier Hirsche, die gerade wenige Schritte von Christines und Dorotheas Haus entfernt an trockenen Grashalmen knabberten.

Sie sog die Luft tief in ihre Lungen, gab sich Erinnerungen hin und sah sich vor der Stadtvilla stehen. Dort trugen die Herren steife Anzüge und Wohlstandsbäuche, die hochgeschlossenen Kleider der Damen kratzten sicher am Hals. Berlin war modern und hektisch, und geschäftige Laute erfüllten die Straßen.

Das Land, auf dem Rosa stand, gehörte inzwischen ihr, unbändige Freude hatte sie empfunden, als man ihr vor ein paar Monaten die Besitzurkunde überreichte. Colorado hatte Spuren in ihr hinterlassen, es fühlte sich an, als würden sich die Farben, Gerüche und Formen mit jedem Atemzug tiefer in ihre Seele schleichen. Der Gedanke, ihre zweite Heimat vielleicht eines Tages verlassen zu müssen, machte ihr schmerzhaft deutlich, dass ein Teil von ihr für immer an diesem unwirtlichen und gleichzeitig so zauberhaften Ort bleiben und sie ihn bis zu ihrem letzten Atemzug vermissen würde. Aber da der Abschied in weiter Ferne lag und sie keine Muße hatte, sich Sentimentalitäten hinzugeben, rief sie sich selbst zur Ordnung.

Inzwischen hatte Rosa die zweite Beetreihe erreicht und streckte den Rücken. Wenn es nur endlich geregnet hätte. Schweiß lief ihr in Rinnsalen den Nacken hinab.

Aus den Augenwinkeln nahm sie eine Bewegung hinter der Kate wahr, erkannte den Indianerjungen, der sich in geduckter Haltung zur Terrasse schlich, und schüttelte den Kopf. Bobbie schien die Strafe seines Stammes nicht zu fürchten, aber was konnte man von einem Halbwüchsigen, der gegen alles rebellierte, was er nicht verstand, anderes erwarten. Julia strahlte und winkte ihn an den Tisch.

Rosa blickte sich nach allen Seiten um. Wendelin war am frühen Morgen mit Oscar, einem Schreiner aus der Nachbarschaft, nach Big Bend gefahren, um Baumaterialien für Agnes und ihre Familie zu besorgen, die nach dem Raubzug in der Siedlung bei Oscar untergekommen waren, bis sie wieder unter ihrem eigenen Dach schlafen konnten. Sie erwartete die beiden Männer nicht vor dem frühen Nachmittag zurück. Seit sie wegen der steigenden Schülerzahl mehr Unterrichtsstunden übernommen hatte, kümmerte sich Wendelin inzwischen auch um die Buchführung und den Verkauf ihrer Ernteerträge in Big Bend. Sie bewunderte grenzenlos, wie mühelos er neben der harten körperlichen Arbeit noch tadellose Geschäftsbücher führen konnte. Bei dem Gedanken an ihn lächelte sie.

Da es ohnehin Zeit für eine kurze Pause war, wischte sie ihre Hände an der Schürze ab, die sie über ihrer Hose trug, und suchte Blickkontakt mit Bobbie.

Verlegen zog der Junge den Kopf ein und machte Anstalten, zu gehen, da hielt sie ihn mit einer Handbewegung auf und näherte sich ihm vorsichtig.

»Es ist alles gut, Bobbie.«

»Weißer Mann sagt Redleaf Bobbie.« Er schnaubte. »Richtiger Name Chesmu.«

»Ich verstehe. Lasst euch nicht stören, Chesmu. Ich habe nichts gegen dich.«

Er senkte den Kopf. »Julia meine Freundin. Ich tue nichts Böses.«

Rosa hob eine Hand. »Das weiß ich doch. Möchtest du etwas trinken?«

Er sah sich ängstlich um und schüttelte den Kopf. »Muss gehen.«

»Chesmu sagt, sein Papa hat mit ihm geschimpft. Wir dürfen nicht mehr zusammen spielen.« Julias Unterlippe bebte. »Bin ich denn ein schlechtes Kind, Mama?«

Der Junge strich ihr übers Haar. »Nein, du Freundin.«

Er machte Anstalten, zu gehen, doch diesmal hielt Rosa ihn fest.

»Warte.« Sie zwang ihn, ihrem Blick zu begegnen. »Sag mir, was hat Julia damit zu tun? Sieh sie dir an, sie weint, weil sie dich gernhat und nicht verlieren will.«

Chesmu wollte sich ihrem Griff entwinden, hatte jedoch nicht mit der Kraft gerechnet, mit der sie seinen Arm umklammerte.

»Hör mir jetzt ganz genau zu, mein Junge.« Rosa kniff die Augen zusammen. »Seit du um unser Haus streifst und uns beobachtest, habe ich dir immer etwas zu essen zugesteckt, weil ich an das Gute in dir glaube. Oder etwa nicht?«

Er erbleichte und wich ihr aus.

»Zum Dank plündert ihr die Vorräte und setzt unsere Häuser in Brand, die wir mit unserer Hände Arbeit errichtet haben!« Hitze stieg in ihr hoch, und ihre aufgestauten Gefühle brachen sich Bahn. »Weil ich aber der Meinung bin, dass Kinder an unseren Feindschaften schuldlos sind, habe ich euch beide geschützt.« Rosa schnappte nach Luft. »Meinen Mann habe ich euretwegen belogen und ihm nichts von euch erzählt. Und jetzt muss ich hören, dass du nicht mit meiner Julia spielen darfst und bestraft wirst.« Sie schüttelte ihn unsanft. »Was haben wir euch getan? Rede endlich!«

»Mama«, schluchzte Julia, »nicht schimpfen.« Sie schob ihre kleine Hand in seine.

Chesmu starrte auf seine Schuhspitzen.

»Danke. Ihr immer gut zu mir. Aber ihr auf unser Land.«

»Euer Land? Wie kommst du darauf?« Rosa drückte ihre weinende Tochter an sich. »Wir haben es von einem Makler, der von der Regierung für den Verkauf beauftragt wurde.«

Chesmu nahm eine stolze Haltung ein. »Aber Große Vater hat uns Land weggenommen.« Seine Augen verloren ihren Glanz. »Früher hier war Tipi von unser Freund Alfonso, Blue Horse, seine Mutter Mexico, Vater Núu-ci, Mann von Volk. Er gute Obstbäume gepflanzt, gestorben in Schlaf. Und da hinten«, er wies in Richtung von Oscars Farm, »war Schwitzhütte und Platz zum Versammeln.«

Seine Worte hallten in Rosas Kopf nach, und die Bedeutung des Gesagten raubte ihr fast den Atem.

»Grundgütiger, davon wussten wir nichts, und da sind wir gewiss nicht die Einzigen.« Direkt vor ihnen wiegte sich das Büffelgras im Wind, ein winziger Teil der weiten, hügeligen Landschaft, von majestätischen Bergen eingerahmt. Rosa löste sich von dem Anblick. »Wir … leben also auf gestohlenem Land?«

Chesmu nickte. »Wir in der Nähe Büffel gejagt. Sie sind alle weg. Ihr Feinde, Diebe und Mörder von Volk. Deshalb ich darf nicht bei euch sein.«

Julia sah mit weit aufgerissenen Augen zu ihrer Mutter auf.

»Mach dir keine Sorgen, mein Schatz.« Rosa strich über ihre Wange. »Ich erkläre dir alles später.« Auf einmal fiel es ihr schwer, Chesmus Blick zu begegnen.

Kein Wunder, dass sie uns hassen. Was haben wir getan?

In diesem Moment erkannte sie, was immer die Zukunft für sie und ihre Familie bereithielt, sie würde das Fleckchen Land, das sie liebte wie keines sonst, nie mehr mit denselben Augen betrachten können. Wie ein Bild mit einem Riss, den sie selbst dann noch erkennen würde, wenn man ihn mit Farbe kaschiert hätte.

Beschädigt für die Ewigkeit.

»Warum Sie nie gefragt, woher Land kommt?«

Rosa schwieg aufgewühlt. In einem unendlich weiten Land wie Amerika, in dem unendlich viele Menschen nebeneinander Platz fanden, war es ihnen tatsächlich noch nie in den Sinn gekommen, diese Frage zu stellen.

Chesmu trat von einem Fuß auf den anderen. »Chief und wichtige Männer sagen, ihr bringen Tod und Verderben, und wir können rauben alles.«

Es waren weniger seine Worte, die sie bestürzten, als die Leidenschaft, mit der er sie ausgestoßen hatte. *Er ist ein Kind seines Volkes,* ermahnte sie sich, *ein Kind, das den Hass auf die Weißen vermutlich mit der Muttermilch eingesogen hat.* Sie durfte ihn jetzt nicht weiter reizen, wenn sich die Kluft zwischen ihnen nicht vertiefen sollte.

»Ich verstehe dich«, sagte sie deshalb vorsichtig, »trotzdem habt auch ihr Leid über uns gebracht. Euretwegen haben wir im Winter gehungert, einige hatten kein Dach mehr über dem Kopf.« Rosa machte eine raumgreifende Handbewegung. »Wir sind genauso böse auf euch wie ihr auf uns. Wann hört der Krieg zwischen unseren Völkern auf?«

Mochte Chesmu auch gebrochen Englisch sprechen, so verstand er doch jedes Wort, das konnte sie von seinem wechselnden Mienenspiel ablesen.

»Wann alles vorbei? Wenn alle Núu-ci tot«, sagte er so leise, dass Julia es nicht hören konnte.

Rosas Härchen an den Unterarmen stellten sich auf. »Möge unser und euer Gott euch schützen.«

Er legte die Hände aneinander und deutete eine Verbeugung an.

»Verzeih. Wir aber nur eure Vorräte genommen. Hab mit Vater gestritten, er Haus in Ruhe lassen … wegen Julia und Eltern. Mehr ich konnte nicht tun.« Er verharrte wie ein witterndes Tier in der Bewegung, und Rosa meinte, aus der Ferne einen leisen Pfiff zu vernehmen.

»Bis bald«, warf Chesmu Julia zu, dann verschwand er so leise und schnell, wie er gekommen war.

Das Mädchen lehnte sich gegen ihre Mutter. »Was, wenn er nicht wiederkommt?«

Rosa wischte über ihre feuchte Wange. »Er kommt bestimmt, du wirst schon sehen.« Aber durfte sie die Hoffnung ihrer kleinen Tochter wirklich schüren? Im Grunde hätte es sie sogar ein bisschen erleichtert, wenn er ferngeblieben wäre, und sie schämte sich insgeheim für den Gedanken. Dennoch, die Freundschaft der beiden verlieh den Zwistigkeiten zwischen ihren Völkern immer neue Nahrung, und Rosa wünschte sich nichts weiter als ein friedliches Leben.

Das Blau des Himmels wich allmählich einem dunstigen Weiß und trieb sie damit zur Eile an. Während sich Julia auf den Weg zu Florence machte, um nach den Kälbchen zu sehen, arbeitete sich Rosa weiter durch den harten Boden, wobei ihre Gedanken immer wieder zu ihrem gestohlenen Land zurückkehrten.

Unwissenheit schützt vor Strafe nicht.

Sie erinnerte sich an eine Fotografie in einer Berliner Zeitung. Drahtige Männer mit wehendem schwarzem Haar und Kriegsbemalung hatten einen Engländer mit Pfeilen förmlich aufgespießt. Im Hintergrund sah man eine jubelnde Masse von Indianern. In diesem Moment gestand sie sich ein, dass sie kaum etwas von diesem geheimnisvollen Volk wusste. Einem Volk, dem auch Chesmu angehörte, der allerdings wenig Ähnlichkeit mit den blutrünstigen Kerlen auf der Fotografie aufwies.

Die Vorstellung, dass sich die Ute vor nicht allzu langer Zeit dort versammelt hatten, wo sich die deutsche Siedlung befand, beschwor Bilder von Männern mit federgeschmückten Köpfen, die im Rhythmus der Trommeln tanzten, in ihr herauf. Vermutlich hatte man dort, wo jetzt die Häuser von Agnes und Ernst, Oscar und Peter standen, ebenso Hochzeiten gefeiert, Tote betrauert und wichtige Entscheidungen für den Stamm gefällt. Sie trank einen Schluck Wasser, denn ihre Kehle war plötzlich wie ausgedörrt.

Das Land wird mir nie ganz gehören.

Sie ließ den Spaten sinken, und während der Gedanke sie niederdrückte wie eine schwere Last, schweifte ihr Blick zum Himmel. Adams Wettervorhersage schien sich tatsächlich zu bewahrheiten. Wie wohltuend allein der Anblick von Wolken sein konnte, die sich über dem Tafelberg zusammenbrauten, hatte sie erst in der unendlichen Weite Colorados erfahren.

Als sich Wendelin mit freudigem Winken ihrer Kate näherte, hatte sich der Himmel bereits stark verdunkelt. Ihm und Rosa gelang es im letzten Moment, den Maulesel in den Unterstand zu bringen, da fielen die ersten Regentropfen. Sie riefen Julia ins Haus, und kaum hatten sie die Tür hinter sich geschlossen, erhellte ein Blitz den Himmel. Zu ihrer Erleichterung setzte ergiebiger Regen ein, eine Stunde später war der Spuk vorbei, und die Sonne erkämpfte sich ihren Platz am Himmel zurück.

Die Luft roch wie frisch gewaschen, und das Blattwerk der Apfel- und Pfirsichbäume glitzerte in der Nachmittagssonne. Christine, Dorothea und Adam traten ins Freie, begutachteten ihre Gärten, und warfen einander fröhliche Grüße zu. Es kam Rosa vor, als würde selbst das Land aufatmen.

Als Julia schlief, beschloss das junge Paar, zur Feier des Tages eine Flasche Wein zu öffnen. Eng umschlungen saßen sie auf der Bank und beobachteten, wie die ersten Sterne über der Siedlung aufgingen. Nur Momente später wurde es schlagartig stockdunkel. Lediglich die flackernde Kerze auf dem Tisch spendete ein spärliches, diffuses Licht. Der Wind strich kühlend über Rosas bloße Arme, und sie spürte, dass es an der Zeit war, Wendelin Bobbies Geschichte zu erzählen.

»Ich muss dir etwas sagen, Liebling.«

Er küsste ihren Scheitel. »Was ist es?«

Den Blick auf den Ute Mountain gerichtet, begann sie ihm von der Begegnung mit Bobbie zu erzählen.

»Bobbie, der eigentlich Chesmu heißt, und Julia haben sich gern«, endete sie schließlich und ließ bewusst die Sache mit den Lebensmitteln für ihn und seine Familie aus, denn sie hatte eine Vorstellung davon, wie er darauf reagieren würde. »Ich möchte ihre Freundschaft nicht zerstören.«

»Das bringt uns womöglich in Bedrängnis«, gab er ihr ernst zu verstehen. »Ich will nicht, dass wir als Zielscheibe enden.«

»Werden wir nicht«, antwortete sie leichthin und gab das Gespräch mit Chesmu wieder. »Zu erfahren, dass wir auf dem Land der Ute leben, hat mich schwer erschüttert.«

Wendelins Stirn umwölkte sich. »Das ist tragisch.« Er nahm ihre Hand. »Aber meines Wissens haben die Ute wegen einer Menge krimineller Handlungen Abtretungsurkunden unterschreiben müssen. Außerdem wurden sie für das Land entschädigt.«

Kein Geld der Welt macht den Verlust von Heimat wett, dachte Rosa, schwieg jedoch, zu viel von der Geschichte der Ute lag für sie im Dunkeln.

»Weder du noch ich können an dem Umstand etwas ändern. Den Indianern hat das Land in der Vergangenheit gehört. Aber du, mein Herz, hast all deine Liebe in dieses Fleckchen Erde gesteckt und der heruntergekommenen Plantage neues Leben eingehaucht. Gemeinsam haben wir beide das Land zu unserem gemacht. Es gehört laut Besitzurkunde rechtmäßig dir.«

»Das stimmt, dennoch …«

Wendelin küsste sie zärtlich. »Wir haben an der traurigen Situation keinen Anteil, die Grundstücke wurden lange vor unserer Ankunft aufgeteilt. Liebst du unsere neue Heimat deshalb weniger?«

»Natürlich nicht.« Rosa seufzte und ließ das Thema fallen. Wendelin würde sie vermutlich nicht verstehen können. Er hatte Chesmu nicht erzählen hören, nicht die Leidenschaft und Liebe in dessen Augen gesehen, als der Junge von seinem Volk sprach.

Wendelin trank einen Schluck Wein und legte ihr einen dicken Umschlag in den Schoß. »Kommen wir zu etwas Erfreulichem. Ein Brief von Theodor.«

Rosa fuhr tastend über das Kuvert. »Wieso hast du ihn mir nicht gleich gegeben?«

Er machte eine abwehrende Handbewegung. »Mir ist es lieber, wir öffnen die Post, wenn die Kleine nicht dabei ist. Wir wissen nie, welche Neuigkeiten der Brief enthält. Erinnere dich nur, als Theodor uns von Hermanns Tuberkuloseerkrankung berichtete. Julia hat sofort gespürt, dass etwas Einschneidendes passiert war.«

»Das ist richtig.« Rosa fielen mehrere Fotografien in die Hände, und ein leises Lächeln schlich sich um ihre Mundwinkel. Wendelin zog indes die Kerze näher heran, damit sie die Bilder besser erkennen konnten.

Eine Aufnahme zeigte Georg und Felix einträchtig am Klavier, ins Spiel versunken.

Der Junge schien seinen Meister gefunden zu haben, stille Freude lag auf beiden Gesichtern.

Auf dem zweiten Bild war ein kleines Mädchen im Sonntagskleidchen zu erkennen, das auf einer Decke saß und mit ihren pummeligen Ärmchen einen Ball umklammerte.

Für ihre neun Monate war sie bereits recht groß, fanden Wendelin und Rosa.

»Julia wird sich sehr freuen«, sagte sie. »Die Kleine wartet schon lange auf eine neue Fotografie von Isa.«

Auf der letzten Aufnahme, die offenbar in einem Atelier angefertigt worden war, saß Vanda auf einem Sofa. Wie strahlend sie in dem spitzenbesetzten Kleid aussah. Ihr prachtvolles Haar hatte sie hochgesteckt. Neben ihr Klein-Isa, die sich schüchtern an ihre Mutter schmiegte. Theodor stand hinter den beiden und umfasste Vandas Schultern.

Rosa hielt die Aufnahme näher an die Augen. »Sieh nur, wie sie eine Hand auf ihren Bauch hält.« Sie griff nach Theodors Schreiben und las. »Ich habe recht, Liebling. Vanda ist in anderen Umständen. Das Kind soll Anfang nächsten Jahres zur Welt kommen.«

»Was für wundervolle Neuigkeiten«, erwiderte ihr Mann warm. »Was schreibt Theodor noch?«

Rosa starrte in die Finsternis. »Georg hat sich offenbar ziemlich zurückgezogen. Im Betrieb ist er engagiert, die Abende verbringt er aber meist außer Haus.«

»Warum auch nicht? Vielleicht ist er verliebt und führt seine Angebetete aus.«

»Das kann ich mir nicht vorstellen. Georg ist noch nicht über Olivia hinweg, und selbst wenn, er ist nicht der Typ, der sich leicht verliebt.« Irritiert ließ sie das Schreiben sinken und lauschte. »Wieso schreien die Vögel? Es ist doch längst dunkel.«

Wendelin saß auf einmal kerzengerade. »Das ist in der Tat eigenartig.«

Solange sie in Cortez lebten, hatten sie nie Ähnliches erlebt. *Vielleicht dringt ein fremder Vogel in ein angestammtes Revier ein.*

Doch schon im nächsten Moment war außer dem Rascheln der Blätter im Wind nichts mehr zu hören, und Rosa atmete auf.

»Was erzählt Theodor sonst noch?« Wendelin streckte die Beine von sich.

»Levy gefällt ihm. Er schreibt, er lerne schnell und sei zuverlässig.«

»Ich habe nichts anderes von ihm erwartet.« Sie hielt inne. Florence' Rinderherde war an diesem Abend nervös, soeben schallte erregtes Muhen weit über die Siedlung.

Rosa und Wendelin wechselten einen fragenden Blick.

Nur Sekunden später bellte der neue Hund von Christine und Dorothea, aber anders als sonst klangen die Töne ängstlich, und als sie verstummten, hatten bereits weitere Wachhunde angeschlagen, und ihr wütendes Gebell verband sich mit den Lauten der Rinder.

Irgendetwas bewegt sich von rechts nach links. Der Gedanke jagte ihr Blut schneller durch die Adern. *Fürchten die Rinder etwa um ihre Kälber?*

»Riech mal«, wisperte Wendelin.

Auch Rosa nahm plötzlich einen wilden, fast fauligen Geruch wahr, den sie keinem Tier zuzuordnen wusste. Eine Gänsehaut kroch ihr eisig den Nacken hinab. Sie rang nach Luft. »Eine … eine Raubkatze!«

Wendelin bedeutete ihr, leise zu sein, und formte mit den Lippen ein Wort: Puma. Im Kerzenschein wirkte sein Gesicht fahl.

Ihr Herz raste. In den Bergen lebten Schwarzbären und Grizzlys, ob es Wölfe im Umkreis gab, hatte ihr bislang niemand beantworten können. Stinktiere, Klapperschlangen, Skorpione, all diese Tiere waren ihr bekannt. Seit sie hier lebten, war es allerdings noch nicht vorgekommen, dass sich ein Puma der Siedlung genähert hatte, aber diese Raubkatzen waren gewiss in der Lage, ein Kalb zu reißen.

Rosas und Wendelins Flüstern blieb nicht unbeachtet, gleich darauf brachte der Wind ein tiefes, kehliges Knurren mit. Eine Hand vor den Mund gepresst, damit ihr bloß kein Laut entschlüpfte, drehte sich Rosa langsam zum Geräteschuppen zu ihrer Linken um, von wo aus sie das Geräusch wahrgenommen hatte. Das mannshohe Gestrüpp hinter dem Holzhäuschen, das als Grenze zu Florence' Weideland diente, hätte nächtlichen Räubern eine perfekte Gelegenheit geboten, unbemerkt von einem Grundstück zum nächsten zu wechseln. Sie schätzte die Entfernung auf höchstens sechs Meter. Ein Puma? *Das ist unmöglich, diese Tiere gelten doch als viel zu scheu.* Sie mussten sich irren.

Beim nächsten Herzschlag wurden sie jedoch durch ein zweites wütendes Knurren eines Besseren belehrt.

Wendelin griff in seine Jacke, die neben ihm auf der Bank lag, und zückte seinen Revolver.

Als er jedoch Anstalten machte, sich mit geladener Waffe dem Gestrüpp zu nähern, umklammerte sie entsetzt sein Handgelenk.

Rosa nahm nichts mehr wahr außer den eigentümlichen Geräuschen, zu denen sich jetzt ein Rascheln und Scharren gesellte, sowie ihrem heftigen Puls an der Halsschlagader. Sie bat Wendelin mit einer Geste, sich wieder zu setzen, und mit einem Mal breitete sich eine unerklärliche Ruhe in ihr aus.

»Er hat ein Tier gerissen und versucht, es zu verscharren«, raunte sie ihrem Mann ins Ohr. »Sein Knurren ist eine Warnung. Er tut uns nichts, solange wir Abstand halten.«

Sie hatte plötzlich verstanden. Ihr Puls hämmerte nicht aus Furcht, ganz im Gegenteil, sie fühlte eine sichere Gewissheit, etwas Einzigartiges zu erleben. Ein Moment, flüchtig wie ein Molekül im Universum, mit dem nächsten Atemzug unwiederbringlich verloren. Eine Situation, die sie respektvoll verfolgen, in die sie jedoch um nichts in der Welt eingreifen durfte. Wie faszinierend!

»Er hat ein Kalb«, wisperte Wendelin und hielt unbeirrt den Revolver auf sein Ziel gerichtet.

»Vermutlich ja.«

»Ich sehe … seine Augen. Er ist ganz nahe.«

»Nicht schießen!« Rosa gehörte beileibe nicht zu der besonders furchtsamen Sorte Frau, ganz im Gegenteil, ihre Eltern hatten sie in ihrer Kindheit oft genug zu mehr Achtsamkeit ermahnen müssen. Doch die Tatsache, kaum eine Handbreit vor Augen sehen zu können, verbunden mit dem Wissen, einem Raubtier so nahe zu sein, dass es ihre angespannten Nerven kaum ertrugen, ließ ihre Haut prickeln.

Gleichzeitig, wie auf ein stummes Kommando erhoben sie sich langsam. Rosa traute sich fast nicht zu atmen. Hand in Hand, die Blicke starr auf den Punkt in der Finsternis gerichtet, von dem aus bernsteinfarbene Augen jede ihrer Regungen verfolgten, gingen sie rückwärts.

Als sich die Tür der Kate eine gefühlte Ewigkeit später hinter ihnen schloss, warf Wendelin die Waffe auf einen Sessel, sie fielen einander in die Arme und warteten, bis sich ihre wild schlagenden Herzen wieder beruhigt hatten.

Rosa lugte zu Julia hinüber, die leise murmelte und ihnen den Rücken zudrehte. Durch das leicht geöffnete Fenster zog ein widerlicher Gestank wie nach verbranntem Gummi herein und nahm ihr schier den Atem.

Auf Zehenspitzen schlichen sie ins Schlafzimmer. Wendelin entzündete eine Petroleumlampe und drückte seine Frau aufs Bett. »Geht es wieder? Du bist sehr blass.«

»Mir fehlt nichts«, wehrte Rosa ab. »Es liegt nur daran, dass offenbar nicht nur ein Puma, sondern auch ein Stinktier ums Haus schleicht und seine ganz besondere Waffe eingesetzt hat. Von dem Geruch wird mir jedes Mal übel.«

Er verzog das Gesicht. »Mir auch. Es wird Stunden dauern, bis sich der Gestank verflüchtigt. Zum Glück hat unsere Kleine einen festen Schlaf.« Er strich ihr übers Haar. »Ich wünschte, wir hätten das Raubtier sehen können. Die Situation war beängstigend. In der Dunkelheit fühlt man sich hilflos, nicht wahr?«

»Ich hatte keine Angst, Liebling«, erwiderte Rosa. »Na ja, zum Schluss vielleicht ein bisschen.« Sie sah zu ihm auf. »Ich wundere mich, wieso das Stinktier genau zu dem Zeitpunkt aufgetaucht ist, als der Puma hier herumschlich.«

»Fressen Stinktiere eigentlich Aas?«, warf Wendelin nachdenklich ein. »Das würde erklären, warum der Skunk seine Duftmarke hinterlassen hat.«

Rosa pflichtete ihm bei. »Möglich, dass es sich am gerissenen Kalb bedienen wollte. Wie auch immer, ich bin jedenfalls heilfroh, dass du nicht auf den Puma zugegangen bist. Dein Verhalten hat mir mehr Angst eingejagt als das Knurren.«

Er zog sie an sich. »Sollten wir morgen noch Spuren von ihm oder seiner Beute finden, muss ich etwas unternehmen.«

»Unbedingt«, erwiderte Rosa mit Nachdruck. »Pumas liegen doch meist auf Bäumen, nicht wahr? Ich mag mir die Situation gar nicht ausmalen, sollte sich die Raubkatze womöglich von Julia bedroht fühlen. Nur, was willst du dagegen unternehmen?«

»Ich höre mich morgen bei den älteren Siedlern um. Vielleicht haben sie Erfahrungen im Umgang mit diesen Berglöwen. Ansonsten ...«, er kratzte sich den Nacken, »bleibt mir nur, das Gestrüpp zwischen den Grundstücken herunterzuschneiden. Ich bin sicher, die Tiere nutzen es, um sich ungesehen anzupirschen.«

»Mein kluger Mann. Du weißt immer Rat.«

»Zu viel der Ehre«, wiegelte Wendelin verlegen ab. »Aber es ist zumindest ein Versuch. Wir müssen morgen dringend auch mit Florence und den anderen direkten Nachbarn sprechen.«

»Sie wird rasen vor Wut«, gab Rosa zu bedenken. »Wenn es stimmt, was wir vermuten, hat der Puma eins ihrer Kälber gerissen. Sie wird sich sicher etwas einfallen lassen, um ihre Herde zu schützen, und auf alles schießen, was ihr in die Quere kommt.«

»Davon bin ich überzeugt.« Er küsste sie zart. »Mach dir keine Sorgen, ich mache mich gleich morgen ans Werk. Jetzt sollten wir aber versuchen, zu schlafen.«

Das war zwar gut gemeint, doch an diesem Abend lag Rosa noch lange wach und horchte auf jedes Geräusch.

Kapitel 11

Georg

Prenzlauer Berg, 26. August 1889

Die Spätnachmittagssonne brannte, während Georg mit Fräulein Nehlsen die Termine des folgenden Tages besprach.

»Versuchen Sie bitte, die Besprechung mit unserem Lederlieferanten auf den frühen Nachmittag zu verschieben. Um vier habe ich mich kurzfristig mit unserem neuen Grafiker verabredet. Wir sind mit seinen letzten Entwürfen nicht zufrieden.«

»Wird erledigt«, antwortete die Sekretärin.

Vanda, einen Stapel Akten auf dem Arm, trat neben ihn.

»Soll ich dich begleiten?«

»Nicht nötig, aber danke.« Georg, der sich inzwischen die Leitung der Firma mit Theodor teilte, warf einen vielsagenden Blick auf die leichte Wölbung ihres Leibes. »Wenn alles für die morgigen Besprechungen vorbereitet ist, gehe nach Hause.« Er hauchte ihr einen Kuss auf die Wange.

»Bist du zum Essen daheim?«

»Wartet besser nicht auf mich. Wir sehen uns spätestens morgen früh.«

Damit schlängelte er sich an ihr vorbei und steuerte auf eine der Fertigungshallen zu, diejenige, in der Levy seine Lehre absolvierte. Der Schuhmacher, der ihn unter seine Fittiche genommen hatte, sprach wohlwollend von ihm. Levy war zwar das handwerkliche Arbeiten nicht gewohnt, lernte jedoch schnell, aus ihm würde eines Tages ein guter Geselle werden.

In der letzten Zeit sah Georg den Zwanzigjährigen öfter in Gesellschaft von Felix. Als zukünftigen Erben des Familienunternehmens machte Theodor seinen Sohn nach dem Schulunterricht – er sollte zunächst die Reifeprüfung ablegen – bereits jetzt behutsam mit allen Abteilungen und Aufgabengebieten vertraut. So hatten sich Levy und Felix am Werktisch der Schuhmacher einige Wochen lang gegenübergesessen. Trotz des Altersunterschiedes von sechs Jahren teilten die beiden ihre Liebe für Sport und verbrachten so manchen Abend auf dem Fußballplatz.

Levy hob den Kopf, als Georg zu ihm trat.

»Wie läuft es?«

»Meister Schmittchen lässt mich die Sohle schon zum dritten Mal anfertigen, weil sie ihm nicht gut genug ist.«

»So ist er, hart, aber herzlich.« Georg klopfte dem jungen Mann auf den Rücken. »Nur Mut.«

Wenig später setzte er seinen Rundgang durch die Fertigungshallen fort. Obwohl Georg seine Privaträume mit eigenen Andenken bestückt und seine Schwägerin und die Kinder lieb gewonnen hatte, fühlte er sich in der Stadtvilla nach wie vor nicht zu Hause. Er vermisste Laura, Olivia und die anderen Frauen, sie waren mit ihrem deftigen, zuweilen frivolen Humor so herzerfrischend anders als die Berlinerinnen, die verschämt den Kopf senkten, sobald er ihnen in die Augen sah.

Colorado hatte ihn verändert.

Er schüttelte seine trüben Gedanken ab. Gleich nach seiner Rückkehr hatte er sich wieder mit den Büchern vertraut gemacht.

Theodors Aussagen zufolge waren die letzten Geschäftsjahre äußerst erfolgreich verlaufen. Dem widersprach Georg nicht, dennoch hatten ihn die Bilanzen ernüchtert, denn die Gewinne der beiden vergangenen Damenkollektionen waren deutlich hinter den Erwartungen zurückgeblieben. Was er nachvollziehbar fand, bedachte man, dass ein Großteil der deutschen Frauen kaum je die Gelegenheit erhielt, seidene Hochzeitsschuhe, Opernstiefel oder elegante Lederpumps zu tragen. Die meisten kümmerten sich um Haus, Hof und Kinder; feine, ausgefallene Schuhe waren ebenso wie die Sportmode für Damen den Privilegierten vorbehalten. Die arbeitenden Frauen kauften praktisches Schuhwerk. Das schien Theodor nicht berücksichtigt zu haben, und Georgs Unmut gegen seinen Bruder wuchs von Tag zu Tag.

Als er ihm vor Kurzem seine Bedenken erläuterte, hatte Theodor die Kritik zu seinem Entsetzen weit von sich gewiesen.

»Die Gutsituierten sind unsere Zukunft. Sie müssen wir für uns gewinnen, wenn unser Unternehmen weiter wachsen soll. Von dem Schuhwerk der einfachen Arbeiter allein kann unser Unternehmen nicht bestehen.«

Die Erinnerung an ihr Gespräch spülte Georgs Groll erneut an die Oberfläche. Was dachte sich Theodor nur dabei? Stieg ihm der Erfolg womöglich zu Kopf? Dabei hatte ihr Vater stets danach gestrebt, Schuhe von guter Qualität und für jedermann herzustellen. Doch wie es aussah, war sein Bruder im Begriff, zu vergessen, dass Hermann Breitenbach einst lediglich mit einem unbedingten Willen und einem Kopf voller Träume angefangen hatte. Überdies ging Theodor mit der Tatsache, dass *Schuherzeugung Breitenbach* um einiges erweitert worden und die Mitarbeiterzahl gestiegen war, recht sorglos um.

Er erkannte seinen Bruder kaum wieder.

Vermutlich trübt Theodors privates Glück sein Urteilsvermögen, überlegte Georg weiter. Seine Bedenken waren auf fruchtlosen

Boden gefallen. Erneut mit seinem Bruder darüber zu sprechen, hätte er jedoch anmaßend gefunden. Er konnte Theodor nach all den Jahren, in denen er sich nicht hatte im Unternehmen einbringen können, keine weiteren Vorschriften machen, wie er es zu führen hatte.

Ihr Vorarbeiter hatte dringend um ein Gespräch gebeten. Je mehr Aufgaben es zu bewältigen galt, umso besser, dann blieb Georg weniger Zeit, an die Menschen zu denken, die er in Rico zurückgelassen hatte. Von Olivia hatte er erfahren, dass die Pension für die nächsten beiden Monate restlos ausgebucht war. Offenbar war seine Entscheidung, ihr die Pension zu überlassen, richtig gewesen. Eine schöne Wirtin zog unweigerlich die Neugier männlicher Gäste auf sich. Bitterkeit ergriff ihn.

Was die Tochterfabrik in Rico betraf, schätzte er sich glücklich, neben seinem Geschäftsführer Jimmy Norris in Johannes Simeon einen zweiten Mann gewonnen zu haben, dem er vertraute. Der Advokat und Notar war der engste Freund von Georgs Tante gewesen, weshalb er ihn mit den juristischen Aufgaben der Fabrik betraut hatte. Überdies verwaltete Simeon Tante Funnys Stiftung für junge Waisen, deren Väter im Bergbau ums Leben gekommen waren. Durch den engen Kontakt mit beiden Männern war Georg stets über alle Vorgänge in Rico informiert war.

Seine Schritte hallten auf dem Steinboden wider. Georg hob verwundert den Kopf. Die Arbeiter nickten wie immer freundlich, während er in der ersten Halle die Reihen der Werkbänke zu seiner Linken passierte. An der rechten Seite befanden sich die Tische der Frauen. Das Rattern der Nähmaschinen und das Hämmern der Männer, wenn sie die Schuhe besohlten, waren ihm seit Kindertagen vertraut. Doch er entsann sich nicht, in dem geschäftigen Treiben jemals seine Schritte gehört zu haben. Selbst Fritz Amberg, der seit fast zwanzig Jahren bei ihnen beschäftigt und für seine flotten Sprüche bekannt war, arbeitete stumm vor sich hin. Die jüngeren Schuhmacher starrten sogleich wieder auf ihre Werkstücke.

Wieso war es im Betrieb so still?

Da eilte ihm ihr Vorarbeiter entgegen.

Georg musterte ihn. »Was gibt es denn Dringendes, Herr Kistmacher?«

Der Rotschopf, dessen Kinn ein langer Bart zierte, machte einen ausgesprochen nervösen Eindruck.

»Können wir uns irgendwo in Ruhe unterhalten?«

»Sicher.« Ein ungutes Gefühl schlich sich in Georgs Magengegend.

In seiner Schreibstube bat er den Vorarbeiter, Platz zu nehmen. »Was kann ich für Sie tun?«

Kistmacher wich seinem Blick aus.

»In letzter Zeit gibt es Probleme mit den Kollegen. Sie sind, nun ja, … zunehmend unzufrieden.«

Georg nickte aufmunternd. »Sprechen Sie bitte ganz offen.«

Kistmacher räusperte sich. »Sie wollen mehr Geld. Die Lebenshaltungskosten sind gestiegen, sie sind nicht mehr gewillt, für den Hungerlohn zu arbeiten, das waren ihre Worte.«

Georg tat sein Bestes, sein Erstaunen zu verbergen. »Sind Sie derselben Meinung?«

»Ich gebe zu, ich kann die Kollegen verstehen. Es wurde an allen Ecken und Enden investiert, nur für uns fällt nichts ab. Die Mitarbeiter sind aufgebracht, und die Krankenrate ist in den letzten Wochen drastisch gestiegen.«

»Das ist mir ebenfalls aufgefallen«, erwiderte Georg nachdenklich.

»Es wird Zeit, etwas zu unternehmen«, setzte Kistmacher hinzu.

»Bislang war mein Bruder Ihr Ansprechpartner und hat sich um Ihre Belange gekümmert. Haben Sie schon mit ihm gesprochen?«

»Ich habe es versucht, aber Ihr Herr Bruder ist viel beschäftigt und meist in Zeitnot. Fräulein Nehlsen hat mir einen Termin für übernächste Woche eingetragen. Aber ich glaube nicht, dass sich meine Kollegen so lange gedulden. Deshalb wende ich mich an Sie in der Hoffnung, dass Sie ein gutes Wort für uns einlegen.«

Als der Vorarbeiter innehielt, bat er ihn, fortzufahren.

Kistmacher blickte auf seine Stiefelspitzen. »Unter der Belegschaft gibt es eine Menge Anhänger der Sozialistischen Arbeiterpartei, die sich in Rage reden und Kollegen mit ihren Parolen aufwiegeln. Ich befürchte, sie sind bereit, für mehr Rechte zu kämpfen.«

Georg erhob sich und reichte ihm die Hand.

»Danke für Ihre Offenheit. Ich werde mit meinem Bruder sprechen. Wir finden sicher eine Lösung. Bis dahin wäre ich Ihnen dankbar, wenn Sie Ihr Möglichstes tun, die Gemüter zu beruhigen.«

»Selbstverständlich, Herr Breitenbach. Danke für Ihre Zeit.«

Aufgewühlt blickte Georg dem Vorarbeiter nach und begann, im Raum auf und ab zu wandern. *Wann,* fragte er sich bestürzt, *hat Theodor die Belange der Belegschaft aus den Augen verloren?* Wenn die Situation so brisant war, wie Kistmacher eben angedeutet hatte – und er zweifelte nicht an seinen Worten –, mussten Theodor und er die Situation schleunigst entschärfen. Gerade jetzt spürte er deutlich das Gewicht ihres Versprechens, das sie ihrem Vater einst auf den weißen Ahorn gegeben hatten.

Als er sich von seinem ersten Schreck erholt hatte, machte er sich auf die Suche nach seinem Bruder, doch dieser befand sich bei einem Geschäftsessen in der Stadt. Vielleicht war es sogar gut, dass sie einander heute nicht mehr begegneten, ansonsten hätte er ihm möglicherweise einiges an den Kopf geschleudert, was für den Moment besser ungesagt blieb.

An diesem Abend würde Georg jedenfalls nicht Theodors Gesellschaft suchen und stattdessen für eine anregende Zerstreuung sorgen.

Als er kurz darauf *Schuherzeugung Breitenbach* verließ, winkte er einem Droschkenfahrer. »Zu Weimanns Volksgarten, bitte.«

»Sehr wohl, mein Herr.«

Am Vergnügungspark im Gesundbrunnen angelangt, schlenderte er die Badstraße entlang. Bevor er das schlichte Gebäude mit dem hölzernen Portal betrat, sah er sich nach allen Seiten um.

Ein Liliputaner mit einem viel zu großen Hut kam auf ihn zu.

»Willkommen, verehrter Herr. Sie haben den ganzen Abend gebucht, wenn ich mich recht entsinne?«

»So ist es.«

»Folgen Sie mir.« Der Kleinwüchsige lächelte. »Sie werden bereits erwartet.«

Er öffnete eine Flügeltür und gab den Blick auf eine luxuriös gestaltete Badeanlage frei. Frivol gekleidete Damen jeder Haut- und Haarfarbe rekelten sich auf Liegen und betrachteten ihn unter halb gesenkten Lidern, zwei besonders dunkelhäutige Schönheiten vergnügten sich ausgelassen in einem der Bassins.

Georg schenkte ihnen keine Beachtung und ließ den Saal hinter sich.

Ganz am Ende, zwischen römisch anmutenden Säulen, schob der Liliputaner einen seidenen Vorhang zurück und öffnete eine weitere Tür.

»Angenehme Unterhaltung.« Er fiel in eine tiefe Verbeugung und zog sich diskret zurück.

Eine samtige Stimme erklang.

»Wie schön, dich zu sehen, mein Lieber.«

Eine Frau mit einer aufwendigen Hochsteckfrisur näherte sich ihm mit wiegenden Hüften. Ihr eng anliegendes Kleid bedeckte nur knapp ihre verführerischen Formen. Das Gesicht hatte sie mit einem Schleier verhüllt.

Georg hätte zu gern gewusst, ob es ebenso anziehend war wie der Rest, doch es war Teil ihrer Vereinbarung, keine Fragen zu stellen. In den Jahren, in denen er in Rico Bordellbesitzer wider Willen gewesen war, hatte er jegliche Illusionen verloren. Womöglich arbeitete sie bei Tage in einer Fabrik oder zog in einer zugigen Kammer ein paar rotznäsige Kinder groß. Aber was spielte das für eine Rolle? Sie war in der Liebe geschickt und obendrein gescheit. Georg küsste die zarte Haut an ihrem Ausschnitt.

»Delia, du siehst wieder zauberhaft aus.«

»Schmeichler.« Sie strich über seine Unterlippe, ihr schwerer Duft hüllte ihn ein. Georg nahm den Kelch mit rotem Wein entgegen und folgte ihr auf eine Liege, auf der gemütliche Kissen zum Verweilen einluden. Schalen mit Früchten, ein Krug mit Wein und allerlei Leckereien standen daneben.

Delia zeichnete mit den Fingerspitzen die Linien seines Gesichts nach.

»Du siehst traurig aus. Du trauerst doch nicht etwa immer noch dieser dummen Person nach, die nichts von dir wissen wollte?«

»Nein, das ist längst vorbei.«

Delia nahm seine Hand und zog ihn auf die Füße. Der Wein tat bereits seine Wirkung und vertrieb seine düsteren Gedanken. Lachend führte sie ihn ins angrenzende Dampfbad. Wie von Ferne nahm er den kühlen Steinboden unter seinen Füßen wahr, die wabernde Luft und ihre geschickten Hände auf seiner Haut, mit denen sie seine verborgenen Sehnsüchte weckte und befriedigte.

Es war weit nach Mitternacht, als Georg schwankend seine Privaträume betrat. Er genoss die watteweiche Leere in seinem Kopf, die ihm der Alkohol und die süßen Stunden mit Delia beschert hatten. Ihm gelang es gerade noch, die Schuhe von den Füßen zu streifen, dann ließ er sich aufs Bett sinken und fiel sofort in einen tiefen Schlaf.

Am folgenden Morgen, die Familie saß einträchtig beim Frühstück, ließ sich Georg einen Teller Rührei und starken Tee bringen. Nach feuchtfröhlichen Nächten hatte er immer einen gesegneten Appetit, im Gegensatz zu seinem Bruder. Aber seit seiner Hochzeit mit Vanda war dieser zu einem Besuch in einer Wirtschaft oder zu einem Tanzvergnügen ohnehin nicht mehr zu bewegen.

Vanda sah schweigend zu, wie er sich den Teller erneut füllte, und legte Klein-Isa Butterbrothäppchen auf den Teller, unterdessen unterhielt Felix seine Schwester mit einem Fingerspiel.

Georg begegnete dem grüblerischen Blick seines Bruders.

»Können wir uns kurz unterhalten?«, fragte dieser. »Es gibt Neuigkeiten von Meißner.«

»Das trifft sich gut, ich habe auch etwas mit dir zu besprechen.«

Vanda setzte sich Isa auf die Hüfte und strich Felix übers Haar. »Du bist auch schon fertig, wie ich sehe. Die Ferien sind vorbei, und du willst sicher nicht wegen Zuspätkommens in der Ecke stehen, oder?«

Der Vierzehnjährige schmollte, huschte aber gesenkten Kopfes hinaus.

»Komm auf den Punkt.« Georg putzte seinen Zwicker. »Ich habe nachher einen wichtigen Termin.«

»Ist mir recht.« Theodor wies auf ein Kuvert in der Innentasche seines Sakkos. »Meißner bedankt sich für Vaters Erbe.«

»Das ist wohl auch das Mindeste«, murmelte Georg.

»Sein Begleiter befindet sich auf dem Weg der Besserung. Meißner will sich irgendwo am Meer mit ihm zur Ruhe setzen.«

Georg schnaubte.

»Solange uns der Kerl in Ruhe lässt, soll mir das einerlei sein. Ist das alles, was du mir zu sagen hast?«

Theodor wehrte ab. »Mitnichten.« Um seinen Mund grub sich ein süffisantes Lächeln. »In seinem Brief spricht er davon, dass er seinem Geschäftsführer inzwischen die meisten Aufgaben überlässt, die Firma bedeutet ihm nichts mehr.«

»Ich verstehe nur nicht, was daran so amüsant ist«, warf Georg ein. »Ich finde es eher tragisch, was aus dem großspurigen und ausgekochten Kerl geworden ist.«

»Zweifelsohne, aber das ist seine ureigene Angelegenheit«, bemerkte Theodor ungerührt. »Dennoch werde ich die Gelegenheit nutzen. Ich lasse nämlich gerade ein Übernahmeangebot fürs kommende Jahr für *Schuh Meißner* entwerfen. Ich will sein gesamtes Vermögen in Aktiva und Passiva und biete ihm im Gegenzug eine Beteiligung von zwanzig Prozent für das neue Unternehmen *Schuherzeugung Gebrüder Breitenbach.*«

Georg registrierte verblüfft, wie sich das Lächeln seines Bruders vertiefte.

»Sag das noch mal.«

Theodor schenkte sich in aller Seelenruhe Fruchtsaft nach.

»Du hast richtig verstanden.«

»Wenn ich mich recht entsinne, ist dies genau der Wortlaut von Meißners damaligem Übernahmeangebot für *Schuherzeugung Breitenbach.*«

»Dein Gedächtnis ist ausgezeichnet«, sagte Theodor. »Wie gefällt dir mein Plan?«

»Er ist ebenso durchtrieben wie genial«, räumte Georg sinnierend ein. Noch vor ein paar Jahren hätte sein Bruder diesen Schachzug nie in Erwägung gezogen, und Georg wusste nicht zu sagen, ob ihm die Veränderung gefiel. Er sah auf. »Müsste das Unternehmen in dem Fall nicht *Breitenbach & Meißner* genannt werden?«

Theodors Miene wurde hart.

»Kommt nicht infrage. Ich will seinen Namen nicht im Firmentitel. Das ist der Preis, den er zu zahlen hat. Entweder er akzeptiert oder nicht.«

Georg nickte.

»Verstehe. Du zahlst es ihm also mit gleicher Münze heim. So schließt sich der Kreis. Wenn dich das zufriedenstellt, lass den Übernahmevorschlag ausfertigen. Ich werde ihn unterzeichnen.«

»Du bist heute ziemlich unleidlich und kühl«, sagte Theodor. »Aber du sprichst ja nicht mit uns, und die Abende verbringst du meist außer Haus. Steht etwas zwischen uns, bist du unglücklich bei uns?«

Georg streckte den Rücken.

»Ich will mich amüsieren, das ist alles.«

Theodor ahnte bis zum heutigen Tag nicht, womit er in dem schönen Haus in Rico tatsächlich zunächst sein Geld verdient hatte, dass er die wartenden Freier mit Klaviermusik unterhalten musste, während es in den Räumen der vier Damen hoch hergegangen war. Rosa und er hatten auch tunlichst vermieden, ihrem Bruder die wahre Bedeutung von Funny Breitenbachs Female Boarding House zu erläutern. Was weniger an ihrem Schamgefühl lag denn an der Bitte ihrer Tante, Stillschweigen über ihr Geheimnis zu wahren. Sie hatte stets befürchtet, ihr Bruder Hermann und Theodor würden wegen ihrer hohen moralischen Ansprüche mit ihr brechen, wenn sie die Wahrheit erfuhren. Und Tante Funnys letzter Wunsch war Georg heilig. Ganz abgesehen von der Tatsache, dass er sich nie wieder vorschreiben lassen würde, wie er sein Leben zu gestalten gedachte.

Deshalb erwiderte er den Blick seines Bruders ungerührt.

»Ein bisschen Amüsement gestehst du mir gewiss zu.«

»Keine Frage.« Theodor beugte sich tiefer über den Tisch. »Ich hoffe nur, dass die Arbeit nicht darunter leidet. Du warst gestern Abend sturzbetrunken.«

»Das ist meine Angelegenheit«, erklärte Georg knapp. »Du erwartest hoffentlich nicht, dass ich mich rechtfertige, wie ich meine Freizeit verbringe.«

Theodor verdrehte die Augen. »Wo denkst du hin! Aber es ist schade, dass du uns an deinem Leben kaum teilhaben lässt. Wir sind eine Familie, vergiss das nicht.« Er schob sein Glas von sich. »Wenn du eine Bekannte hast, warum bringst du sie nicht mit zum Abendessen? Wir würden uns freuen, sie kennenzulernen.«

Wenn du wüsstest, dachte Georg, schwieg jedoch.

Theodors Blick wurde nachdenklich.

»Hast du schon darüber nachgedacht, dir eine Frau zu suchen? Du bist ein gestandener Mann und in vielen Dingen bewandert. Ich wette, in unserem Umfeld gibt es reichlich junge Damen, die nur darauf warten, dass du ihnen den Hof machst. Warte, da fällt mir Maria ein, die Tochter vom Architekten Höfel. Sie ist ausgesprochen hübsch und gebildet. Oder die feurige Beata, die Jüngste vom Kolonialwarenhändler Sommerfeld. Sie hat beim Empfang zum dreißigsten Jubiläum …«

Georg schlug mit der flachen Hand auf den Tisch. »Jetzt ist es genug! Es mag für dich unvorstellbar sein, aber es gibt mehr Ziele im Leben, als eine Familie zu gründen. Also lass mich mit deinen Ratschlägen in Ruhe und höre mir zu. Es gibt weit Wichtigeres zu besprechen.«

Theodor faltete die Hände. »Ich bin ganz Ohr.«

Ohne Umschweife gab Georg wieder, was er von dem Vorarbeiter erfahren hatte, und schloss mit der Frage: »Ist dir nie aufgefallen, dass sich die Atmosphäre in der Fabrik verändert hat?«

Sein Bruder wechselte die Gesichtsfarbe. »Unsere Aufträge sind zum Teil zeitlich knapp kalkuliert. Da bleibt den Schuhmachern wenig Zeit zum Schwatzen.«

»Du machst dir etwas vor«, warf Georg ein. »Über viel Arbeit haben sich die Männer meines Wissens nie beschwert. Ich habe nachgesehen, die letzte Lohnerhöhung war im Jahr 1882.«

Theodors Miene verschloss sich.

»Ja, und? Wir haben expandiert und die Fabrik erweitert.«

»Ach, hör schon auf!« Georg fuhr hoch und stützte sich am Tisch ab. »Wir beide haben in den letzten Jahren gutes Geld verdient, das willst du sicher nicht leugnen! Wem meinst du, haben wir unseren Erfolg zu verdanken? Unsere Mitarbeiter sind es, die tagein, tagaus für uns schuften und sich nur selten beschweren. Was wir meiner Meinung nach auch Vater zu verdanken haben. Er hatte nämlich nie vergessen, dass er selbst aus einfachen Verhältnissen stammt.«

»Unsere Mitarbeiter profitieren von den neuesten Gerätschaften, einer fairen Behandlung und gutem Licht«, entgegnete Theodor steif. »Außerdem zahlen wir seit Einführung der Krankenversicherung die Beiträge für unsere Mitarbeiter. Was willst du mir also vorwerfen?«

Georg kniff die Augen zusammen.

»Ich bitte dich nur um eins: Setz dich mit unserer Belegschaft zusammen, wie sie es verdient, hör ihre Sorgen und Nöte an, und suche mit den Arbeitern gemeinsam nach einer Lösung. Warte nicht, bis es zu einem Aufstand kommt.«

Theodor fächelte sich mit einer Serviette Luft zu.

»Kluge Ratschläge. Ich finde allerdings nicht, dass du genügend Einblick in die Finanzen der vergangenen Jahre hast, um dir ein Urteil zu erlauben.«

Wieso nur war Georg vorher klar gewesen, dass dieser Einwand kommen würde? »Vollkommen richtig. Mir steht es nicht zu, dich zu kritisieren. Ich möchte dich nur warnen.« *Für unsinnige Damenschuhkollektionen war immerhin genügend Geld vorhanden,* fügte er in Gedanken hinzu, hütete sich aber, alles Weitere auszusprechen, was ihm wie Blei auf der Zunge lag. »Wenn du mich jetzt entschuldigst. Ich habe zu tun.« Energisch schob er seinen Stuhl zurück.

Theodor verfolgte seine Bewegungen mit gekräuselter Stirn. »Ich denke, es ist besser, wir lassen das Thema ruhen. Mit dir ist heute nicht vernünftig zu reden.«

Georg wusste selbst nicht zu benennen, was ihn im Einzelnen aufbrachte. Theodor nahm die Rolle des Familienoberhauptes sehr ernst, das war wahrlich nichts Neues und ehrte ihn durchaus. Dennoch ärgerte ihn neben seinen Worten auch der Hochmut, mit dem sein Bruder auf ihn herabblickte. »Man sieht sich«, brachte er heraus, dann verließ er den Speiseraum.

Kapitel 12

Theodor

Prenzlauer Berg, 28. August 1889

Theodor und seine Frau saßen am frühen Morgen im Besprechungszimmer von *Schuherzeugung Breitenbach,* um die Pressekonferenz durchzugehen, die er bezüglich der nächsten Herbst- und Winterkollektion für den folgenden Vormittag anberaumt hatte und die eine Sensation zu werden versprach. Erstmals seit der Gründung würde die Firma auch Stiefel fürs kaiserliche Militär anfertigen, was einer Auszeichnung gleichkam.

Theodor hatte die Nachricht geheim gehalten, einzig Vanda war über den Auftrag informiert.

Während er die Erklärung zur Probe las, notierte sich Vanda einige wichtige Eckpunkte, die er in seiner Rede betonen sollte.

Als alles besprochen war, lehnte sich Theodor im Schreibtischstuhl zurück. Zärtlich betrachtete er Vanda, auf deren Haar das Morgenlicht einen rötlichen Schimmer warf, und streichelte mit seinem Blick die Wölbung ihres Leibes, die sich bereits deutlich unter ihrem Kleid abzeichnete.

»Georg war nicht beim Frühstück«, warf sie besorgt ein. »Selbst wenn wir zusammensitzen, ist er neuerdings auffällig still.«

»Das ist richtig.« Theodor klappte eine Akte zu. »Du hättest ihn sehen sollen, als wir über unsere Mitarbeiter und deren Forderungen gesprochen haben. Georg hat sich verändert, und das nicht zum Vorteil. Er ist wütend auf mich, behauptet jedoch, es sei alles in Ordnung. Was habe ich ihm getan, dass er mir aus dem Weg geht?«

»Das kann ich dir auch nicht beantworten«, entgegnete Vanda sanft. »Er leidet bestimmt noch unter Liebeskummer. Vergiss nicht, er hat alle Brücken hinter sich abgebaut, seine Freunde und Rosa verlassen. Das wird ihm furchtbar schwergefallen sein. Sei ein wenig nachsichtig mit ihm.«

»Dafür liebe ich dich«, sagte Theodor. »Du findest für jeden ein gutes Wort. Du hältst viel von ihm, nicht wahr?«

»Ich mag ihn sehr, und er liebt unsere Kinder.« Sie lächelte entschuldigend. »Außerdem bin ich ihm dankbar, dass er dich auf die Vorgänge in der Belegschaft aufmerksam gemacht hat.«

»Ich auch, aber ich hätte selbst darüber im Bilde sein müssen, Liebes.«

In ihrer Stimme schwang Wärme mit. »Dein Bruder hat jahrelang eigenständig ein Unternehmen geführt. Hör auf seinen Rat. Wann findet die Betriebsversammlung statt?«

»Um drei Uhr.«

»Ich werde dich begleiten. Magda kann in der Zeit auf Isa achten. Länger als eine Stunde wird es sicher nicht dauern.«

»Danke.« Theodor erhob sich und küsste sie. »Ich treffe mich gleich mit unserem Orthopäden. Geh nach Hause, und ruhe dich ein wenig aus. Wir sehen uns zum Mittagessen.«

»Wie Sie wünschen, mein Herr.« Vanda lächelte und ließ ihn allein.

In den nächsten Stunden kam Theodor kaum zum Luftholen. Der Orthopäde Doktor Helmbold äußerte Bedenken, ob die ersten Entwürfe für die Militärstiefel dem Qualitätsstandard entsprachen, und empfahl, mehr Wert auf den Komfort zu legen. Er machte einige Vorschläge, die Theodor noch heute an die Grafiker und Entwickler weitergeben musste. Außerdem bereitete Theodor die hohe Krankheitsrate der Mitarbeiter Sorge, es musste dringend etwas geschehen, wenn sie den überaus wichtigen kaiserlichen Auftrag pünktlich ausliefern wollten. Beim Mittagessen stocherte er auf seinem Teller herum, auch Georg schien wenig Appetit zu haben.

Zur verabredeten Zeit schritt er mit Vanda und Georg durch die Fertigungshallen, die verwaist waren, da sich die Arbeiter bereits in die Lagerhalle begeben hatten, in der die Versammlung stattfinden sollte. Als die drei dort eintraten, ging ein Raunen durch die Belegschaft, und Theodor hatte plötzlich das sichere Gefühl, sich in einem Löwenkäfig zu befinden.

Er bat um Ruhe, eröffnete die Versammlung, dankte dem Vorarbeiter nochmals für das offene Gespräch und erteilte den Mitarbeitern das Wort.

»Die Erwartungen an uns sind gestiegen, wir kommen mit der Arbeit kaum noch nach«, rief einer. »Um unsere Nöte kümmert sich jedoch niemand!«

»Als Ihr Vater noch lebte, Gott habe ihn selig, konnten wir uns jederzeit an Sie beide wenden«, brachte ein anderer vor.

»Das können Sie auch heute noch«, gab Theodor ihm ruhig zu verstehen.

»Ach ja?«, wetterte einer aus der hintersten Reihe. »Alles leere Worte. Wer mit Ihnen sprechen will, hat wochenlang auf einen Termin zu warten. Im Grunde zählt hier nur noch der Profit!«

»Meine Herren«, mit einem verbindlichen Lächeln erhob Vanda die Stimme. »Bleiben Sie bitte sachlich. Schließlich ist allen an einem konstruktiven Gespräch gelegen.«

Aus den hinteren Reihen löste sich ein junger Mann und trat näher.

»Überall das Gleiche! Die Fabrikanten im Reich wissen nicht, wohin mit ihrem Geld, und wir kleinen Leute können sehen, wo wir bleiben!«

»Genau!«, wetterte ein Mann hinter ihm. »Wir wollen zehn Prozent mehr Lohn, oder wir legen nächste Woche unsere Arbeit nieder. Sie haben uns lange genug ausgebeutet. Damit ist jetzt Schluss!«

»Haltet ein, Männer!«, meldete sich Fräulein Nehlsen mit vor Zorn geröteten Wangen. »Seit dem Tod unseres geliebten Firmengründers führen die beiden jungen Herren Breitenbach die Fabrik. Diese Aufgabe zu stemmen, verdient Achtung und Verständnis.«

Theodor hob beschwichtigend die Hand, doch innerlich schauderte er vor der aggressiven Stimmung im Raum.

»Vielen Dank, Fräulein Nehlsen.« Er wartete, bis die Arbeiter verstummten. »Mir ist bewusst, dass es Verbesserungsbedarf in unserem Betrieb gibt. Und ich gebe zu, offenbar einiges versäumt zu haben. Glücklicherweise werde ich seit Kurzem von meinem Bruder unterstützt und bin zuversichtlich, dass wir im Sinne aller eine Lösung finden.«

»Kriegen wir jetzt zehn Prozent Lohn mehr oder nicht? Wir lassen uns nicht länger über den Tisch ziehen!«, schrie einer.

»Idioten allesamt!«, bellte ein Mitarbeiter, der bereits seine Lehre bei *Schuherzeugung Breitenbach* absolviert hatte. »Was fällt euch ein, benehmt euch gefälligst!«

Der Mann hatte kaum ausgesprochen, da stürzte ein kräftig gebauter Kerl auf ihn zu und schlug ihn mit einem Kinnhaken zu Boden. Jemand schrie entsetzt auf.

Fassungslos verfolgte Theodor, wie sich die Menge binnen Sekunden in zwei Lager teilte, jene, die wutentbrannt aufeinander losgingen, und jene, die versuchten, die Streithähne zu trennen.

»Ruhe!«, dröhnte Georgs Stimme durch die Halle.

Da bemerkte Theodor, dass sein Bruder auf den Verletzten zueilte, ihm auf die Füße half und beruhigend auf ihn einredete. Zwei Mitarbeiter hielten indes den Angreifer fest und verließen mit ihm die Halle.

Im Lauf der nächsten Minuten hatten Theodor und Vanda Mühe, die aufgeheizte Stimmung auf ein erträgliches Maß zu reduzieren.

»Da mein Bruder und ich uns beraten müssen, möchte ich Sie um etwas Geduld bitten.« Theodor suchte Georgs Blick. »Wir werden Ihnen so schnell wie möglich einen Vorschlag unterbreiten. Allerdings knüpfen wir daran die Bedingung, dass Sie Ihre Arbeit gewohnt zuverlässig verrichten und sich wie vernünftige Menschen verhalten.«

Ein Großteil der Belegschaft murmelte Zustimmung, danach beendete Theodor die Versammlung, und die Menge zerstreute sich.

Vanda kehrte zu den Kindern zurück, und die beiden Männer fanden sich im Besprechungszimmer ihres Vaters ein.

»Ich bin entsetzt und enttäuscht«, sprach Theodor aus, was ihm durch den Kopf ging. »Unsere Leute hätten sich schon viel früher an uns wenden können. Ihr Verhalten war inakzeptabel und wird Konsequenzen nach sich ziehen.«

»Gewaltbereite Mitarbeiter können wir tatsächlich nicht gebrauchen.« Georg machte ebenfalls einen bestürzten Eindruck. »Ich werde mir die betreffenden Personalakten ansehen. Vermutlich stimmt, was unser Vorarbeiter sagt. Die Anhänger der Sozialistischen Arbeiterpartei hetzen gegen uns.«

»Dann entlassen wir sie eben«, brummte Theodor.

»Damit ist das Problem nicht aus der Welt«, entgegnete Georg. »Es werden neue kommen, die ihre Rechte einfordern. Das Sozialistengesetz unseres Reichskanzlers ist zwar beinahe ein Parteiverbot, doch Bismarck ist alt, und ein anderer wird eines Tages seinen Platz einnehmen. Wer weiß, wie es dann weitergeht.« Er beugte sich vor. »Was schlägst du vor?«

Wenig später senkten die Brüder ihre Köpfe über die Bilanzen und Personalakten. Theodors Vorschlag, eine wöchentliche Sprechstunde für die Mitarbeiter einzurichten, fand sofort Georgs Zustimmung. Was jedoch die Lohnerhöhung betraf, war dieser ein harter Verhandlungspartner, der eindeutig auf der Seite der Mitarbeiter stand und Theodor im Lauf der Beratung zunehmend verzweifeln ließ. Jedes Argument, das der Ältere gegen eine sofortige Lohnerhöhung anführte, widerlegte der Jüngere. Auch sämtliche Kompromissvorschläge wischte Georg mit knappen Kommentaren fort. Es wurde Abend, und Theodor war kurz davor, die Beherrschung zu verlieren. »Fünf Prozent ab kommendem Monat sowie einen Bonus für diejenigen, die uns seit Jahren die Treue halten. Ab dem nächsten Jahr bekommen sie sieben Prozent«, schlug er vor, weil er spürte, dass sein Bruder nicht lockerlassen würde.

»Ein guter Vorschlag.« Georgs Miene blieb dennoch undurchdringlich. »Ich diktiere Fräulein Nehlsen morgen früh ein Rundschreiben. Wie viel Zeit geben wir der Belegschaft, um zuzustimmen?«

»Eine Woche, nicht mehr. Was soll mit den beiden Streithähnen von der Versammlung geschehen?«

Die beiden einigten sich darauf, den Mann zu entlassen, der den Kollegen angegriffen hatte. Die anderen Beteiligten sollten eine Abmahnung erhalten.

Als Theodor gegen acht nach Hause kam, fühlte er sich wie erschlagen. Sein Vater hatte ihn behutsam ins Amt eingeführt, doch nach allem, was sich an diesem Tag ereignet hatte, stellte er sich die Frage, ob er für die Leitung des Familienunternehmens tatsächlich schon bereit gewesen war.

Vanda, Felix und Klein-Isa zerstreuten jedoch sogleich seine Gedanken, und nachdem er seinen Kindern einen Gutenachtkuss gegeben und die Lichter in ihren Zimmern gelöscht hatte, reichte seine Frau ihm lächelnd ein Kuvert.

Ein kurzer Blick genügte, und er riss den Umschlag auf.

Liebster Bruder,
wahrscheinlich hat Dir Georg bereits von den wunderbaren Regengüssen erzählt, die unsere Dürrezeit endlich beendet haben. Ich kann Dir gar nicht sagen, wie erleichtert und dankbar wir sind, zu verfolgen, wie unser Gemüse allen düsteren Prophezeiungen zum Trotz zu üppigen Pflanzen heranwächst. Die Ernte unserer Obstplantage ist derart erfreulich ausgefallen, dass unserem Besuch bei Euch nichts mehr im Wege steht. Den Früchten hat die Trockenzeit offenbar wesentlich mehr zugesagt als uns.

Derzeit weiß ich ehrlich gesagt nicht, ob ich mich vor der Reise mehr fürchte oder es kaum aushalte vor Vorfreude darauf, Euch in die Arme zu schließen. Für Julia ist die Reise ein einziges großes Abenteuer, sie ahnt nicht, wie lange wir tatsächlich fort sein werden, und wird ihren Indianerfreund bestimmt vermissen. Ich habe Euch von Chesmu erzählt, nicht wahr? Wendelin und ich hoffen insgeheim, dass die beiden durch die monatelange Trennung Abstand voneinander gewinnen, bevor er Julia unglücklich macht, weil er mit seinem Stamm auf irgendeinen Kriegspfad geht oder andere Freunde seines Alters findet. Er ist immerhin acht Jahre älter und im Begriff, ein Mann zu werden. Ihr habt nach den Ute gefragt. Vermutlich sind wir die einzige Familie in ganz Cortez, die beim Erwähnen ihres Namens nicht vor Furcht erzittert. Insofern hat Julias Freundschaft zu Chesmu ihr Gutes, zumindest hat sie uns bislang vor ihren Angriffen und Überfällen geschützt. Obwohl sich der Junge geräuschlos bewegt und immer darauf achtet, nicht gesehen zu werden, ist er einigen Nachbarn durch seine langen schwarzen Haare aufgefallen, und sie fangen an, Rückschlüsse zu ziehen. So hat unser Schreiner Oscar neulich bereits geunkt, er würde mit Freuden eine Schar Indianerkinder adoptieren, wenn die Ute uns Siedler dann in Frieden lassen würden. Vor Kurzem haben sie ihm und seiner Familie nämlich Gewehre und Pferde gestohlen. Wendelin und ich sind zunehmend besorgt. Was, wenn sich der Zorn unserer Nachbarn auf einmal auch gegen uns richtet? Die Situation ist heikel, aber ich bringe es nicht übers Herz, den Jungen fortzuschicken. Julia würde mir das sicher nicht verzeihen.

Auch unsere Begegnung mit einem Puma kann ich durchaus heikel nennen. Er hat ein Kalb aus Florence' Herde gerissen und warnte uns, Abstand zu halten. Ein eindrucksvolles Erlebnis, keine Sorge, wir waren nicht in Gefahr. Zur Sicherheit haben wir Siedler alles Gestrüpp beseitigt und halten stets Gegenstände bereit, mit denen wir ordentlich Lärm machen können, um ihn für den Fall, dass er wieder durch unsere Grundstücke streifen sollte, verjagen zu können.

Du siehst also, das Leben hier ist mit dem in Berlin in keiner Weise vergleichbar, und doch liebe ich es sehr. Gerade sitze ich auf der Terrasse und wünsche mir, Ihr würdet jetzt mit uns den abendlichen Frieden genießen. Übrigens habe ich Georg vor über sechs Wochen einen Brief geschickt, bis heute aber keine Antwort erhalten, was mich doch allmählich beunruhigt. Früher hat er so gern Briefe geschrieben, aber seit einiger Zeit bleiben seine Zeilen oberflächlich, von den Dingen, die ihn bewegen, gibt er nichts mehr preis. Deshalb wende ich mich jetzt an Dich. Ihr habt keine Ahnung, wie nervös es mich macht, nicht zu wissen, was zu Hause vor sich geht. Es ist nicht nötig, mich zu schonen. Wie geht es Georg wirklich? Verhält er sich bei Euch ähnlich? Ich hoffe, du trägst mir meine Bitte nicht nach.

Richte Vanda einen herzlichen Gruß aus und umarme die Kinder für mich. Weihnachten ist nicht mehr fern, und wenn alles gut geht, sind wir bald vereint.

In Liebe, Rosa

TEIL 2

1893–1903

Kapitel 1

Georg

Prenzlauer Berg, 21. September 1893

Rückblickend kam es Georg vor, als wären die letzten dreieinhalb Jahre gleich einem Windzug an ihm vorbeigerauscht. Das Weihnachtsfest 1889 war zu seinem Leidwesen anders verlaufen als geplant. Buchstäblich im letzten Moment hatten Rosa und Wendelin wegen einer Grippewelle ihren Besuch in Deutschland absagen müssen, Julia hatte es besonders hart erwischt. Das Risiko, mit dem geschwächten Kind zu reisen, erschien ihren Eltern zu hoch. Georg wusste von Theodor, dass sich seine Schwester so manche Nacht in den Schlaf geweint hatte. Die bange Frage, wann sie einander wiedersehen würden, hatte während der Weihnachtsfeierlichkeiten unausgesprochen über der festlich beleuchteten Stadtvilla geschwebt. Zu Recht, denn bis heute hatten es die drei aus Cortez nicht geschafft, die Reise nachzuholen.

Rosa war voller Leben, betrat sie einen Raum, zauberte ihr Anblick ein Lächeln in sein Gesicht. Wäre sie in seiner Nähe gewesen, das spürte er mit Gewissheit, hätte er sich am Prenzlauer Berg weniger fremd und allein gefühlt. Anders als Theodor, ihr ernsthafter Bruder, war sie immer für ein Späßchen zu haben.

Wehmütig betrachtete er die Fotografie seines Vaters und die von Rosas kleiner Familie, die er stets in der Geldbörse bei sich trug, und wandte sich erneut seinen Aufgaben zu.

Bevor er den Betrieb an diesem Septembernachmittag verließ, hielt er die wöchentliche Sprechstunde für die Mitarbeiter ab, die sich seit Einführung als hilfreich herausgestellt hatte. So hatten sein Bruder und er die Gelegenheit, Probleme sogleich aus dem Weg zu räumen.

Danach sah er noch in den Fertigungshallen und Lagern nach dem Rechten. Levy arbeitete seit einigen Monaten als Geselle bei ihnen und hatte kürzlich eine kleine Wohnung bezogen, die nur ein paar Straßenzüge vom Betrieb entfernt lag.

Seit dem vorletzten Jahr prangte der Name *Schuherzeugung Gebrüder Breitenbach* in geschwungenen Lettern über dem Eingangsportal. Meißner hatte nicht lange gezögert, Theodors Übernahmeangebot zu akzeptieren und alle Verantwortlichkeiten an die Brüder abzugeben. Mit den zwanzig Prozent Gewinnbeteiligung war er in der Lage, ein sorgenfreies Leben zu führen. Kurz nach seiner Pressekonferenz hatte er Berlin mit unbekanntem Ziel verlassen. Es wurde gemunkelt, dass er irgendwo an der Nordsee ein Haus bezogen hatte. Doch Georg und der Rest der Familie vermuteten eher, dass Meißner die Presse hinters Licht geführt und einen anderen Ort gewählt hatte, an dem er mit seinem Bekannten relativ unbehelligt leben konnte. Was der Familie Breitenbach durchaus gelegen kam, solange er ihr nicht mehr unter die Augen trat.

Meißners Mitarbeiter hatten sie ebenfalls übernommen; auf dem Firmengelände in Berlin-Mitte waren jetzt die Fertigungshallen für die Schuhe fürs kaiserliche Militär und die Sportschuhe untergebracht, die anderen Abteilungen blieben am Prenzlauer Berg. Die Gründung von *Schuherzeugung Gebrüder Breitenbach* hatte sich als kluger Schachzug erwiesen, allerdings hatte sich nicht nur die Zahl der Mitarbeiter mehr als verdoppelt, sondern auch die Verantwortung.

Als Georg gegen fünf Uhr nachmittags die Stadtvilla betrat, eilte ihm ihr Hausangestellter entgegen.

»Guten Abend, Herr Breitenbach. Eben ist ein Telegramm von Herrn Simeon für Sie eingetroffen.«

Georg überflog die Zeilen des Advokaten, der sich gemeinsam mit seinem Geschäftsführer Jimmy Norris um die Tochterfabrik in Rico kümmerte, und sog heftig die Luft ein. Seit dem Mai wurde Amerika von einem Börsencrash geschüttelt, die Silberpreise waren drastisch gesunken. Die Folgen machten sich nun auch in ihrem Unternehmen bemerkbar.

»Wo ist mein Bruder?«

»Mit Caroline im Garten. Frau Breitenbach ist mit den beiden Großen in der Stadt. Ich hole sie in einer Stunde ab.«

»Danke, Simon.«

Seit den Ereignissen bei *Schuherzeugung Breitenbach* vor vier Jahren hatte sich die Kluft zu Theodor noch vergrößert. Nicht, dass er ihm die damaligen Nachlässigkeiten in der Personalführung nachtrug, ganz im Gegenteil, er schien daraus gelernt zu haben, und seit Inkrafttreten der neuen Vereinbarungen arbeitete ihre Belegschaft wieder gern für die Firma. Georg respektierte ihn auch für die freundliche Hand, mit der er die Geschicke von *Schuherzeugung Gebrüder Breitenbach* lenkte. Außerhalb der Fabrik fühlte er aber, wie sie sich immer mehr voneinander entfernten. Zudem ließ Theodor keine Gelegenheit aus, ihn wissen zu lassen, was er von den Klavierabenden hielt, die Georg mehrmals im Monat in Mundt's Ball-Saal in der Köpenicker Straße gab. Theodors Meinung nach vertrug sich Georgs Ruf als Geschäftsführer eines Traditionsunternehmens nicht mit Tanzmusik in einem Ballsaal. Er fand die Einstellung antiquiert. Was ging ihn außerdem die Meinung zugeknöpfter, steifer Herren an, die in der Öffentlichkeit kaum je eine Miene verzogen, ihn aber insgeheim um die Freiheiten beneideten, die er für sich einforderte?

Erst vergangene Woche hatten Theodor und er heftig über das Thema gestritten, und er schrieb es Vandas vermittelnden Worten zu, dass sich die Situation nicht weiter zugespitzt hatte. Den Groll, den Georg empfand, wann immer er ihm gegenübertrat, hatte sie jedoch nicht mildern können. Wenn möglich, ging er seiner Wege und mied heikle Gesprächsthemen. Doch heute waren sie leider unumgänglich.

Theodor, an den Schläfen bereits ergraut wie einst ihr Vater, saß auf der Gartenbank und beobachtete lächelnd, wie seine dreijährige Tochter Caroline mit Magda im Abendlicht rote Äpfel sammelte und in einen Korb legte. Der idyllische Anblick versetzte Georg einen scharfen Stich.

»Wir müssen etwas besprechen.« Er nahm neben seinem Bruder Platz.

Von seinem ernsten Tonfall alarmiert, blickte Theodor auf.

»Was ist passiert?« Beim Lesen des Telegramms zeichnete sich Erschütterung auf seinen Zügen ab. »Alle Aufträge für dieses Jahr wurden storniert?«

»Ja, leider. Wir sollten *Breitenbach Shoes* so schnell wie möglich schließen«, sprach Georg aus, was ihn bewegte. »Man geht davon aus, dass früher oder später auch die *Atchison, Topeka and Santa Fe Railroad* Insolvenz anmelden wird. Du liest es selbst, die meisten Banken haben mittlerweile geschlossen, und die Zahl der Arbeitslosen steigt täglich. Niemand hat in dieser Situation Geld für neue Schuhe.«

Seit dem Börsencrash sanken die Einnahmen, und die Leute, die sich in Rico niedergelassen hatten, um vom Silberboom zu profitieren, konnten immer öfter ihre Hypotheken nicht mehr bezahlen. Was die Brüder anfangs als eine vorübergehende Flaute betrachteten, hatte sich inzwischen zu einer Wirtschaftskrise dramatischen Ausmaßes entwickelt, die sie seit geraumer Zeit besorgt verfolgten.

»Die Verkäufe gehen bereits eine ganze Weile zurück«, meinte Theodor betroffen. »Rosa klagt auch über den Teil ihrer Ernte, der noch immer in ihrem Vorratsraum lagert. Sie äußert sich nicht viel über die Tücken des Alltags, du kennst sie, aber ich bin sicher, auch sie muss ums Überleben kämpfen. Mit einem derart drastischen Einbruch habe ich offen gesagt nicht gerechnet.«

»Ich auch nicht«, räumte Georg ein.

»Wir müssen Wendelin und Rosa unter die Arme greifen. Hast du Kenntnis darüber, ob ihre Bank noch geöffnet ist?«, warf Theodor gedankenversunken ein.

»Soweit ich weiß, ja. Allerdings ist es eine Frage der Zeit, wann auch sie schließt.«

Sein Bruder nickte. »Ich werde sofort eine Überweisung veranlassen und Rosa informieren, damit sie das Geld so schnell wie möglich in den Händen hält.«

»Gut, sehr gut«, erwiderte Georg aufatmend.

Offenbar hatte Caroline seine Stimme gehört, denn das quirlige, rothaarige Mädchen stürmte auf ihn zu. »Guck mal, Onkel Georg, ist gesund!« Mit treuherziger Miene legte sie ihm einen Apfel in die Hand und lief zu Magda zurück.

Georg schmunzelte, wurde aber sogleich wieder ernst.

»Ich gebe dir recht, so schmerzlich es ist«, setzte Theodor erneut an. »Wenn wir die Fabrik jetzt schließen, kommen wir vielleicht noch glimpflich davon. Mit jedem Tag schreiben wir weiter rote Zahlen.« Er suchte seinen Blick. »Was wird aus der Belegschaft?«

Georgs Blick schweifte in die Ferne.

»Das macht mir eben Sorgen. Wenn ich an die Witwen mit ihren kleinen Kindern denke oder die alten Schuhmacher, die niemand mehr einstellt, wie soll es für sie weitergehen?«

Was wird nun aus Laura, Blind Katy, Fat Liddy und Jessi? Er sah die vier Frauen vor sich, die ihm mit ihrer Herzlichkeit und Treue bewiesen hatten, was Freundschaft bedeutet. In seinem Sekretär lag eine Fotografie, die ihn stets zum Lachen brachte. Laura in einem feinen Kleid, eine Zigarette in der Hand. Jessi präsentierte dem Fotografen ihren nackten Oberschenkel. Blind Katy, die ihm einen Kussmund zuwarf – und Fat Liddy hielt ein Glas Hochprozentigen in die Höhe, als wolle sie auf sein Wohl anstoßen. Theodor wäre wohl entsetzt gewesen, wäre ihm die Aufnahme in die Hände gefallen.

Laura hatte ihm geschrieben, dass die kleineren Bordelle bereits schließen mussten, sie selbst sich trotz der Krise bislang aber gut über Wasser gehalten hatte. Da in absehbarer Zeit jedoch auch die Freier wegfielen, die als Bankangestellte oder Minenarbeiter tätig waren, sah ihre Zukunft düster aus.

Von Olivia ganz zu schweigen. Natürlich war ihm bekannt, dass zunehmend Zimmer in der Pension leer standen. Solange es Georg noch möglich war, die Kosten zu decken, hätte er sich damit zufriedengegeben, um Olivias Existenz zu sichern. Der Tatsache ins Auge zu sehen, auch dieses Kapitel seines Lebens abschließen zu müssen, erfüllte ihn mit Wehmut. Es war nur fair, Olivia seine Entscheidung noch heute mitzuteilen, damit ihr ein wenig Zeit blieb, eine andere Beschäftigung zu finden. Irgendwie würde es ihm schon gelingen, weiter für sie zu sorgen, aber was sollte mit dem Haus geschehen, wenn er die Pension ebenfalls schließen musste? Es zu verkaufen kam nicht in Betracht, nur fehlte ihm momentan jegliche Vorstellungskraft, was er mit seinem Erbe in einer sterbenden Stadt anfangen sollte. Aber das war zunächst Nebensache, sein Augenmerk galt vor allem *Breitenbach Shoes* und seinen Arbeitern.

»Ich werde mich sofort mit Norris in Verbindung setzen«, fuhr Georg sinnierend fort. »Er soll dafür sorgen, dass die Belegschaft noch drei Monate lang bezahlt wird.«

»Ist das dein Ernst?« Theodor wirkte mehr als irritiert. »Niemand bezahlt seine Leute, wenn es keine Arbeit für sie gibt.«

»Doch, ich«, erklärte Georg fest. »Falls es dich beruhigt, ich zahle die Löhne aus eigener Tasche.«

Theodor betrachtete ihn kopfschüttelnd.

»Manchmal werde ich aus dir nicht schlau. Du pflegst einen opulenten Lebensstil und willst deiner Belegschaft auch noch Löhne zahlen. Augenscheinlich wächst die Mark bei dir auf Bäumen.«

»Es geht dich einen feuchten Kehricht an, wofür ich mein Geld ausgebe. Du bist weder mein Vater noch ich dein kleiner Junge, dem du Vorhaltungen machen kannst.« Georg fuhr hoch. Keinen Moment länger hätte er Theodors Anwesenheit ertragen.

»Warte, das war dumm von mir«, rief ihm sein Bruder nach, als er den Garten verließ. »Es tut mir leid.«

Doch Georg beschleunigte seine Schritte, nestelte nach Jacke und Zylinder, bemerkte noch, wie Magda und Simon ihm verblüfft nachsahen, und verließ die Stadtvilla.

Als er einem Droschkenfahrer winkte, entschied er, sich nach Kräften zu amüsieren, sobald er die schlechten Nachrichten übermittelt hatte. Das römische Bad suchte er allerdings nicht mehr auf, seit er vor einigen Monaten nach einem rauschenden Abend, an dem der Wein in Strömen geflossen war, bemerkt hatte, dass man ihm Geld aus seinem Portemonnaie gestohlen hatte. Wobei es ihm einerlei war, ob Delia, der Liliputaner oder eine der anderen Damen ihn um fünfzig Mark erleichtert hatte. Jedenfalls sah man ihn dort nie wieder.

Georg ließ sich zum nächsten Postamt bringen und gab Telegramme für Rosa, Olivia, Norris und Simeon auf. Niedergeschlagen kehrte er zur Droschke zurück.

»Zu Mundt's in die Köpenicker Straße.«

Zwar würde er erst am Wochenende wieder im Ball-Saal aufspielen, aber die Besitzer boten täglich abwechslungsreiche Unterhaltung, außerdem gab es dort einen ausgezeichneten Tropfen und jede Menge hübsche junge Damen, die ihn auf andere Gedanken brachten.

Doch seine Erwartungen entpuppten sich als zu hoch. Der Saal war erst zur Hälfte gefüllt.

Er suchte sich einen Tisch nahe der Bühne, auf der sich gerade ein Pianist und ein Violinist einspielten. Während Georg gelangweilt an seinem Glas nippte, nahmen indes weitere Gäste die vorderen Plätze in Beschlag.

»Darf ich mich zu Ihnen setzen?«

Er drehte sich um. Eine hochgewachsene junge Frau in einem hellblauen Kleid, das ihre schmale Taille betonte, stand mit einem entschuldigenden Lächeln vor ihm. Das üppige schwarze Haar hatte sie mit einer großen Blume gebändigt. »Leider sind die anderen Tische vor der Bühne besetzt.«

Georg wies auf den Platz ihm gegenüber.

»Aber natürlich.« Während sie ihre langen Seidenhandschuhe auszog, betrachtete er sie unauffällig. Interessante Person, dachte er. Mit ihrer zierlichen Figur, der Stupsnase und dem etwas zu groß geratenen Mund entsprach sie nicht dem gängigen Schönheitsideal. Aber genau dies gefiel ihm, sie hatte ein Gesicht, das man nicht vergaß. Als er bemerkte, dass sie die Getränkekarte unschlüssig studierte, sagte er: »Ich kann Ihnen den Chardonnay empfehlen. Er ist fabelhaft.«

Sie verzog das Gesicht, als hätte sie auf eine Zitrone gebissen. »Ich hätte lieber ein gutes Bier.«

Georg lachte, winkte dem livrierten Kellner und gab die Bestellung auf.

Sie dankte ihm und wandte sich den Musikern zu, deren Darbietung mit höflichem Applaus bedacht wurde. Ihm fiel es schwer, sich auf das Duo zu konzentrieren, das lebhafte Mienenspiel der jungen Dame erschien ihm wesentlich unterhaltsamer.

Sie schnalzte mit der Zunge.

»Dem Pianisten fehlt noch ein gleichmäßiges Zusammenspiel seiner Hände, und der Violinist gerät leicht aus dem Takt. Vermutlich handelt es sich bei den beiden noch um Musikschüler. Schade, dass Sie heute Abend nicht spielen, Herr Breitenbach.«

Georg legte den Kopf schief.

»Sie kennen mich?«

»Ich war auf Ihrem Klavierabend im letzten Monat«, sagte sie, ohne den Blick von dem Duo zu wenden.

Er lehnte sich zurück. Wie es aussah, legte sie wenig Wert auf eine Konversation, doch so rasch gab er nicht auf.

»Verraten Sie mir Ihren Namen? Immerhin kennen Sie auch meinen.«

»Oh, bitte entschuldigen Sie.« Sie lächelte flüchtig. »Mathilde Fink. Ich gebe Privatlektionen für Klavier.«

»Tatsächlich?« Georg beugte sich vor. Die Beiläufigkeit, mit der sie ihm antwortete, brachte ihn aus dem Konzept. Bisher hatte er nie um die Aufmerksamkeit einer Frau buhlen müssen, im Gegenteil. Seine Bemühungen, sie in ein Gespräch zu verwickeln, scherten sie nicht im Geringsten. »Sie haben gerade zu dem Spiel des Duos Stellung genommen. Mich würde wirklich interessieren, wie Ihr fachmännisches Urteil über meine Fähigkeiten ausfällt.«

Mathilde wandte den Kopf und musterte ihn lange.

»Warum sollte meine Meinung für Sie von Bedeutung sein?«

Ihre Augen waren tatsächlich grün, wie ungewöhnlich, und ihre langen Wimpern warfen Schatten auf ihre Züge.

Unterdessen erklang eine Melodie aus dem »Zigeunerbaron« von Johann Strauss, und es fanden sich immer mehr Paare auf der Tanzfläche ein.

»Aus Neugier.« Einen kurzen Moment überlegte Georg, ob er sie zum Tanz auffordern sollte, verwarf den Gedanken jedoch wieder. »Vielleicht auch aus Eitelkeit. Ist das wichtig?«

»Wohl nicht.« Sie gab dem Kellner einen Wink und bestellte Käsehäppchen und Brot zum Bier. »Technisch gibt es an Ihrem Spiel nichts zu bemängeln«, fuhr sie dann fort. »Ich nehme an, Sie spielen bereits Ihr halbes Leben.«

»Richtig.« *Sie hat ein gutes Ohr,* dachte Georg. »Wo ist das Aber?«

»Ihr Spiel ist ohne Herz.« Sie tupfte sich den Bierschaum vom Mund. »Bei der Tanzmusik fällt das Manko vermutlich kaum ins Gewicht, bei ernsten Stücken allerdings schon. Entweder Sie haben es nie gelernt, Gefühle mit Musik zu verbinden, oder Sie verschließen sich ihnen. Würden Sie Letzteres ablegen, könnte aus Ihnen ein ausgezeichneter Pianist werden.« Sie schmunzelte. »Genügt Ihnen das?«

Wie vom Blitz getroffen, ließ er ihre Worte auf sich wirken und bemerkte ihren gleichmütigen Tonfall. Allem Anschein nach war Mathilde es gewohnt, ihre Schüler einzuschätzen. Doch selbst wenn es kindisch klang – er fühlte sich von ihrem Urteil gekränkt. Ihre schonungslose Ehrlichkeit fand er gleichermaßen verunsichernd wie attraktiv.

Der Kellner brachte Mathilde das Gewünschte, und sie begann, zu essen. Als sie seinem Blick begegnete, hob sie die Schultern.

»Falls ich Sie beleidigt haben sollte, das war nicht meine Absicht. Sie wollten meine Meinung hören.«

»Dafür danke ich Ihnen.«

Eine Zeit lang war es still zwischen ihnen, denn der Violinist spielte ein melancholisches Stück, dem jeder Anwesende lauschte.

Dann verklang die Musik, die beiden Männer verbeugten sich und verließen die Bühne. Da erhob sich Georgs Tischnachbarin und legte ein paar Münzen auf den Tisch. »Wenn Sie mich bitte entschuldigen? Ich möchte einige Leute begrüßen, die ich eben entdeckt habe. War nett, Ihre Bekanntschaft gemacht zu haben. Auf Wiedersehen, Herr Breitenbach.«

»Bitte warten Sie«, stieß Georg hastig aus. »Ich möchte gern einige Stunden Unterricht bei Ihnen nehmen. Bitte lehren Sie mich, wie man mit dem Herzen spielt.«

»Bedaure.« Mathilde winkte einer jungen Dame, die sich gerade bei einem Herrn einhakte und Anstalten machte, den Saal zu verlassen. »Ich unterrichte nur Kinder und bin derzeit komplett ausgebucht. Alles Gute für Sie.« Sie nickte ihm zu, drehte sich auf dem Absatz um und eilte zu ihrer Bekannten.

Georg sah ihr verblüfft nach. Dann kam Bewegung in ihn, er sprang auf und schlängelte sich an den Gästen vorbei, die allmählich dem Ausgang zustrebten. An der Straße blickte er sich nach allen Seiten um und entdeckte Mathilde, von ein paar jungen Leuten umringt. Er winkte, doch sie sprach mit einer Frau mit einem auffälligen roten Federhut. Mathilde lachte hell auf, küsste deren Wange und schüttelte Hände. Georg rief ihren Namen. Aber sein Ruf schien vom allgemeinen Geräuschpegel geschluckt zu werden, unterdessen stieg sie in eine Kutsche, die sich gleich darauf in Bewegung setzte und um die Straßenecke bog.

Georg fluchte leise. Wild entschlossen, sich nicht geschlagen zu geben, steuerte er auf die Frau mit dem Hut zu, die sich angeregt mit ihren Freunden unterhielt, und räusperte sich. »Bitte verzeihen Sie.«

Sie wandte sich ihm zu. »Kennen wir uns?«

»Nein, entschuldigen Sie die Störung. Mathilde hat mir vor wenigen Minuten ihr Kärtchen gegeben. Leider ist es feucht geworden und ihre Adresse nicht mehr lesbar. Wären Sie so freundlich, sie mir aufzuschreiben?«

Einen Wimpernschlag lang betrachtete sie ihn fassungslos, dann lachte sie herzhaft. »Netter Versuch, mein Herr. Doch meine Schwester besitzt gar keine Kärtchen. Außerdem kenne ich all ihre Bekannten, und wir sind uns nie zuvor begegnet, nicht wahr?«

»Was nichts zu bedeuten hat, wir haben uns erst heute Abend kennengelernt«, erwiderte Georg konsterniert.

Sie wehrte ab. »Mathilde würde einem Fremden nie bei der ersten Begegnung ihre Adresse geben.«

Die anderen kicherten.

»Und zu guter Letzt«, fuhr sie nachdrücklich und mit einem Schmunzeln fort. »Wenn Sie nicht den Mut hatten, das selbst zu erledigen, haben Sie eben Pech gehabt.«

Ein junger Mann in einem etwas zu legeren Anzug legte den Arm um sie.

»Wir müssen los, Emmi. Unsere Straßenbahn wartet nicht.«

»Richtig, mein Lieber. Lass uns gehen.« Die Frau, die sich Emmi nannte, warf Georg einen flüchtigen Blick zu. »Wenn Sie uns jetzt bitte entschuldigen? Einen angenehmen Abend noch.« Sie lachte erneut, ihre Bekannten fielen ein, und damit ließen sie ihn einfach stehen.

Wie vom Donner gerührt blickte er ihnen nach. Die Gruppe schien sich noch immer prächtig über ihn zu amüsieren. Missmutig kehrte er zu seinem Platz zurück, starrte auf sein leeres Weinglas und bestellte noch eins. *Warum habe ich sie nicht zum Tanzen aufgefordert und sie selbst nach ihrer Adresse gefragt?*

Ich bin ein feiger Idiot, dachte Georg finster. Stattdessen hatte er nichts Besseres zu tun gehabt, als seine Eitelkeit zu befriedigen, indem er sie zu einem Urteil über seine musikalischen Qualitäten gedrängt hatte. Dabei war sie bei Weitem die ungewöhnlichste Frau, die er je getroffen hatte, und die erste seit langer Zeit, die seine Liebe zur Musik teilte.

Die Chance, sie näher kennenzulernen, hatte er gründlich vermasselt.

Seine Lust auf Musik und Unterhaltung verflog schlagartig. Als sich wenig später zwei Männer an seinen Tisch gesellten, die keinen Hehl daraus machten, sich in dieser Nacht amüsieren zu wollen, bat er den Kellner um die Rechnung.

Kapitel 2

Akule

Reservat der Weeminuche, 21. September 1893

Die Versammlungshütte war bis auf den letzten Platz besetzt. Pfeifenrauch waberte an der Decke. Die Männer, ob jung, ob alt, hatten sich vollzählig eingefunden und warteten mit ernster Miene auf Chief Ignacio, der sich für den Nachmittag angekündigt hatte. Derweil unterhielten sie sich leise.

Demothi streckte die schmerzenden Glieder. »Die Handarbeiten unserer Frauen werden kaum noch verkauft.« Seit er zwei Schneidezähne verloren hatte, lispelte er. »Es wird jeden Tag schlimmer. Carrington sagte, eine Handvoll Souvenirgeschäfte, die unsere Kleider verkauft haben, wie das von Bernie Summers, schließen noch in diesem Jahr.«

»Dann soll er die Handarbeiten anderswo anbieten«, schlug Akule vor. »Er hat uns den Handel mit blumigen Worten versprochen, also soll er sich anstrengen.«

Die Erwähnung von Carringtons Namen genügte, um sein Blut in Wallung zu bringen. Weil die Núu-ci angeblich unbelehrbare rote Teufel seien, hatte der Große Vater in Washington vor drei Jahren ein Machtwort gesprochen und befohlen, dass sie – und sei es noch so kurz – nur mit Erlaubnis des Agenten das Reservat verlassen durften. Wer das Verbot ignorierte, wurde von der Indianerpolizei zurückgebracht. Für Akule waren Letztere Verräter am eigenen Volk, neuerdings hörten Loyalität und Zusammenhalt auf zu existieren, sobald der weiße Mann mit Geldscheinen winkte.

Gerade gestern hatte Akule seinem Sohn eine Standpauke gehalten, weil er sich mit schöner Regelmäßigkeit aus dem Reservat stahl.

»Ich bin und bleibe ein freier Mann«, hatte Chesmu seinem Vater daraufhin ruhig erklärt. »Lieber sterbe ich durch die Hand eines Feindes, bevor ich als Gefangener meine Núu-ci-Seele verliere. Julia ist meine Freundin. Wenn wir zusammen sind, gibt es keine Unterschiede, und es wird auch nie welche geben.«

»Was findest du an der Kleinen?«, hatte Akule ihn gefragt. »Warum ist sie dir so wichtig?«

Chesmu tippte auf seine Herzgegend. »Ich kann ihre leuchtende Seele sehen. Sie ist sanft wie Frühlingsregen, stark und liebevoll. Sie ist ein Wesen aus Licht.«

Seine Worte trafen Akule mit aller Härte, weil sie ihm deutlich machten, dass er nie von Julia lassen würde. Er besaß noch das Feuer der Jugend und den unbedingten Glauben, dass das Recht eines Tages siegen würde. Wie sollte er die Furcht eines Vaters verstehen, der um die Sicherheit seines Kindes bangte? Akule schickte sein Flehen täglich zum Großen Geist, damit dieser seinen Sohn weiterhin vor Unheil bewahrte.

Chesmu saß mit geradem Rücken neben ihm. Sein Körper war der eines Kriegers, die Augen scharf wie die des Adlers, der über dem Sleeping Ute kreiste. Er bewegte sich lautlos wie Bruder Puma und besaß das liebende Herz einer Bärin. Eine gefährliche Kombination.

»Wo soll er deiner Meinung nach die Waren verkaufen? In Rico und Silverton gehen höchstens noch ein paar Geister um«, holte ihn sein Vetter Chu aus den Grübeleien. »Die Leute haben die Städte verlassen wie Ratten das sinkende Schiff.«

»In Telluride, wo der weiße Mann Gold schürft«, meldete sich Demothis Sohn Knoton zu Wort. »Dort verkauft es sich nach wie vor.«

»Fragt sich nur, wann auch der Goldpreis fällt«, fiel Mingan finster ein. »Mir ist es egal, wie es der gottesfürchtige Agent anstellt. Die Hände unserer Frauen sind wund vom Weben und Nähen. Ihre Kleider sind Kunstwerke. Sie verdienen einen guten Lohn.«

Die Männer nickten einhellig.

Es dauerte nicht lange, und sie vernahmen das Klappern von Hufen auf dem Pflaster und Schritte, die rasch näher kamen. Gleich darauf hörte man entsetzte Rufe und einen Aufschrei. Eine Frau weinte herzzerreißend.

Die Anwesenden wechselten alarmierte Blicke.

Erregte Stimmen drangen ins Innere der Hütte.

Dann teilten sich die Tierfelle, die den Eingang vor neugierigen Blicken schützten, und der Chief der Weeminuche nahm seinen Platz in der Mitte ein.

»Ich grüße euch. Möge der Große Geist mit euch sein.«

Chief Ignacios sonst so frisches Gesicht hatte jede Farbe verloren, und im spärlichen Licht der Hütte wirkten seine Linien um Nase und Mund tiefer, als Akule sie in Erinnerung hatte. Der Anführer hatte inzwischen die sechzig überschritten, was man rasch vergaß, sah man ihn beim Reden lebhaft gestikulieren. Doch heute wirkte er um Jahre gealtert. In seinen Augen erkannte Akule etwas, das ihm einen Schauer über den Rücken jagte.

»Ich bin gekommen, um euch eine Neuigkeit zu überbringen. Vierzig Meilen von hier, am Fuße von Shiprock, habe ich Galote gefunden, er lehnte gegen den Fels. Dass er von dem weißen Mann nicht entdeckt wurde, grenzt an ein Wunder.

Der Große Geist muss über ihn gewacht haben«, sagte er leise mit Blick auf Elsu. »Ich habe deinen Enkel heimgebracht, er ist kaum ansprechbar und sehr schwach.«

Der alte Mann blinzelte und schüttelte heftig den Kopf.

»Das kann nicht sein, Chief. Der Junge ist … er ist in New Mexico, in der Schule.«

Vor zwei Jahren hatte der Große Vater in Washington die Anwesenheitspflicht aller Kinder des Volkes in den *Indian Boarding Schools* angeordnet. Die Chiefs erklärten sich nach zähen Verhandlungen zwar einverstanden, aber nur unter der Bedingung, dass die Kinder eine Schule in der Nähe besuchten, damit sie den Kontakt zu ihren Familien nicht verloren. Doch vergebens. Die Mütter weinten um ihre Kinder, die sie viele Jahre nicht sehen würden, und die Alten waren zornig, man würde ihnen ihr eigen Fleisch und Blut entfremden und ihren Kindern alles austreiben, was sie sie einst gelehrt hatten.

So hatte sich im Frühling auch Elsus Tochter Aisima von ihrem achtjährigen Galote verabschieden müssen, Carrington versicherte ihr jedoch, ihm eine gute Ausbildung zuteilwerden zu lassen.

In Chesmus Augen spiegelte sich Bestürzung wider. »Galote ist krank? Ich muss zu ihm! Vater, bitte!«

Akules Sohn hatte bereits mit dem Jungen gespielt, als der noch wackelig auf den Füßen gestanden hatte.

»Später. Jetzt schweig.«

Der Chief warf ihnen einen strafenden Blick zu und klopfte energisch mit den Stiefeln auf den Boden. Sogleich wurde es derart still, dass nur der Atem der Männer in der Hütte zu hören war.

»Ich weiß nicht, wie es ihm gelungen ist, aber Galote ist aus der Schule geflohen«, fuhr der Chief fort. »Genauso wenig weiß ich, warum mich die Weißen, denen ich unterwegs begegnet bin, nicht aufgehalten haben. Ich habe ihnen zugerufen, ich hätte einen Ausreißer dabei. Damit haben sie sich zufriedengegeben.«

Der Chief hat für Galote sein Leben riskiert, durchzuckte es Akule. *Davon abgesehen, liegt die Grenze zu New Mexico etwa vierhundert Meilen vom Reservat entfernt. Wie hat der Junge es nur bis nach Hause geschafft?* Als Vater schätzte er sich glücklich, dass Chesmu damals vor zwei Jahren das Schulalter bereits überschritten hatte.

Elsu sprang auf, doch der Chief bat ihn mit einer Geste, sich wieder zu setzen. »Nicaagat ist bei ihm.«

Nicaagat, der Medizinmann der Weeminuche, ignorierte das Verbot des weißen Mannes ungerührt. Er werde tun, wozu ihn der Große Geist bestimmt habe, waren seine Worte. Akule blieb nur die Hoffnung, dass man Nicaagat nie bei seinen heiligen Zeremonien beobachtete, die schon so manchen Núu-ci wieder gesund gemacht hatten.

»Wenn du etwas tun willst«, setzte der Chief hinzu, »tröste deine Tochter. Bitten wir den Großen Geist um seinen Segen für Galote.«

Daraufhin erklärte der Chief die Versammlung für beendet, und die Männer verließen mit betroffener Miene die Hütte.

Chesmu hielt seinen Vater auf.

»Begleite mich zu Galote, oder ich geh allein. Ich will wissen, wie es um ihn steht.«

Akule stieß heftig die Luft aus und nickte.

Vor Galotes Tipi hockten zwei Frauen. Eine von ihnen war Nituna, die Aisima in den Armen wiegte. Die Mutter des Jungen hatte einst zu den schönsten Frauen der Weeminuche gehört. Seit dem Tod ihres Mannes jedoch wirkte sie wie eine verblühte, farblose Blume.

Aisima hob die Hand, das Gesicht vom Weinen verquollen. »Ihr dürft nicht rein. Nicaagat ist noch bei ihm.« Sie rang die

Hände. »Ich habe ihm gesagt, wie … gefährlich es ist, aber er lässt nicht mit sich reden.«

»Er ist ein guter, unerschrockener Mann«, raunte Chesmu seinem Vater zu, »aber genau das macht mir Angst. Wir dürfen ihn nicht auch noch verlieren.«

Die Gefahr bestand durchaus. Die Weißen hatten im vergangenen Jahr Galotes Vater Mautchick erschossen, als der sich geweigert hatte, sich nach den Vorgaben der Eindringlinge zu kleiden. Auf seinem Pony und mit weit ausgestreckten Armen hatte er den Engländern zugerufen, er sei frei, zu tragen, was immer ihm gefiel. Daraufhin eröffneten sie das Feuer auf ihn.

Seit Galote die Schule besuchte, lebte Aisima ganz allein und hatte sich bislang standhaft geweigert, wieder zu heiraten. Wobei Akule wusste, dass die Ältesten inzwischen über einen passenden Ehemann für die Witwe berieten.

Chesmu umarmte Aisima.

»Wie geht es Galote?«

Sie sah mit bebenden Lippen zu ihm auf. »Er hat tagelang nichts gegessen und getrunken. Die Verletzungen sind leicht, aber sein Geist ist verwirrt. Was ist bloß mit meinem Sohn geschehen?« Erneut brach sie in haltloses Weinen aus.

Erschüttert setzten sich Chesmu und Akule zu den beiden Frauen.

Als der Medizinmann ins Freie trat, wich Akule respektvoll zurück. Nicaagat war eine eindrucksvolle Erscheinung, was auch sein altes Hemd und die langen Hosen nicht schmälern konnten. Seine Zöpfe hatte er mit hellen Bändern umwickelt, dazu trug er den traditionellen Schmuck des Medizinmannes, den abzulegen er sich verbissen weigerte. Seine großen schwarzen Augen ruhten auf Aisima, als er neben ihr Platz nahm.

»Ich habe Galotes Wunden mit heiliger Medizin versorgt, die die bösen Geister aus seinem Körper vertreiben soll.

Manchmal hat er ausgesehen, als wäre er selbst in einem bösen Traum gefangen.« Er tätschelte sie. »Er kommt allmählich zu sich.«

Aisima rang die Hände.

»Das macht mich froh. Hast du ihn gefragt, was passiert ist?«

»Ja, aber er antwortet nicht.«

Sie ging in das Tipi, kam mit einem gewebten Plaid zurück und reichte es dem Medizinmann, der es dankend entgegennahm.

»Versuch, mit ihm zu sprechen. Er muss seine Seele befreien.«

Aisima hob die dürren Schultern.

»Mein Junge schämt sich wegen seiner geschorenen Haare. Er dreht sich immer um, wenn er mich sieht.«

Das ist entwürdigend, durchzuckte es Akule. *Wie konnten sie ihm das antun?*

Die Núu-ci trugen ihre langen Haare seit Anbeginn der Zeit mit Stolz. Sie abzuschneiden, wäre für sie nie in Betracht gekommen.

Chesmu trat vor. »Sag ihm, dass ich hier bin.«

Aisima verschwand im Tipi.

»Er möchte Chesmu sehen, aber nur ihn. Tut mir leid, Akule«, sagte sie, als sie zurückkehrte.

Dieser winkte ab. »Ich verstehe das.«

»Ich sehe morgen wieder nach dem Jungen.« Nicaagat entfernte sich.

»Viel Glück und gute Besserung für deinen Sohn.« Akule gab Nituna einen Wink, ihm zu folgen, und sie gingen ebenfalls davon.

Jene Stunde brach an, in der sich Sleeping Ute in sein leuchtend rotes und gelbes Kleid hüllte, die Sonne allmählich

Abschied vom Tag nahm und schließlich mit einem letzten Glühen hinter dem Tafelberg versank.

Akules erste Frau Onawa nutzte die letzten Sonnenstrahlen, um vor dem Tipi einen Teppich fertigzustellen, weshalb sich Nituna und Akule ins Innere zurückzogen.

Er war dankbar, dass die beiden Frauen seine Entscheidung, den Ältestenrat zu verlassen, nie infrage gestellt und lediglich mit einer gemurmelten Zustimmung kommentiert hatten. Er setzte sich zu seiner jüngeren Frau.

»Aisima ist hilflos«, sagte sie. »Ich will sie trösten, aber welche Worte sollen helfen, ihren Kummer zu ertragen?«

»Galote wird sich wieder erholen, das ist alles, was für den Moment zählt«, versuchte Akule, sie zu beruhigen.

»Ich verstehe nicht, warum er weggelaufen ist.« Nituna lehnte sich leicht gegen ihn. »Sie lernen viele gute Dinge in einer Schule. Der Junge ist heißblütig, vielleicht hat er die Lehrer nicht mit dem nötigen Respekt behandelt. Die Wunden hat er bestimmt von einem Sturz.«

Er strich ihr über die Wange. Nituna war eine gute Frau, aber auf liebenswerte Weise gutgläubig. Selbst nach den vielen Gräueltaten der Weißen suchte sie noch immer nach Gründen für deren Verhalten.

Es dauerte nicht lange, und Dunkelheit senkte sich über die Berge, Hügel und Weiden.

Onawa verstaute ihren Webrahmen in einer Ecke des Tipis, gesellte sich zu ihnen und hörte aufmerksam zu.

»Galote gestürzt? Er ist flink und geschickt wie Bruder Kojote. Ich glaube eher, dass er auf der Flucht mit jemandem gekämpft hat.«

»Du meinst, er hat sich geprügelt?« Akule wiegte den Kopf. »Mit wem denn? Wir sind der einzige Stamm weit und breit. Sollten Weiße ihn entdeckt haben, hätten sie ihn zur Schule zurückgebracht.«

»Oder dort ist eine ansteckende Krankheit ausgebrochen«, schlug Nituna vor, »und er hatte Angst, wie viele andere Kinder in der Fremde zu sterben.«

»Das wäre möglich.« Onawa schob sich eine ergraute Haarsträhne hinters Ohr. »Jeder hier weiß von Chief Ignacios Trauer. Wir haben oft über den Tod seines letzten Kindes gesprochen, vielleicht hat sich Galote daran erinnert und ist aus Furcht fortgelaufen.«

»Wir können dankbar sein, dass der Chief ihn lebendig aufgefunden hat«, sagte Akule.

Nituna schürte das Feuer an der Herdstelle in der Mitte des Tipis, von wo der Rauch durch ein Loch im Weidendach abziehen konnte, und spießte ein paar kleinere Fische auf, die sie heimlich im Bach gefangen hatte. Danach erwärmte sie Maisfladen in einer Pfanne über der Herdstelle.

Akule beobachtete sie wehmütig. Es war lange her, seit sie sich zuletzt richtig sattgegessen hatten. Nituna hatte für dieses Mahl einiges riskiert.

Als Chesmu eintrat, hatten die Maisfladen eine goldbraune Farbe angenommen. Sie aßen schweigend und warteten anschließend, bis er das Gespräch eröffnete.

»Galote hat nicht länger ausgehalten, wie die Lehrer die Schüler behandeln.«

»Was ist passiert?«, wollte Akule wissen.

»Gleich nachdem man ihnen die Haare geschnitten hatte, bekamen sie alberne neue Namen. Galote heißt bei ihnen jetzt *Carlos, black snake*.«

»Carlos – schwarze Schlange?«, echote Onawa.

»Wegen seiner besonders dunklen Haut«, erwiderte Chesmu, »und weil er still ist und ihm nichts entgeht. Das hat Galote gekränkt. Außerdem haben sie ihnen verboten, ihre wahren Namen zu benutzen, selbst dann, wenn die Kinder miteinander sprachen. Ansonsten mussten sie stundenlang Böden schrubben oder wurden geschlagen.«

»Wir Núu-ci schlagen unsere Kinder nicht, und sie dürfen das erst recht nicht!«, entfuhr es Nituna. Ihre Stimme kippte. »Warum?«

Onawa und Akule wechselten einen Blick.

»Weil sie ihnen ihre Seelen aussaugen wollen«, flüsterte die Ältere. »Es ist, wie einem Vogel den Schnabel zuzubinden, damit er nicht mehr singt. Eines Tages wird er die Lieder vergessen, die er einst gesungen hat.«

Kapitel 3

Theodor

Prenzlauer Berg, 10. Oktober 1893

An einem stürmischen Tag, die Sekretärinnen waren bereits gegangen, studierten Theodor und sein Bruder im Besprechungszimmer von *Schuherzeugung Gebrüder Breitenbach* die Korrespondenz mit Rico.

Georg legte ihm ein Schreiben vor.

»Hier die Inventurliste der Fabrik. Sie kam vor ein paar Minuten an.«

Theodor widmete sich der Liste.

»Himmel, das Lager ist noch gut bestückt.«

»Ja, leider. Einige in Auftrag gegebene Waren wurden gar nicht mehr verkauft. Norris hat ein doppeltes Schloss einbauen lassen, er befürchtet, die verzweifelten Arbeitslosen und Obdachlosen der Umgebung könnten das Lager plündern.«

»Wir müssen alles, was von Wert ist, aus der Fabrik schaffen lassen, und das lieber gestern als heute.« Theodors ungutes Gefühl wuchs von Tag zu Tag.

Georg hob die Schultern.

»Leichter gesagt als getan. Norris und Simeon verhandeln mit einigen Firmen aus Denver. Mit etwas Glück können sie zumindest die Bestände aus dem Lager verkaufen.«

Theodor klopfte mit einem Briefbeschwerer auf den Tisch. »Was wird aus der Einrichtung, den Werk- und Nähtischen, den Werkzeugen und Maschinen?«

»Einen Großteil davon haben Simeon und Norris privat untergebracht und versuchen, ihn an den Mann zu bringen«, antwortete Georg.

»Sehr gut.« Die Sache gefiel Theodor überhaupt nicht. So kurz nach der Übernahme von *Schuh Meißner* war ein derartiger Verlust das Letzte, was sie gebrauchen konnten. Eine geschlagene Stunde hatten sie bereits die Köpfe in die Geschäftskonten gesteckt.

»Du musst deinen Männern in Rico deutlich machen, wie enorm wichtig es ist, dass wir wenigstens das Grundstück verkaufen. Tante Funny hat wahrscheinlich viele Jahre lang eisern gespart, um uns das Land zu vermachen.«

Er bemerkte Georgs freudloses Grinsen und fragte sich unwillkürlich, was an seinem Einwand so komisch war.

Im nächsten Moment wurde sein Bruder wieder ernst.

»Du hast Vorstellungen! Wer meinst du, kauft ein Grundstück in einer Stadt, in der mittlerweile weniger als fünfzig Seelen leben und bis auf eine Bank und einen Immobilienhändler alles geschlossen ist?«

»Ach, was weiß ich!«, entfuhr es Theodor aufgewühlt. »Vielleicht kann die Eisenbahn Lagerräume gebrauchen oder … Herrgott, wir müssen es zumindest versuchen!«

Er stützte die Ellenbogen auf den Tisch und zwang Georg seinen Blick auf.

»Die Übernahme hat reibungslos funktioniert. Dass aus dem Grund unsere Rücklagen drastisch geschrumpft sind, brauche ich sicher nicht zu erwähnen. Aber ein Verlustgeschäft können wir derzeit nicht auch noch verschmerzen, schließlich haben sich unsere Kosten mehr als verdoppelt. Dann stünden wir auf hauchdünnem Eis!«

»Ich tue, was in meiner Macht steht«, erwiderte Georg knapp. »Aber zaubern kann auch ich nicht.«

»Das ist mir bewusst.« Theodor unterdrückte ein Seufzen. »Ich habe unserem Vater auf dem Sterbebett das Versprechen gegeben, für Eintracht in der Familie zu sorgen, und glaube mir, ich nehme es sehr ernst. Aber du machst es mir ziemlich schwer, weißt du? Was habe ich getan, um deine ablehnende Haltung zu verdienen?«

Georg betrachtete ihn lange durch seinen Zwicker.

»Dich bei jeder Gelegenheit in mein Leben einzumischen zum Beispiel. Du kannst nicht anders, kommentierst meine Ausgaben, meine Art zu leben und spielst den Moralapostel.« Seine Stimme klang wie klirrendes Eis. »Das brauche ich wirklich nicht. Wenn du mit mir auskommen willst, lass mich einfach zufrieden.« Er legte den Kopf schief. »Im Übrigen dürftest du kaum einen Grund finden, meine Arbeit im Unternehmen zu kritisieren. Das ist es schließlich, worum es geht, nicht wahr?«

Fassungslosigkeit breitete sich in Theodor aus, und er musste sich zur Ruhe zwingen. Ein falsches Wort, und es würde abermals zu einem Streit kommen, der die Distanz zwischen ihnen nur vergrößerte.

»Nein«, antwortete er deshalb so sanft wie möglich, »du bist meine unersetzliche Stütze im Betrieb. Ohne dich wäre ich so manches Mal in schwierige Situationen gestolpert.« Er holte tief Luft. »Es tut mir leid, Georg. Leider ist es eine Unart von mir, mich zuweilen wie ein besorgter Vater aufzuspielen. Das steht mir nicht zu, und ich gebe dir mein Wort, meine Zunge zu zügeln. Außerdem ist es an der Zeit, mich bei dir zu bedanken.«

Georg hob eine Braue. »Ich wüsste nicht, wofür.«

»Du hast für die Familie deine Freiheit aufgegeben. Das war ein mutiger und konsequenter Schritt, für den ich dich bewundere.«

»Nicht nötig. Du hättest dasselbe getan.«

»Vermutlich ja«, sagte Theodor. »Lass uns noch einmal von vorn anfangen und aufeinander zugehen. Mir fehlt der Bruder, mit dem ich Freud und Leid teilen und mit dem ich über Albernheiten lachen konnte.«

Ein Schatten huschte über Georgs Gesicht. »Das ist lange her, das Leben hat uns verändert. Abgesehen von unserem Unternehmen und der Liebe zu unserer Familie scheint uns nichts mehr zu verbinden.«

Damit erhob er sich, klopfte seinem Bruder im Vorbeigehen auf die Schulter und verließ den Raum.

Bis ins Mark getroffen, sah Theodor ihm nach. Später wusste er nicht mehr zu sagen, wie lange er aus dem Fenster gestarrt hatte, bis der Schmerz in seinem Inneren auf ein erträgliches Maß sank.

Georg hatte alles Menschenmögliche getan, um *Breitenbach Shoes* zu einem florierenden Unternehmen zu machen. Theodor konnte förmlich spüren, was es den Bruder kostete, den Betrieb zu schließen und seine Mitarbeiter in eine unsichere Zukunft zu entlassen. Dennoch, beschönigende Worte halfen ihnen nicht weiter. Jede unbedachte Aktion konnte ihnen das Genick brechen. Nachdenklich drehte er den Siegelring an seiner linken Hand. Welche Anstrengungen auch immer nötig sein würden, das Familienunternehmen sicher durch die nächsten Jahrzehnte zu führen, er war bereit, sie auf sich zu nehmen. Nur was Georg betraf, gingen ihm allmählich die Möglichkeiten aus.

Theodor und Vanda hatten seinen Bruder in den vergangenen Jahren an ihrem Familienleben teilhaben lassen, ihn in Entscheidungen einbezogen und ihn trotz seiner Verstocktheit regelmäßig zur Sommerfrische an die Ostsee eingeladen. Bis heute hatte Georg stets abgewunken.

Anfangs hatte Theodor sein Verhalten erzürnt, inzwischen war seine Wut verraucht und hatte einem Gefühl der Leere Platz gemacht. Er vermisste die alten Zeiten, in denen Rosa, Georg und er noch beieinander gewesen waren, schmerzlich.

Theodor gelang es nicht, sich erneut auf die Bücher zu konzentrieren. Es hatte ohnehin wenig Zweck, die Verbindlichkeiten wieder und wieder nachzurechnen, sie mussten die Ergebnisse der Verhandlungen in Rico abwarten.

Frustriert schloss er die Akten und verließ wenig später die Fabrik.

Vanda empfing ihn mit einem zärtlichen Kuss. »Du siehst müde aus.«

Isa stürmte aus der Küche. »Papa, Caroline und ich haben einen Grießpudding gekocht.«

Theodor schmunzelte und zog seine Sechsjährige in die Arme.

»Schön, mein Schatz.«

Isa hatte sich zu einem blitzgescheiten Mädchen entwickelt, mit ihrer ruhigen und besonnenen Art unterschied sie sich von ihrer jüngeren Schwester, für die in ihrem Bewegungsdrang nichts zu hoch oder zu weit erschien. Isa hingegen zeigte jetzt bereits beim Zeichnen ihre künstlerische Ader.

Er blickte sich um.

»Wo sind Felix und die Kleine?«

Vanda schürzte die Lippen. »Felix zieht sich für die Verlobungsfeier um. Aber Caroline? Eben war sie noch …« Sie gab Magda, die mit einem Tablett auf das Speisezimmer zusteuerte, einen Wink. »Behalte die Kleine bitte im Auge.«

Kopfschüttelnd beobachteten Vanda und er, wie sich die Dienstbotin mit wehender Schürze sogleich auf die Suche nach der Dreijährigen machte.

Da kam Felix auf ihn zu, und Theodor glaubte, seinen Augen nicht zu trauen. Wann, fragte er sich, war aus dem Jungen mit den zu langen Armen und Beinen ein Mann geworden? Er trug einen Frack der neuesten Mode, der seine sportliche Figur betonte. Seine blonden Locken fielen bis auf den weißen Stehkragen des Hemdes. Vor Kurzem hatte er sich einen Schnauzbart wachsen lassen.

Ein Lächeln zeichnete sich auf seinem Gesicht ab. »Gefalle ich dir?«

Theodor umarmte ihn.

»So wie du aussiehst, könnte es passieren, dass es sich die Frischverlobte noch anders überlegt.«

»Du hast nichts zu befürchten«, erwiderte Felix ohne eine Spur von Verlegenheit. »Levy und Irma sind schwer verliebt. Außerdem will ich mich nicht so rasch binden. Ich habe noch jede Menge Zeit.«

Georgs ehemaliger Hausangestellter aus Rico war inzwischen Felix' bester Freund und würde seine Braut im kommenden Jahr nach jüdischer Tradition heiraten.

Theodor gab seinem Achtzehnjährigen recht, der nach bestandener Reifeprüfung eine ordentliche Schuhmacherlehre im Familienbetrieb absolvieren sollte. Er erinnerte sich noch gut, wie zornig er auf seinen eigenen Vater gewesen war, weil der darauf bestand, dass Theodor als zukünftiger Erbe das Handwerk von der Pike auf zu erlernen hatte. Heute war er seinem strengen Vater dankbar und erwartete dasselbe von seinem lebenslustigen Sohn, der gemeinsam mit Levy stets von einer Gruppe junger Leute umringt wurde. Sie hatten mehr Freunde, als Vanda und er zählen konnten, und waren an den Wochenenden eigentlich nur zu Hause, um die Kleidung zu wechseln.

Zu seiner Mutter Elena zog es Felix immer seltener, und Theodors erste Frau litt unter seiner abweisenden Art. Aber der

Junge war fast erwachsen, und Vanda und er mischten sich nicht in seine Angelegenheiten. Das Verhältnis zu seinem Stiefvater Doktor Wilhelm Steinhausen war und blieb angespannt. Felix hatte dem Geheimen Medizinalrat a. D. nie verziehen, dass sich dieser in die Ehe seiner Eltern gedrängt hatte. So jedenfalls vermuteten Vanda und er, denn Felix gehörte nicht zu den Menschen, die gern über ihre Gefühle sprachen.

Isa schmiegte sich an ihren Bruder.

»Wenn ich groß bin, nimmst du mich dann mit auf eine große Feier?«

»Versprochen.« Felix küsste ihre Stirn. »Du wirst dann das hübscheste Mädchen des Abends sein und den jungen Männern reihenweise die Augen verdrehen.«

Isa zog eine Grimasse.

Felix war kaum aus der Tür, da brachte Magda die kleine Caroline zurück, die im Garten der Nachbarn mit deren Hund gespielt hatte.

Nach dem Abendessen, Magda war mit den beiden Mädchen im Badezimmer, berichtete Theodor seiner Frau von den Ereignissen des Tages.

»Georg macht mir wenig Hoffnung auf einen Verkauf von Fabrik und Grundstück in Rico.«

»Es ist schade um die Gebäude, die er erst vor einigen Jahren errichtet hat. Sie werden mit der Zeit verfallen, wenn sie keine neue Verwendung finden«, gab Vanda zu bedenken. »Hat sich Georg dazu geäußert, wie Olivia die baldige Schließung der Pension aufgenommen hat?«

»Liebes, äußert er sich jemals zu irgendetwas? Er betäubt sich mit seiner Musik und vermutlich auch mit Frauen. Spreche ich ihn darauf an, entzieht er sich mir.« Resigniert gab Theodor daraufhin sein Gespräch mit Georg wieder.

Zärtlich umfasste Vanda das Gesicht ihres Gatten.

»Bist du je auf den Gedanken gekommen, dass Georg einsam ist und nach einem Halt sucht?«

Theodor legte den Kopf schief.

»Ich kann dir nicht recht folgen.«

Vanda lachte, und er hätte so gern die winzigen Lachfalten um ihre Augen liebkost, die er so liebte. Er glaubte zwar, sie nach all den gemeinsamen Jahren zu kennen. Doch manchmal war sie ihm immer noch ein Rätsel.

»Ihr Männer seht hin und wieder nicht einmal, was deutlich vor euch liegt. Finde es selbst heraus, mein lieber Herr Gemahl.« Sie machte sich von ihm frei und hielt einen Moment nachdenklich inne. »Für Rosa und Wendelin könnte sich die wirtschaftliche Lage jedenfalls zu einem Wendepunkt entwickeln. Vielleicht wäre jetzt der richtige Moment, heimzukehren.«

Theodor lachte.

»Liebes, du kennst meine Schwester nicht. Aber ich gebe zu, der Gedanke gefällt mir durchaus. Rosa ist eine lebenslustige Person, die frischen Wind in unser Haus bringen würde. Wobei ich mir nur schwerlich vorstellen kann, welchen Platz sie hier einnehmen sollte. Die Hände in den Schoß zu legen und zu warten, bis ihr Mann abends heimkommt, würde sie jedenfalls schrecklich langweilen.«

»Für Frauen, die wie sie um unsere Rechte kämpfen, ist im Reich immer Platz.« Vanda strich über sein Kinn. »Beispielsweise könnte sie in Berlin eine Schule eröffnen.«

»Ich sehe schon, ihr seid verwandte Seelen. Und was wird deiner Meinung nach aus Wendelin? Simon hat sich gut gemacht, und einen zweiten Hausangestellten benötigen wir nicht.«

»Das ist richtig«, räumte Vanda ein. »Wobei ich davon überzeugt bin, dass wir einen guten Posten im Betrieb für ihn finden. Er führt doch die Bücher für die Plantage und die Schule, nicht wahr? Geschick im Umgang mit Finanzen hat er doch hinreichend bewiesen. Wendelin kann weit mehr, als Herrschaften zu bedienen – ganz abgesehen davon, dass er dies wohl auch nicht mehr wollen würde.«

»Das habe ich nie in Abrede gestellt«, entgegnete Theodor. »Im Unternehmen werden immer fleißige Hände und kluge Köpfe benötigt, darum mache ich mir keine Sorgen.«

Er sah die drei vor sich, Hand in Hand. Wendelin in Arbeitshose und mit breitkrempigem Hut, Rosa, die blonden Locken zu einem lockeren Zopf gebunden, dazu Julia mit ihrem verschmitzten Lächeln.

Wehmut erfüllte ihn, als er sich wieder seiner Frau zuwandte.

»Ich frage mich auch, wie es mit der Plantage weitergehen soll«, fuhr er gedankenversunken fort. »Schließlich haben Farmer und Plantagenbesitzer wie Rosa und Wendelin ihre Erzeugnisse zu einem erheblichen Teil an die Hunderte von Arbeitern verkauft. Brechen die jetzt ihre Zelte ab, fallen auch wichtige Absatzmärkte fort.«

»Das ist mir bewusst, Liebling. Vertraue auf die beiden, sie werden die richtigen Entscheidungen treffen. Es hat keinen Sinn, wenn du dich tagein, tagaus um deine Geschwister grämst.«

Theodor warf ihr einen verdutzten Blick zu.

Vanda küsste ihn zart. »Dachtest du, ich weiß nicht, was in dir vorgeht? Ich kann dir die Gedanken von der Stirn ablesen. Jetzt allerdings muss ich mich um unsere Mädchen kümmern. Liest du Isa eine Geschichte vor?«

»Mit Vergnügen.«

Eng umschlungen verließen die beiden den Salon.

Kapitel 4

Georg

Prenzlauer Berg, zur selben Zeit

Die Abendstunden verbrachte Georg regelmäßig in Mundt's Ball-Saal und hielt nach Mathilde Ausschau. Vergebens. Das Personal dort hatte er befragt, aber stets nur ein Schulterzucken geerntet. Es war doch nicht möglich, dass sich eine Frau wie sie förmlich in Luft auflöste! Im Fernsprechbuch für Berlin, Potsdam und Charlottenburg war nur der Königliche Hofmusikant und ein Sachverständigen-Verein verzeichnet, in den Zeitungen hatte Mathilde nicht inseriert.

In der letzten Woche hatte Georg die beiden Sekretärinnen beiläufig gebeten, ihm die Adressen aller Berliner Klavierlehrerinnen zu besorgen, die Kinder unterrichteten. Er gab vor, seinen Nichten unter Umständen zum nächsten Weihnachtsfest einige Lektionen schenken zu wollen. Natürlich hätte er sich direkt nach Mathilde erkundigen können, doch er wollte um Himmels willen nicht der Grund für Gerüchte sein, die in der Fabrik stets in Lichtgeschwindigkeit die Runde machten.

Er musste Mathilde wiedersehen, sie ging ihm nicht mehr aus dem Sinn, und dies, obgleich er ihre erste Begegnung mit einem äußerst blamablen Moment seines Lebens verband. Nie zuvor hatte er sich dermaßen zum Gespött der Leute gemacht wie an jenem Abend bei ihrer Schwester und deren Bekannten. Aber das würde ihn nicht davon abhalten, nach Mathilde zu suchen.

»Ich habe Ihnen eine Liste der Klavierlehrerinnen auf den Tisch gelegt«, eröffnete ihm eines Morgens Fräulein Nehlsen, und er hatte es plötzlich eilig, in seine Schreibstube zu gelangen. Umso größer war seine Enttäuschung, als Mathildes Name und Adresse nicht aufgeführt waren.

Fanden in Mundt's Ball-Saal keine Vorstellungen statt, streifte Georg nach Feierabend durch die Stadt und erkundigte sich in Musikschulen nach ihr. Doch auch zwei Wochen später gab es keinerlei Anhaltspunkte über ihren Wohnort. *Mathilde ist eine viel zu auffällige Erscheinung,* dachte er ein ums andere Mal. *Irgendjemand muss sie doch kennen.*

Eines Nachmittags betrat Georg die Musikalienhandlung Ludewig in Johannisthal-Niederschöneweide und konnte den Blick kaum von dem herrlichen, auf Hochglanz polierten Bösendorfer Konzertflügel wenden.

»Ein wunderbares Instrument, mein Herr«, begrüßte ihn Anton Ludewig, ein Mann in den besten Jahren und mit einem fliehenden Kinn, dessen Hemdkragen zu eng war, weshalb sich Georg fragte, wie er überhaupt noch atmen konnte.

Er stellte sich dem Musikalienhändler vor, wobei ihm nicht entging, dass dieser eine stramme Haltung einnahm.

»Ach, der verehrte Herr Breitenbach! Sie spielen selbst, nicht wahr? Meine Gattin war kürzlich Gast bei Ihrem Konzertabend und von Ihrer Interpretation des Wiener Walzers unseres verehrten Johann Strauss sehr angetan.«

Georg lächelte so unschuldig, wie er es vermochte. »Danke, zu viel der Ehre.«

Ludewig machte eine einladende Handbewegung.

»Bitte machen Sie mir die Freude, und probieren Sie den Flügel aus.«

»Ein anderes Mal«, antwortete Georg liebenswürdig. »Fürs Erste benötige ich lediglich eine Auskunft. Ich suche die Klavierlehrerin Mathilde Fink. Wir haben uns in Mundt's Ball-Saal kennengelernt. Leider ist mir das Kärtchen mit ihrer Adresse, das sie mir zum Abschied reichte, auf dem Heimweg aus der Sakkotasche gefallen und nicht mehr lesbar.« *Mittlerweile lüge ich bereits, ohne rot zu werden,* dachte er vergnügt.

Ludewig lockerte seine Fliege.

»Mathilde Fink? Ja, sie kauft seit Jahren bei uns, und ich schätze ihre Arbeit. Zu meinem Bedauern ist es mir aber leider nicht möglich, Adressen unserer Kunden herauszugeben.«

»Das ist selbstverständlich.« Georg widerstrebte es, seinen prominenten Namen zu nutzen, um sich Vorteile zu verschaffen, aber für Mathildes Adresse tat er sogar das. »Auch in unserem Familienunternehmen ist absolute Diskretion eine Grundvoraussetzung für geschäftliche Beziehungen. Schließlich wollen unsere adeligen Kunden vermeiden, dass jedermann erfährt, wo sie ihre außergewöhnlichen Schuhkreationen anfertigen lassen. Dann würde sie ja jeder tragen, nicht wahr?« In der Hoffnung, nicht zu dick aufgetragen zu haben, trat er näher. »Aber ich kann Ihnen versichern, Ihre Information bleibt natürlich unter uns.«

Der Musikalienhändler drohte scherzhaft mit dem Finger.

»Sie bringen mich ziemlich in Verlegenheit, lieber Herr Breitenbach. Aber weil Sie es sind, Frau Finks Musikschule befindet sich im Tempelhofer Revier. Im Erdgeschoss ist eine kleine Buchhandlung mit einem Doppelnamen untergebracht. Mehr darf ich Ihnen aber wirklich nicht verraten.«

Georg schmunzelte.

»Haben Sie vielen Dank. Sie schicken mich also auf eine Schnitzeljagd?«

»Wenn Sie es so ausdrücken wollen. Für eine Dame wie Frau Fink sollte man zu einem kleinen Opfer bereit sein«, konterte Ludewig und zwinkerte.

»Da stimme ich Ihnen zu.«

Sie verabschiedeten sich mit einem festen Händedruck, dann stand Georg wieder auf der Straße und ließ sich in die Tempelhofer Vorstadt fahren.

»Sagen Sie, ich suche eine kleine Buchhandlung. Können Sie mir weiterhelfen?«, fragte Georg den Droschkenfahrer.

Dieser lüftete seinen Hut und wischte sich Schweiß von der Stirn.

»Hier in der Teltower Straße jibt es keene Buchhandlung. Bin neu hier. Stiefeln Se ma rüber uff die andere Seite, und fragen Se den Leierkastenmann.«

Georg bedeutete ihm, zu warten, und sah sich auf der Straße um, auf der es zuging wie in einem Taubenschlag. Der Verkehr geriet ins Stocken, als zwei angetrunkene junge Männer die Straßenseite wechselten. Ein Kutscher schimpfte.

Der Leierkastenmann spielte jedoch unbeeindruckt weiter, während ein etwa fünfjähriger Bursche mit einem Äffchen auf der Schulter Georg neugierig beäugte. Passanten warfen dem Jungen Münzen in die Mütze, und dieser bedankte sich wortreich für die Gaben.

Als sich die Menge lichtete, sprach Georg den Älteren an.

»In Tempelhof jibt it einige. Immer jeradeaus in Richtung Hafen am Urban, da is die nächste. Aber die haben bestimmt schon jeschlossen.«

»Danke.« Georg warf eine Mark in die Mütze. Die Augen des Burschen wurden groß wie Wagenräder. »Schon gut, das hat seine Richtigkeit.«

Im Lauf der nächsten Stunde hielt die Droschke vor drei Buchhandlungen. Die eine umfasste zwei Etagen, von einem kleinen Laden konnte also nicht die Rede sein. In der zweiten gab es keine weitere Wohneinheit, und die dritte Buchhandlung war vor einiger Zeit in einen anderen Bezirk verzogen.

»In der Nähe des städtischen Krankenhauses in einem mehrstöckigen Gebäude habe ich eine Buchhandlung gesehen«, kam ihm schließlich ein Scherenschleifer zu Hilfe, der ihren Weg kreuzte. »An den Straßennamen erinnere ich mich leider nicht mehr. Viel Glück trotzdem.«

Eine Weile später stand er mit einem Strauß bunter Blumen, die er bei einem alten Weib unterwegs erstanden hatte, vor einem unscheinbaren zweistöckigen Haus in der Müllenhofstraße. Der Schriftzug *Hoffman & Hoffman* prangte in großen Lettern über dem Schaufenster der Buchhandlung. *Musikschule 1. Stock* stand auf einem Schild neben der Tür.

Mit einem Kribbeln in der Magengegend und gestrafftem Rücken betrat Georg das Haus. Die Laute eines ungelenken Anschlages auf einem Klavier wiesen ihm den Weg in einen behaglich eingerichteten Warteraum, in dem eine jüngere Frau, die gelangweilt in einem Modejournal blätterte, und ein Mädchen von höchstens acht Jahren saßen.

Georg fühlte die Blicke der beiden auf sich, beschloss aber, sie zu ignorieren. Offenbar verirrten sich nicht viele erwachsene Männer in Mathildes Refugium, erst recht nicht mit einem Blumenstrauß in den Händen.

Das Mädchen kicherte und raunte seiner Mutter etwas ins Ohr, doch diese brachte es mit einer Geste zum Verstummen.

Unterdessen rutschte Georg unbehaglich auf seinem Stuhl herum. Bereits unterwegs hatte er sich seine Worte sorgfältig zurechtgelegt, trotzdem war er nervös wie lange nicht.

Dann öffnete sich die Tür, und Mathilde betrat mit einem vielleicht zehn Jahre alten Dreikäsehoch den Raum. Mit ihrem hochgesteckten Haar und dem elisabethanischen Kragen ihres Hauskleides, der einen Blick auf ihren schlanken Hals gewährte, machte sie einen würdevollen Eindruck. Georg ertappte sich bei dem Gedanken, wie es wohl wäre, könnte er ihr Haar lösen. Ob es sich so weich anfühlte, wie er vermutete?

Mathilde legte den Arm um den Jungen. »Ihr Sohn macht Fortschritte«, sagte sie zu der Mutter. »Bitte achten Sie darauf, dass er seine Hausaufgabe fleißig übt.«

»Natürlich. Bis nächste Woche, Frau Fink.« Die Mutter erhob sich und warf einen bedeutsamen Blick auf Georg. »Wir möchten nicht länger stören.«

Mathildes und sein Blick trafen sich, und auf ihren Zügen lag ein Ausdruck des Erkennens. »Auf Wiedersehen, Frau Willemsen.«

Als der Klavierschüler mit seiner Familie gegangen war, wandte sie sich ihm langsam zu. »Herr Breitenbach, nicht wahr? Wie haben Sie mich gefunden?«

»Verzeihen Sie, dass ich unangemeldet bei Ihnen erscheine. Aber ich freue mich sehr, Sie wiederzusehen. Um Ihre Frage zu beantworten: Ich habe Sie gesucht.«

Die Art und Weise, wie sie die Lippen aufeinanderpresste, wirkte auf ihn, als würde sie nur mit Mühe ein Lachen unterdrücken. Plötzlich fühlte er sich wie ein Schuljunge vor seinem ersten Rendezvous.

Die Lachfalten um ihre Augen vertieften sich. »Sind die Blumen für mich? Wenn Sie sie noch länger in den Händen drehen, fallen bald die ersten Blüten herunter.«

Georg starrte sie verdutzt an und reichte sie ihr.

»Ach herrje, ja natürlich.«

»Vielen Dank, sie sind sehr hübsch.« Mathilde bat ihn ins Studierzimmer und stellte die Blumen in eine Vase auf dem Klavier. »Was verschafft mir das Vergnügen ihres Besuches?«

»Sie haben mir bei unserer Begegnung eine wichtige Denkaufgabe hinterlassen, die mich seitdem beschäftigt.« Georg befeuchtete seine Lippen. »Bitte machen Sie eine Ausnahme, und unterrichten Sie mich. Lehren Sie mich, wie man mit dem Herzen spielt.«

»Sie vergeuden Ihre Zeit, Herr Breitenbach«, erwiderte sie ungerührt. »Ich bin ausgebucht.«

»Nennen Sie mich bitte Georg. Vielleicht können Sie bei Gelegenheit doch eine Stunde für mich erübrigen.«

Mathilde lachte. »Georg, darum geht es nicht. Um mit dem Herzen zu spielen, brauchen Sie Fantasie und die Bereitschaft, Gefühle zuzulassen. Dabei kann ich Ihnen nicht helfen, es liegt bei Ihnen, es auszuprobieren.« Über ihr hübsches Gesicht huschte ein Schatten. »Lassen Sie uns mit offenen Karten spielen. Falls Sie sich Hoffnungen machen sollten, muss ich Sie leider enttäuschen: An einer näheren Bekanntschaft bin ich nicht interessiert, ich schätze meine Ungebundenheit. Liebe ist etwas für die Romantiker und nichts für mich.«

Ihre Direktheit verschlug ihm die Sprache. Mathilde konnte nicht älter als Mitte zwanzig sein und sprach dennoch wie eine Frau, die ihre besten Jahre bereits hinter sich hat. Georg fand es fast befremdlich, dass ihre Worte etwas Befreiendes für ihn hatten. Mehr noch, leise Freude wallte in ihm auf. Es tat gut, in ihr eine Gleichgesinnte gefunden zu haben. Von ihren Worten ermutigt, knöpfte Georg sein Sakko zu und sprach aus, was ihm durch den Kopf ging.

»Ich finde es fabelhaft, denn in dieser Beziehung sind wir uns offenbar einig. Im Gegensatz zu meinen Verwandten, für die es zu ihrer Lebensaufgabe gehört, in einem gewissen Alter eine Familie zu gründen, ziehe ich es vor, meine Zeit auf Erden nach Belieben zu gestalten.« Er lächelte. »Aber ich räume gern ein, dass mir Ihr musikalisches Fachwissen in Mundt's Ball-Saal imponiert hat, Frau Fink.«

»Mathilde«, bat sie ihn sanft.

»Bitte gestatten Sie mir, dass ich Sie auf ein Glas Bier einlade.« Georg reichte ihr den Arm. »Nun, da zwischen uns alles geklärt und ausgesprochen ist, wäre es schön, einfach ungezwungen miteinander zu plaudern. Ich hoffe doch, Sie haben heute Abend noch nichts vor?«

»Nein, habe ich nicht.« In ihren grünen Augen entdeckte er blaue Pünktchen, ihr Blick machte ihn nervös.

»Na schön, Sie haben gewonnen. Bitte warten Sie einen Moment, ich hole rasch meinen Umhang.«

»Natürlich.« Um sie nicht zu verschrecken, durfte er sich seine Aufregung nicht anmerken lassen.

Wenig später ließ er ihr vor einer Gaststätte, die für ihr gutes böhmisches Bier bekannt war, den Vortritt. Wegen der frühen Stunde herrschte nur wenig Betrieb.

Der Kellner wies ihnen einen Tisch zu und nahm die Bestellung entgegen.

Mathilde sah sich in der mit einer Sammlung alter Bierkrüge dekorierten Wirtschaft um. »Waren Sie hier schon einmal zu Gast?«

»Nein, aber mein Bruder trifft sich hier zuweilen mit Geschäftspartnern«, erklärte er wahrheitsgemäß. »Ich gehe ungern allein in eine Gaststätte.«

Sie löste die Haarklammern, die ihren Hut hielten, und legte ihn neben sich.

»Ich auch. Sie wirken auf mich allerdings nicht wie ein Mann, der seine Abende allein daheim verbringt.«

Georg hob die Schultern. »Das ist richtig, ich bin selten zu Hause, denn dort wartet die Familie meines Bruders mit zwei kleinen Rackern, die in der Regel erst Ruhe geben, wenn sie schlafen. Ich bewundere meine Schwägerin, wie sie trotz des Trubels die Nerven behält.«

Nachdem der Kellner die Getränke gebracht hatte, hob Georg sein Glas.

»Auf das Leben. Möge Ihres glücklich und erfüllt sein.«

»Danke, Georg. Das wünsche ich Ihnen ebenfalls.«

Ihre Worte machten ihn nachdenklich. Es schien, als würden die Frauen, die in seinem Leben von Bedeutung waren, alle nach Unabhängigkeit streben. Ob Rosa, Vanda, Olivia oder Mathilde, es kam ihm vor, als würde ein Ruck durch die Frauen gehen, sich nicht mehr mit der Rolle zufriedengeben zu wollen, die ihnen die Gesellschaft vorschrieb. Eine Entwicklung, die Georg nur begrüßen konnte.

»Wie sind Sie zur Musik gekommen, Mathilde?«, schlug er ein unverfängliches Gesprächsthema an.

»Ich war fünf, als meine Mutter mein Talent erkannte, sie hat sich jede Klavierstunde vom Mund abgespart.« Ihr Blick schweifte in die Ferne. »In ihrer kleinen Wäscherei hat sie sich die Finger für mich wund gearbeitet. Wir beide lebten allein, mein Vater war Seemann und starb noch vor der Hochzeit bei einem Schiffsunglück. Meiner Mutter habe ich es zu verdanken, wer ich heute bin. Mittlerweile lebt sie in meiner Nachbarschaft und lernt von mir das Klavierspiel. Bei mir zu wohnen, käme für sie nicht infrage.« Sie schmunzelte. »Meine Mutter und ich sind uns recht ähnlich, müssen Sie wissen.«

»Bewundernswert, wie sie ihr Leben gemeistert hat«, murmelte Georg. »Ist sie ebenso talentiert wie Sie?«

»Nein, aber sie schöpft wie ich Kraft aus der Musik und kann völlig darin versinken.« »Das gilt auch für mich.« Georg erinnerte sich an die kostbaren Stunden, in denen er sich in seinem Haus in Rico der Musik hingegeben hatte, an die Kompositionen, die seine Fantasie beflügelt und die es ihm erlaubt hatten, der rauen Wirklichkeit im Female Boarding House zu entfliehen. Damals, so wurde ihm blitzartig bewusst, hatte er noch Glück empfunden, wenn seine Finger über die Tasten flogen. Er nickte. »Wenn ich innerlich zur Ruhe kommen will, spiele ich Chopin.«

»Bei mir ist es Schubert«, gestand Mathilde.

Bald schon waren sie in ein angeregtes Gespräch über Musik vertieft, und für Georg verlor alles andere an Bedeutung.

Mathilde betrachtete ihn versunken.

»Vielleicht hilft es Ihnen, öfter Musik zu spielen, die Ihnen etwas bedeutet, statt die Zuhörer mit Tanzmusik zu unterhalten.«

»Eines Tages sicher, derzeit begnüge ich mich mit den Klavierabenden im Ball-Saal.« Georg hörte selbst, wie halbherzig seine Antwort klang, doch für das Geständnis, dass er dort aufspielte, um seinen Arbeitern in Rico die Löhne für die nächsten drei Monate zu finanzieren, war ihre Bekanntschaft zu frisch.

Mathilde warf einen Blick auf die Wanduhr und schlug eine Hand vor den Mund. »Himmel, es ist spät geworden. Die Zeit ist wie im Flug vergangen. Ich sollte jetzt gehen.«

Georg fühlte ein leises Bedauern, als er die Rechnung beglich, ihr den Umhang um die Schultern legte und mit ihr die Gaststätte verließ. »Ich begleite Sie nach Hause.«

Draußen zog Mathilde den Umhang enger, in der Herbstluft hingen winzige Regentropfen. Sie wehrte sanft, aber entschieden ab. »Das ist wirklich nicht nötig. Ich habe es nicht weit, es sind nur ein paar Schritte.« Sie reichte ihm ihre behandschuhte Hand. »Vielen Dank für den angenehmen Abend. Wer weiß, vielleicht treffen wir uns mal wieder im Ball-Saal bei einer Veranstaltung.«

Er ließ ihre Hand nur widerwillig los. »Die Freude ist ganz meinerseits. Mir wäre es ein Vergnügen, für Sie zu spielen, ganz gleich, ob für die Klavierlehrerin oder für die private Mathilde Fink.« Aus der Innentasche seines Sakkos zog er ein Kärtchen. »Rufen Sie mich an, hier finden Sie meine Privat- und meine Geschäftsadresse. Ich würde mich sehr freuen.«

»Danke, Georg. Auf Wiedersehen.«

Sie drehte sich schwungvoll auf dem Absatz um, winkte, ging davon und ließ ihn mit der nagenden Frage zurück, ob er je wieder von ihr hören würde. So schwer es ihm auch fiel, das Risiko musste er eingehen, wenn er sich nicht abermals der Lächerlichkeit preisgeben wollte. Sollte es ein Wiedersehen geben, musste der Impuls von Mathilde kommen.

Kapitel 5

Rosa

Cortez, 12. Oktober 1893

Zwei Tage zuvor hatten Wendelin und sie zum ersten Mal heftig gestritten, nachdem sie ihm eröffnet hatte, mit Florence nach Durango fahren zu wollen. Während die Freundin eine gute Zuchtkuh auf dem Rindermarkt suchte, wollte Rosa Kontakte zu Großhändlern knüpfen, zwecks eines neuen Marktes für ihre Obstplantage.

»Kommt nicht infrage! Ich fahre nach Durango«, hatte Wendelin entschieden geantwortet. »Seit der Silberkrise wimmelt es von Obdachlosen und Gaunern. Ich lasse dich ganz sicher nicht allein ziehen!«

»Ach nein?« Rosa kreuzte die Arme vor der Brust. »Dein Vorschlag gefällt wiederum mir nicht. Vor einem kräftigen Mann wie dir haben Gauner Respekt. Florence und ich hingegen können weder gegen sie noch gegen die Indianer etwas ausrichten, nicht wahr?«

Seine Augen hatten wütend gefunkelt, was sie aber nicht daran hinderte, fortzufahren und einen schmeichelnden Tonfall anzuschlagen.

»Abgesehen davon rechne ich mir als Frau sowieso bessere Chancen bei Verhandlungen aus.«

»Vielleicht ziehst du auch noch ein kniekurzes Kleid an und zeigst ihnen deine verführerischen Beine«, kam es zischend von ihm.

Rosa schluckte das Kichern herunter, das ihr in die Kehle stieg, und schlang die Arme um seinen Hals.

»Außerdem bin ich überhaupt nicht allein. Abgesehen von unserer Kutschen-Mary, die uns einen Teil des Weges nach Colorado brachte, fühle ich mich nirgends so sicher aufgehoben wie in Florence' Gesellschaft. Sie schießt jedem dorthin, wo es am meisten wehtut, falls er es wagen sollte, sich uns zu nähern.«

Doch welche Argumente sie ihrem Mann auch vortrug, er erwies sich als hartnäckiger Gegner ihres Plans.

Als Julia friedlich schlief, setzten sie ihre Diskussion auf der Terrassenbank fort.

»Männer nehmen weibliche Verhandlungspartner nicht ernst«, gab Wendelin zu bedenken. »Ein hübsches Äußeres genügt nicht, du musst dir ihren Respekt verdienen. Du weißt genau wie ich, dass die meisten Männer es ablehnen, mit Frauen Geschäfte zu machen.«

Rosa betrachtete ihn düster.

»Wie lange kennst du mich? Habe ich mich jemals durch ihr engstirniges Denken von meinen Plänen abhalten lassen?«

»Nein«, entfuhr es ihm heftig, »und weil du eine so unerschrockene und sture Person bist, übernehme ich diesmal die Zügel.«

Rosa seufzte, als sie die harten Linien um seinen fein geschwungenen Mund bemerkte. »Das Kompliment gebe ich zurück.«

Bei jedem anderen Mann hätte ein Kommentar wie dieser sie nur angestachelt, ihren Willen durchzusetzen. Aber Wendelin hatte von jeher etwas an sich, das sie weich und nachgiebig machte. Auch nach zehn gemeinsamen Jahren hatte sich dies nicht geändert.

Er rang in gespielter Verzweiflung die Hände.

»Gut, schließen wir einen Kompromiss. Wir fahren gemeinsam nach Durango und nehmen Julia mit. Ich möchte sie während unserer Fahrt nicht in fremde Obhut geben.«

Sie wehrte entschieden ab.

»Es ist Schulzeit, und nur weil ich die Leiterin der Breitenbach School bin, erhält Julia keine Sonderbehandlung. Ich möchte nicht, dass man sie deshalb eines Tages hänselt. Sie bleibt nur bei Krankheit dem Unterricht fern, und in dem Punkt bin ich auch zu keinem Kompromiss bereit.«

Wendelin hielt ihren Blick fest. »Du machst es mir wirklich nicht leicht.« Er vergrub die Hände in ihrem offenen Haar. »Mir gehen allmählich die Argumente aus.«

Sie sah bittend zu ihm auf.

»Gib einfach zu, dass es die beste Lösung ist, wenn du bei der Kleinen bleibst und ich mit Florence nach Durango fahre. Ich lasse euch doch auch ungern allein, aber wir müssen etwas unternehmen.«

Big Bend gab es nicht mehr. Die Rio Grande Southern Railroad hatte dem Ort den Todesstoß versetzt, als sie eine Eisenbahnroute für Im- und Exporte direkt daneben in einer Siedlung bauen ließ, die den Namen Dolores erhielt. Daraufhin zogen die Einwohner dorthin um.

»In Rico und Silverton brauchen wir es erst gar nicht zu probieren, das weißt du so gut wie ich. Außerdem benötigt Florence einen zuverlässigen Aufpasser fürs Haus und die Herde.«

Wendelin willigte schließlich zähneknirschend ein, und so sehr sie ihre Aufgaben auch liebte, freute sie sich unbändig auf eine lustige Zeit mit ihrer Freundin.

Der Tag vor Rosas Abreise brach an, und sie gab Deutschunterricht für die Zweitklässler.

»Michael, lies bitte vor, was ich aufgeschrieben habe«, forderte Rosa den Neunjährigen auf, der mit angestrengter und sichtlich verzweifelter Miene auf die Tafel starrte.

»Wie … machen wir aus Zu … Zuckerrohr Saft?«, kam es nach einigem Zögern von ihm.

»Gut, Michael.«

Rosa lächelte, als Julia, die in der letzten Reihe saß, die Hand hob.

»Man muss die Zuckerrohre auspressen, dann läuft der Saft heraus«, antwortete sie ernsthaft.

Wenig später läutete die Schulglocke, und Rosa klatschte in die Hände.

»Denkt daran, morgen und übermorgen wird euch Herr Gebhard in Deutsch und Geografie unterrichten. Bitte zeigt euch bei ihm von eurer besten Seite, damit ich stolz auf euch sein kann.«

»Och, Herr Gebhard ist immer so streng«, rief Wolfgang. »Er ist nicht so nett wie Sie.«

Sein Einwurf ließ sie lächeln. »Wie auch immer, er ist ein ausgezeichneter Lehrer, und ich erwarte von euch Gehorsam.« Aus den Augenwinkeln bemerkte Rosa den Schmollmund ihrer Tochter. Julia mochte Herrn Gebhard wegen seiner ruppigen und lauten Art nicht. Aber Rosa wusste es besser. Hinter seinem poltrigen Auftreten verbarg sich ein Mann, dessen Bestreben es war, Kinder durch eine gute Ausbildung bestmöglich aufs Leben vorzubereiten. Dabei nahm er besonders gern die Mädchen unter seine Fittiche, wofür er sich bei Rosa einige Sympathiepunkte eingeheimst hatte.

Sie rief ihre Schüler zur Ordnung.

»Herr Gebhard wird mit euch ein Diktat schreiben und eure Hausaufgabe in Geografie kontrollieren. So, und jetzt an die frische Luft mit euch!«

Im Vorbeigehen erklärte sie dem neunjährigen Heinz noch mal geduldig die Lektion für morgen, ermahnte die ehrgeizige Klara, vor lauter Lernen das Spielen nicht zu vergessen, und steckte Agnes' Sohn Billie ein Päckchen mit Brotfladen zu, die sie gestern noch gebacken hatte. Die Wirtschaftskrise machte aus den Einwohnern der deutschen Siedlung eine eingeschworene Gemeinschaft. Ohne die gegenseitige Unterstützung wäre es ihnen weitaus schlechter ergangen.

Rosa legte den Arm um ihre Achtjährige und kehrte mit ihr heim.

Julia hatte von ihrem Vater die Aufgabe übertragen bekommen, die Gemüsebeete täglich zu harken, damit sich keine Wildkräuter zwischen den Reihen ausbreiten konnten. Stattdessen jagte sie gerade Schmetterlinge und sang eine Melodie, die Rosa nie zuvor gehört hatte.

Das Mädchen genoss die Sonnenstrahlen, und ihre Mutter ließ sie gewähren. Tagsüber kletterten die Temperaturen zwar noch bis auf knapp zwanzig Grad, und der Herbst zeigte sich von seiner farbenfrohen Seite, nach Sonnenuntergang wurde es jedoch schon empfindlich kühl. Nicht mehr lange, und sie würden die Kamine der Schulräume vor dem Unterricht befeuern müssen.

Wendelin saß in der Kate und würfelte Zwiebeln. Während ihrer Lehrstunden hatte er die Buchführung aktualisiert sowie Rüben und die letzten Lauchstangen geerntet, die Rosa in Durango verkaufen wollte.

»Sieh mal, das Prachtexemplar habe ich für uns beiseitegelegt.« Er deutete auf einen Kürbis von beachtlicher Größe. »Ich habe Florence zum Abendessen eingeladen. Wie war der Unterricht, mein Herz?«

Rosa küsste ihn innig. »Den Zweitklässlern gefällt es gar nicht, dass Herr Gebhard sie die nächsten Tage unterrichtet.« Sie gesellte sich zu ihm und half, den Kürbis in Streifen zu schneiden. »Ich werde Florence heute Abend fragen, ob sie ein gutes Stück Rindfleisch und einige Markknochen entbehren kann. Sie hat erst vor ein paar Tagen eins ihrer Rinder geschlachtet. Kartoffeln und Rüben haben unsere Siedler noch reichlich vorrätig, und Christine und Dorothea geben sich alle Mühe, den Kindern gutes Essen zuzubereiten, aber inzwischen kann niemand mehr Rübenmus sehen.«

Die ehemalige Hilfsschwester und ihre ältere Tochter kümmerten sich seit der Eröffnung der Schule um die Versorgung der Kinder.

»Die meisten von ihnen sind dünn und kränklich«, fuhr Rosa fort, »sie brauchen Fleisch und Fett für den Winter. Doch dafür fehlt den Familien das nötige Geld.«

»Das haben wir leider alle gemeinsam.« In Wendelins Stirn grub sich eine Sorgenfalte. »Versuch ruhig dein Glück, vielleicht kannst du Florence ja von einer Spende überzeugen. Übrigens habe ich mich vorhin mit Peter unterhalten. Mary hat ihn mit den Zwillingen verlassen.«

Wendelins Freund, der Architekt, hatte kurz nach der Scheidung von seiner ersten Frau wieder geheiratet, und sie hatten sich von Herzen für ihn gefreut.

»Das ist wirklich traurig«, sagte sie bedauernd. »Peter ist im Grunde mit seiner Arbeit verheiratet. Insofern kann man es ihr nicht verübeln.«

Vor drei Jahren war die Montezuma School eingeweiht worden, die Peter hatte bauen lassen, und er verfolgte weitere ehrgeizige Ziele.

»Vielleicht hat er nur nie die richtige Frau gefunden«, sagte Wendelin zwinkernd.

Ihre Blicke fanden sich.

»Das mag sein«, erwiderte sie zärtlich.

Während Wendelin den Kürbis wusch, flogen ihre Gedanken zu Theodor, der zu ihrer Freude in Vanda sein passendes Gegenstück gefunden hatte – und zu Georg. Theodor hatte ihre Frage, was eigentlich mit ihrem jüngeren Bruder los sei, ausweichend beantwortet. Inzwischen war sie sicher, dass er es ihr absichtlich verschwieg. Aber auch in Theodors Schreiben vermisste sie die Leichtigkeit, die sonst zwischen seinen Zeilen zu lesen war. Angesichts der Ereignisse verwunderte es sie nicht. Dennoch wollte sie das Gefühl nicht verlassen, dass Georg in Berlin unglücklich war. Wenn sie doch endlich mit der Sprache herauskommen würden, Rosa hatte die Geheimniskrämerei allmählich satt.

Frustriert stellte sie ihre Schreibmaschine auf den Tisch, spannte Papier ein und schrieb Angebote in mehrfacher Ausführung für Händler in Durango und Denver. Irgendwie musste es ihnen gelingen, trotz der Wirtschaftskrise neue Märkte für die Erträge aus ihrer Plantage zu finden, wenn sie langfristig überleben wollten.

Als sie damit fertig war und Stille einsetzte, trat Rosa vor die Tür.

Chesmu saß einträchtig mit Julia vor dem Geräteschuppen, flocht seiner Freundin die Haare zu einem Zopf und steckte Wiesenblumen hinein. Das Mädchen strahlte, dann schien es ihm mit lebhafter Gestik etwas zu erzählen.

Rosa betrachtete die beiden kopfschüttelnd.

Wendelin trat hinter sie, umfasste ihre Taille und murmelte etwas Unverständliches, als er die beiden entdeckte.

Chesmu sprang auf die Füße.

»Schon gut, Junge.« Wendelin gab ihm ein Zeichen, dass er sich wieder setzen sollte.

»Nur noch kurz, Julia, ich brauche gleich deine Hilfe.«

»Ich weiß, Papa.«

Ihr treuherziger Augenaufschlag war die stärkste Waffe, die sie gegen ihren Vater einzusetzen hatte.

Rosa warf ihrem Mann einen beschwörenden Blick zu.

»Du brauchst sicher ein paar Kartoffeln für den Kürbis. Ich hole rasch welche. Geh schon ins Haus.«

Wendelin verstand und kehrte in die Kate zurück, während sie ans Beet ging, um das Gewünschte zu ernten. Auf Julias Gesicht lag ein Strahlen, als sie dem Jungen zuhörte, der ihr etwas vorsang. Ihr grenzenloses Vertrauen, das aus jeder Geste sprach, berührte einen Punkt tief in Rosas Innerem. So hatte Julia noch niemanden angesehen.

Ihr Hals wurde eng. Wendelin und sie hörten ihre Tochter manchmal im Schlaf weinen, oder sie schreckte mitten in der Nacht hoch. Ohne dass sie darüber je ein Wort verlauten ließ, wusste Rosa, dass ihre Tochter um ihren Freund bangte und fürchtete, ihn zu verlieren. Dennoch hing sie an seinen Lippen, als spräche er das Evangelium.

Eines Tages würde Julia um ihn weinen. Es gab keine tiefen Gefühle der Freude und des Glücks ohne Stunden der Verzweiflung und Trauer. Kein Licht ohne Schatten. Doch allein die Vorstellung genügte, in Rosa den Wunsch zu wecken, ihre Tochter vor allem Leid zu bewahren. Natürlich war das sentimental und unmöglich dazu.

Die Zeit rann ihnen wie Sandkörner durch die Finger, in ein paar Jahren schon würde Julia eine junge Frau sein, eigene Entscheidungen treffen und die Ratschläge ihrer besorgten Eltern mit jugendlicher Unbekümmertheit in den Wind schlagen.

In Gedanken versunken, setzte sich Rosa auf die Terrasse, wusch und schälte die Kartoffeln, dabei behielt sie die Freunde stets unauffällig im Blick.

Julia brachte Chesmu ein Klatschspiel bei, sie lachten bei seinem Versuch, den Reim nachzusprechen.

Aus den Augenwinkeln nahm sie eine Bewegung wahr.

Rosa meinte, ihr Herz müsse stehen bleiben, als sie eine schmale Frauengestalt ausmachte, die sich gegen einen ihrer

Apfelbäume drückte und Julia und Chesmu durch das dichte Blattwerk beobachtete.

In ihrem viel zu weiten, hochgeschlossenen Kleid wirkte sie wie eine Puppe. Da brachte eine Windbö die Äste zum Tanzen und gab den Blick auf ein Gesicht mit scharfen Wangenknochen und langem, zu Zöpfen geflochtenem Haar frei, dessen Farbe Rosa an die glänzende Mähne eines Rappen erinnerte.

Ihre Blicke trafen sich, die junge Frau sah sich ängstlich um und trat vorsichtig näher. Rosa drängte es, den Abstand zwischen ihnen zu verringern, wagte es jedoch nicht. Bei der Fremden mit dem olivfarbenen Teint handelte es sich zweifelsohne um eine Frau der Ute. Unschlüssig, wie sie auf die Begegnung reagieren sollte, verharrte Rosa in der Bewegung und lächelte.

Als sie höchstens noch zehn Schritte voneinander entfernt waren, erwiderte die Fremde mit einem scheuen Lächeln, hielt eine Hand auf ihre Herzgegend und verbeugte sich leicht.

»Chesmu Sohn«, meinte Rosa zu vernehmen. »Danke für … alles.«

Es waren keine weiteren Worte notwendig, damit sich die beiden verstanden, und Rosa fühlte, wie sich für die Dauer eines Wimpernschlages alles Trennende zwischen ihnen in der nach wildem Salbei duftenden Luft auflöste.

Sie ist eine Mutter wie ich, die sich um ihr Kind sorgt. Rosa deutete ebenfalls eine Verbeugung an. *Wir sind eins.*

Die Ute-Frau spähte zu ihrem Sohn herüber, formte mit ihren Händen einen Trichter und gab Laute von sich, die denen des Red Robin beinahe zum Verwechseln ähnelten.

Chesmu wandte abrupt den Kopf und erstarrte, als er seine Mutter bemerkte. Mit einer Geste gab sie ihm zu verstehen, dass er ihr folgen sollte, und mit dem nächsten Atemzug war sie bereits nicht mehr zu erkennen.

Er erhob sich. »Ich komm zurück. Geh zu Vater, niemand darf Julia sehen.«

Das Mädchen zog einen Schmollmund, leistete seiner Aufforderung jedoch Folge und lief in die Kate. Chesmu sah ihr nach und duckte sich zwischen zwei mannshohen Büschen an die Mauer der Kate.

Da brachte der Wind einen gellenden Schrei zu ihnen herüber.

Rosa unterdrückte einen entsetzten Laut und wich unwillkürlich zur Tür zurück.

Gleich darauf tauchte neben dem Schuppen ein kräftiger Mann mit einem schwarzen Hut auf, der Chesmus Mutter eine schallende Ohrfeige versetzte, ihr die Arme auf den Rücken fesselte und sie wie einen Sack Mehl auf sein Pony warf. Seiner Uniform nach zu urteilen, handelte es sich bei ihm um einen dieser Indianerpolizisten, die wie hungrige Wölfe um die Siedlung schlichen und nach flüchtigen Stammesmitgliedern Ausschau hielten.

Bevor Rosa einschreiten konnte, stürmte Chesmu auf den Mann zu und schrie ihn an. Sie brauchte die Sprache der Ute nicht zu kennen, um zu verstehen. Der Junge drohte und flehte, seine Mutter freizulassen.

Doch der Polizist packte auch ihn und versetzte ihm einen Kinnhaken, woraufhin der Junge wie eine Marionette, deren Fäden man plötzlich durchtrennt hatte, zu Boden sank. Nur Augenblicke später führte der Mann sein Pony, über dessen Rücken Mutter und Sohn wie leblos hingen, am Zügel auf das Reservat zu.

Rosa schluckte ihre aufsteigenden Tränen hinunter. Sie durfte sich jetzt nicht ihren Gefühlen hingeben. Vielleicht war sie nicht in der Lage, Julia vor jedem Kummer zu bewahren, aber diesen wollte sie ihr zumindest ersparen. Damit sie ihr aber glaubhaft versichern konnte, dass alles in bester Ordnung sei, musste zunächst ihr Zittern nachlassen. Wäre da nur nicht der gellende, sich ständig in ihrem Kopf wiederholende Schrei von Chesmus Mutter gewesen.

Was wird jetzt mit ihr und dem Jungen geschehen?

Rosa ließ sich auf die Bank sinken und wartete, bis sie ihr inneres Gleichgewicht wiedergefunden hatte, dann nahm sie die Schale mit den Kartoffeln, atmete tief und ging in die Kate.

Kapitel 6

Georg

Prenzlauer Berg, 27. Oktober 1893

An einem Freitagvormittag steckte Vanda ihren Kopf durch die Tür von Georgs Schreibstube.

»Hast du einen Moment Zeit?«

Er lächelte abwesend, vor ihm lag ein Stapel mit Stiefelentwürfen für das kaiserliche Militär. »Für dich immer. Was gibt es?«

»Ich habe gerade den Briefträger abgefangen.« Sie winkte mit zwei größeren Umschlägen. »Und weil es nach wichtiger Post aussieht, dachte ich, ich bringe sie dir rasch vorbei, bevor ich nach Hause gehe.« Sie legte die Kuverts auf den Schreibtisch. »Sehen wir uns nachher zum Essen?«

»Ja. Danke, bis später.«

Ein Brief war von Olivia, der andere von Simeon.

Mit fliegenden Fingern riss Georg das erste Schreiben auf.

Lieber Georg,
natürlich habe ich Verständnis für Deine Entscheidung, die Pension zu schließen. Es ist traurig, mit anzusehen, was aus unserem

lebendigen Rico geworden ist, und nur vernünftig, frühzeitig zu reagieren. Außerdem danke ich Dir von Herzen für Dein Angebot, in Deinem Haus weiterhin zu wohnen. Bitte sei mir nicht böse, Du bist mein engster Freund und Vertrauter, aber erstens ist es mir viel zu groß, und zweitens hat es für mich keinen Sinn, in einer Geisterstadt zu leben. Ich gebe zu, tatsächlich bereits eine Weile zu zögern, Dir diese Nachricht zu schreiben. Aber nun sind die Würfel gefallen, und es wird Zeit, mich Dir zu erklären. Seit letztem Jahr wirbt Alan Graham um mich. Ich weiß nicht, ob Du Dich seiner noch entsinnst – er führt ein Hotel und eine Gaststätte in Denver und hat regelmäßig alte Freunde aus Rico besucht.

Georg starrte auf die Zeilen. Der irische Einwanderer Alan Graham? Vor seinen Augen tauchte ein stattlicher, aber zurückhaltender Mann mit guten Umgangsformen auf. Er gehörte seit Längerem zu der Schar ihrer Verehrer, doch sie war seinen Versuchen, mit ihr ins Gespräch zu kommen, stets ausgewichen.

Vor einiger Zeit berichtete er mir stolz, dass er abseits von Denver ein zweites Hotel eröffnet hat. Was ihm zu seinem Glück fehle, sei eine Frau. Du ahnst es vielleicht, er will mich heiraten. Doch das ist längst nicht alles. Alan erkundigte sich nach meinen lieben Freundinnen. Ihm ist nicht entgangen, wie sehr ich mich um Laura, Liddy, Jessi und Katy sorge. Jedenfalls möchte er sie mitnehmen und in seinem Betrieb beschäftigen, er sagte, er suche gestandene Frauen, die in der

Lage sind, einen Hotelbetrieb mit Herz und Verstand zu führen. Alan besitzt sogar einen Fernsprecher im neuen Hotel und meinte, Katy könne die Anrufe entgegennehmen. Du kennst mich, für die sentimentale Seite der Liebe bin ich nicht gemacht. Aber eine Möglichkeit wie diese kommt kein zweites Mal, meine lieben Freundinnen wären ebenfalls versorgt, und wir blieben als Familie zusammen.

Alan meint es ernst, er hat mir ordentliche Arbeitsverträge für Liddy, Laura, Jessi und Katy vorgelegt, die sie nur noch zu unterzeichnen brauchen. Er kennt mich gut genug, um zu wissen, dass ich seinen Antrag unter diesen Umständen nicht ablehnen kann. Alan ist ein guter Kerl und stellt keine großen Ansprüche. Er sagte, ihm genüge es, wenn ich bei ihm bin. Einen Mann wie ihn findet man nicht alle Tage, und wir Frauen aus Madame Funnys Haus sind älter geworden, liebster Georg. Liddy feierte erst vor Kurzem ihren vierunddreißigsten Geburtstag. Ich fühle mich für sie verantwortlich und muss auch an meine Zukunft denken. Nächsten Monat feiern Alan und ich unsere Hochzeit, danach werden wir zu sechst Dein zauberhaftes Haus verlassen. Die Vorstellung, es leer stehen zu lassen, tut mir weh. Doch ich habe keine Wahl.

Ich hoffe inständig, dass wir weiterhin in Kontakt bleiben und Du mir meine Entscheidung nicht nachträgst. Bitte wünsche uns Glück.

Für immer und von Herzen,
Olivia

Georg las ihren Brief erneut und wartete auf den lang vertrauten Schmerz, der sich stets einstellte, sobald er nur an Olivia dachte. Doch er kam nicht. Aufgewühlt bis ins Mark, fuhr er hoch und wanderte durch die Schreibstube. Seine Freundinnen bekamen eine Möglichkeit, ihrem Leben einen neuen Sinn zu geben. Wie unglaublich, fabelhaft und berührend die Vorstellung war! Georgs Fingerspitzen begannen zu kribbeln, plötzlich wusste er nicht, wie er seine Hände beschäftigen sollte.

Auf diese fünf Frauen wartet eine lohnenswerte Zukunft.

Olivia hatte einen klugen Entschluss gefasst, und er tat gut daran, die Stimme in seinem Kopf zu überhören, die ihm ins Ohr raunte, als Mann für sie nicht gut und einflussreich genug gewesen zu sein.

Das alles war jetzt nicht mehr von Belang, mit ihrer Zurückweisung hatte er sich tatsächlich inzwischen abgefunden, stellte Georg verblüfft fest. Sonst hätte er sich nicht gleich bei der ersten Begegnung zu Mathilde hingezogen gefühlt.

Gedankenverloren sah Georg hinaus zu dem Ahornbaum, den seine Eltern am Tag der Firmengründung gepflanzt und dem er und seine Geschwister nie nähere Beachtung geschenkt hatten. Die herbstlichen, blutrot gefärbten Blätter bildeten einen starken Kontrast zu dem trist wirkenden grauen Himmel. Nicht mehr lange, und der Baum würde seine Blätter verlieren und den Boden rundum in einen leuchtenden Teppich verwandeln.

Als er sein inneres Gleichgewicht wiedergefunden hatte, nahm er kurzerhand das zweite Kuvert an sich und verließ die Schreibstube.

Theodor saß im Besprechungszimmer und diktierte Frau Herbart einen Brief. Dabei handelte es sich um die Rabattierungsaktion, die alljährlich vor Weihnachten stattfand.

»Ich hoffe, ich störe nicht«, sagte Georg.

Sein Bruder blickte kurz auf.

»Unsinn, setz dich. Wir sind eigentlich fertig. Haben Sie alles notiert?«

»Jawohl.« Die Sekretärin lächelte freundlich in Georgs Richtung. »Darf ich Ihnen ebenfalls eine Tasse Tee und einen Windbeutel bringen?«

»Da sage ich nicht Nein. Vielen Dank.«

Als sich Frau Herbart zurückgezogen hatte, reichte er seinem Bruder den Brief.

»Von Simeon.«

Theodor öffnete ihn.

Verehrte Herren Breitenbach,
wir dürfen Ihnen die freudige Nachricht überbringen, dass es uns nach zähen Verhandlungen gelungen ist, die Arbeitsschuhe an die Central Pacific Railroad *zu veräußern. Wir haben zwar nicht den erwünschten Preis erzielt, dafür kauft die Eisenbahn unseren gesamten Lagerbestand für ihre Mitarbeiter auf. Auch für das Interieur gibt es neue Interessenten, wir halten Sie selbstverständlich darüber auf dem Laufenden. Der kleine Anteil Damen- und Herrenschuhe befindet sich inzwischen auf dem Weg zu Ihnen nach Berlin, in der Hoffnung auf einen guten Absatz. Zu unserem Bedauern konnten wir jedoch bisher keinen Pächter für das Fabrikgelände finden. Wir tun alles, was in unserer Macht steht, aber ich fürchte, es sieht nicht gut aus.*

Verbunden mit den besten Wünschen verbleiben wir mit hochachtungsvollen Grüßen,
Johannes Simeon und Jimmy Norris

Georg stieß heftig den Atem aus.

»Angesichts der schwierigen wirtschaftlichen Lage sind das famose Neuigkeiten.«

»Mehr, als ich zu diesem Zeitpunkt erwartet habe«, pflichtete Theodor ihm bei, dessen Gesicht sich deutlich aufgehellt hatte. »Mit einer Verpachtung war ohnehin nicht zu rechnen. Überlassen wir es der Zeit, dieses Problem aus der Welt zu räumen. Auf jeden Fall minimieren wir unseren Verlust. Ich kann dir gar nicht sagen, wie sehr mich das erleichtert.«

Die Vorstellung, wie Unkraut und Efeu das Fabrikgebäude eroberten, wilde Tiere durch die Lagerhalle streiften und Stürme und Schneemassen die Holzwände schließlich zum Einsturz brachten, hinterließ einen bitteren Geschmack in Georgs Mund.

Seine Stimme klang heiser.

»Mich auch.«

»Du hast dein Leben in Rico geliebt, nicht wahr?«

Georg stutzte über diese so offen gestellte Frage. »Rico ist weit mehr zu meiner Heimat geworden, als Berlin es je war.«

Er spürte, dass er den Bruder mit seiner Antwort verletzt hatte.

Doch Theodor betrachtete ihn nur ernst.

»Wirst du eines Tages zurückkehren?«

Auf der Straßenlaterne vor der Fabrik saß eine Krähe und spreizte die Flügel. Georg hätte nie gedacht, dass er tatsächlich Heimweh nach Colorado empfinden würde, und doch war es so.

»Nein, dort gibt es nur noch Berge, verlassene Häuser und weites, einsames Land.«

In wenigen Worten gab er die Nachricht von Olivias baldiger Heirat wieder.

»Mit dem Hotelier macht sie eine ziemlich gute Partie. Da kann man ihr nur gratulieren. Kopf hoch, Georg. Das ist das

Beste, das ihr passieren konnte.« Theodor klopfte rhythmisch auf die Schreibtischplatte. »Ich finde, wir sollten heute Abend mit einem guten Tropfen auf die Neuigkeiten anstoßen, was meinst du?«

»Sicher«, murmelte Georg, »warum nicht.«

Die Krähe stieß einen heiseren Ruf aus, erhob sich in die Luft und schloss sich einem Schwarm an, der hinter den Dächern der Nachbarhäuser entschwand.

Die Luft im Raum erschien ihm auf einmal so schwer, als müsse er sie mit einem Messer zerschneiden. »Ich kann so nicht weitermachen«, platzte es jäh aus Georg heraus.

Theodor hielt in der Bewegung inne.

»Was willst du mir damit sagen?«

»Ich fühle mich zu Hause unwohl und habe mich gefragt, woran das liegt. Jetzt weiß ich es: Es sind die Spannungen zwischen uns, sie rauben mir die Luft zum Atmen.«

Theodor wollte etwas entgegnen, doch sein Bruder unterbrach ihn mit einer Handbewegung. »Unser Verhältnis ist für mich mit der gemeinsamen Arbeit nicht mehr zu vereinbaren.« Georg beugte sich tiefer über den Tisch. »Ich biete dir meinen Ausstieg als Geschäftsführer an und suche mir einen neuen Wirkungskreis sowie eine eigene Bleibe. Vielleicht gelingt es uns dann eines Tages, wieder wie Brüder aufeinander zuzugehen.«

Zwischen ihnen wurde es grabesstill, und das Ticken der Wanduhr zerrte an seinen Nerven.

Theodor sprang auf die Füße.

»Das kannst du nicht wollen! Hast du den Schwur auf den weißen Ahorn vergessen?«

»Genau aus dem Grund ist der Schritt unumgänglich«, widersprach Georg. »Wir haben uns ihm verpflichtet und dürfen nicht zulassen, dass unsere Zwistigkeiten alles vergiften, was uns früher lieb und teuer war.«

Theodor umfasste seine Schultern.

»Bitte tu das nicht, wir brauchen dich hier. Du bist die Seele von *Schuherzeugung Gebrüder Breitenbach,* unsere Mitarbeiter lieben dich.«

»Du unterschätzt deine Rolle in der Fabrik, Theodor.«

Nie zuvor hatte Georg seinen Bruder derart verzweifelt erlebt wie in diesem Moment, da Theodor ihn schüttelte, als könnte er ihn damit zur Besinnung bringen. Er versuchte, sich aus seiner Umklammerung zu befreien, aber sein Bruder lockerte den Griff um keinen Millimeter.

»Warum?« Theodors Gesicht verzerrte sich. »Was steht zwischen uns, das sich nicht aus der Welt räumen lässt?«

Georg machte sich ruckartig von ihm los und hieb ihm den Zeigefinger in die Brust. »Ist dir nie in den Sinn gekommen, dass es mich belasten könnte, dich und dein Familienglück täglich vor Augen zu haben?«

Die Worte, die schon lange bleischwer auf seiner Seele lasteten, sprudelten auf einmal mit Leichtigkeit aus ihm heraus.

»Verstehst du jetzt, Theodor? Dich trifft keine Schuld, im Gegenteil. Ich bin es, der eine Veränderung braucht.« Er strich über seinen Arm. »Es ist besser so, glaub mir. Sei mir nicht böse, wenn ich heute Abend auf eine Feier verzichte.«

Georg ging hinaus und spürte Theodors Blick im Rücken. Er brauchte dringend frische Luft. Im Hinterhof setzte er sich auf die Bank unter dem Ahorn und lauschte dem Wind, der sich in seinen Zweigen fing und die roten Blätter in der Luft tanzen ließ, bis sie geräuschlos zu Boden fielen.

Als es in ihm ruhiger wurde, kehrte er zu seinen Aufgaben zurück. Zum Glück war sein Terminkalender randvoll und ließ ihm keine Zeit zum Grübeln.

Die Mittagsstunde verbrachte er allein im Café um die Ecke.

Am frühen Nachmittag erwartete er ein Dutzend Bewerber für zusätzliche Arbeitsstellen in ihrem Unternehmen. Als der letzte Kandidat gegangen war, klopfte es, und Fräulein Nehlsen lugte in die Schreibstube.

»Verzeihen Sie. Eine Frau Fink wünscht Sie zu sprechen. Möchten Sie sie empfangen?«

Georg sprang auf. »Natürlich. Bitten Sie sie in fünf Minuten herein.«

»Wird erledigt.«

Er eilte hinaus, kämmte sich und rieb sich rasch einen winzigen Soßenfleck vom Hemdsärmel.

Dann stand sie vor ihm. Mathilde sah in der schlichten hellen Bluse und dem eng geschnittenen Kleiderrock hinreißend aus. Noch schöner jedoch fand er ihr leichtes Lächeln, das ihn auf der Stelle abermals für sie einnahm. Warum blieb eine Frau wie sie allein?

»Mathilde, was für eine nette Überraschung!« Er küsste ihre behandschuhte Hand. »Was führt Sie zu mir?« Sie musste um Himmels willen nicht bemerken, wie sehr er sich freute.

Sie legte zwei Karten auf den Schreibtisch.

»Der verehrte Hans von Bülow spielt heute Abend das erste Klavierkonzert von Tschaikowski, und nachdem meine Schwester leider verhindert ist, habe ich mich gefragt, ob Sie Lust hätten, mich zu begleiten?«

Georg blinzelte.

»Heute? Eigentlich habe ich eine Verabredung mit unseren Auftragsbüchern, die ich übers Wochenende genauer in Augenschein nehmen will. Eine Aufgabe allerdings, die ich mit Freuden auf morgen verschiebe. Es wird mir ein Vergnügen sein. Bisher hatte ich leider keine Gelegenheit, ein Konzert von Herrn von Bülow zu besuchen.«

»Dann wird es höchste Zeit. Der Maestro ist mittlerweile recht betagt.« Ihre Mundwinkel hoben sich.

»Wann darf ich Sie abholen?«

»Gegen halb acht. Bis heute Abend.«

Damit rauschte sie hinaus.

Georg setzte sich wieder an die Arbeit, und die lästige Buchführung ging ihm plötzlich viel leichter von der Hand. Unverkennbar hatte die Aussicht auf einen Konzertabend mit Mathilde sein Handeln und Denken beflügelt.

Kapitel 7

Georg

Prenzlauer Berg, am selben Tag

Wie wunderbar, endlich jemanden gefunden zu haben, mit dem er ausgiebig über Musik plaudern konnte. Und als ob man dem Kuchen noch ein Sahnehäubchen aufsetzen wollte, lag ihr ebenso viel an der Unabhängigkeit wie ihm. Sie ahnte ja nicht, wie sehr sie ihm mit ihrem Überraschungsbesuch den Abend rettete!

Er rasierte sich sorgfältig und wählte ein weißes Hemd zum rauchgrauen Smoking. Es war völlig unnötig, nervös zu sein, und doch fühlte er sich wie ein Pennäler. Er hatte auf eine Nachricht von ihr kaum noch zu hoffen gewagt und konnte ihrer Schwester für die Absage nur dankbar sein.

Er nickte seinem Spiegelbild zu, setzte den Zylinder auf und bat Simon, ihn mit der Kutsche in die Müllenhofstraße zu fahren.

Mathilde stand bereits vor dem Haus, und während der Fahrt zum Konzerthaus unterhielten sie sich angeregt über Tschaikowski und den Maestro.

Am Gendarmenmarkt bot er ihr seinen Arm.

Die nächsten zwei Stunden entwickelten sich zu einem Genuss. Als der letzte Ton verklungen war und Herr von Bülow sich vor dem Publikum verbeugte, wollte der Applaus nicht enden.

»Darf ich Sie noch auf ein Bier einladen?«, fragte er Mathilde, ohne den Blick von ihr lassen zu können. Das Klavierkonzert hatte ihre Züge wie von Zauberhand weich gemalt.

»Sie dürfen«, erwiderte sie leichthin.

»Am Prenzlauer Berg, wo ich zu Hause bin, hat vor einiger Zeit ein bayerischer Braumeister ein Bierzapfungslokal eröffnet, das ich mir schon länger ansehen möchte. Wollen wir seine Kunst mal unter die Lupe nehmen, Mathilde?«

Sie lachte leise. »Unbedingt.«

Bald darauf fanden sie sich in einem rustikal eingerichteten Saal wieder und ergatterten die letzten Plätze am Tresen. Munteres Stimmengewirr, das Klirren von Gläsern und der Geruch von Pfeifentabak hüllten sie wie in einen Kokon.

Mathilde sah sich staunend um.

»Wie wunderbar lebendig es hier zugeht.«

Georg wäre ein ruhigerer Ort lieber gewesen, aber ihre Freude tat ihm gut.

Bei einem frisch Gezapften und einem Imbiss ließen sie den Abend Revue passieren.

»Bei jedem Konzert lerne ich etwas von Herrn von Bülow. Sein Anschlag und die Interpretation waren sehr einfühlsam. Er ist ein Ausnahmepianist, mit seinem baldigen Weggang hinterlässt er eine Lücke, die so schnell nicht zu füllen ist.«

Georg pflichtete ihr bei.

»Sie besuchen also normalerweise mit Ihrer Schwester Konzerte?«

Mathilde kicherte.

»Genau genommen kann Emmi mit klassischer Musik nichts anfangen. Ihr Herz schlägt fürs Theater. Sie begleitet mich mir zuliebe, weil es keine Freude macht, allein unterwegs zu sein.«

Georg musterte sie.

»Sie haben ein enges Verhältnis?«

»Ja, das hat sich allerdings erst in den letzten Jahren entwickelt. Früher hat sie mir mein Talent und die Klavierstunden geneidet. Was auch immer ich anstellte, sie fand immer neue Gründe, mir aus dem Weg zu gehen.« Mathilde sah ihn an. »Mich hat es gekränkt, wenn sie bei jeder Gelegenheit betonte, dass wir wie Feuer und Wasser wären, und dabei völlig vergaß, was uns verbindet, wie beispielsweise die Liebe für unsere Mutter oder die Freude, Kinder zu unterrichten.«

»Interessant.« Etwas an Mathildes Worten rüttelte an der Schutzmauer, die Georg um sich errichtet hatte. »Ist Ihre Schwester Lehrerin?«

»Sie arbeitet als Gouvernante in einem Privathaushalt.« Mathilde wischte sich Bierschaum vom Mund. »Eines Tages hatte ich jedenfalls genug und beschloss, nicht mehr um ihre Zuneigung zu buhlen. Dann lernte sie ihren jetzigen Ehemann kennen, und – so verrückt es auch klingt – sie begann, mich mit anderen Augen zu betrachten.«

Was auch immer ich anstellte, sie fand immer neue Gründe, mir aus dem Weg zu gehen. Der Satz wiederholte sich gebetsmühlenartig in Georgs Kopf. Seine Brust wurde eng. Von einer unbestimmten Unruhe getrieben, lenkte er das Gespräch in eine andere Richtung.

»Darf ich Ihnen eine persönliche Frage stellen?«

»Es kommt drauf an«, entgegnete sie fest. »Was wollen Sie wissen?«

»Sie sind eine vielseitig interessierte und sehr anziehende Person. Alle Frauen, die ich bisher kennengelernt habe, wünschen sich eine Familie. Was unterscheidet Mathilde Fink vom Rest?«

»Was unterscheidet Sie von anderen Männern?«, konterte sie mit einem Augenzwinkern.

Sie war äußerst geschickt darin, von der eigenen Person abzulenken, was Georgs Interesse nur neue Nahrung verlieh.

»Nun ja«, begann er nach einem Moment des Grübelns. »Offen gesagt habe ich nie den Wunsch nach einem biederen Leben mit einem Stall voll Kindern verspürt.« Nachdenklich fuhr er mit dem Finger über den Rand des Bierglases. »Vielleicht weil ich schon als Heranwachsender in eine Rolle gedrängt wurde, die ich nicht wollte.« Er erzählte ihr von seinem ungeliebten Beruf. »Mein Vater war ein großartiger Mann, er fehlt mir sehr. Als Verfechter alter Werte empfand er es als Selbstverständlichkeit, dass mein älterer Bruder einmal die Fabrik übernehmen, ich dort als Buchhalter und meine Schwester als Näherin bei ihm arbeiten sollten. Während mein Bruder ihm nacheiferte, stand für Rosa und mich früh fest, dass wir uns mit unseren Rollen nicht zufriedengeben würden.«

Mathilde nickte sinnierend.

»Das kann ich gut verstehen. Mit den Erwartungen der Eltern haben gewiss die meisten Unternehmersprösslinge zu kämpfen. Haben Sie beide schließlich erreicht, was Sie sich vorgenommen hatten?«

»Das haben wir in der Tat.« Er lehnte sich zurück und machte eine einladende Geste. »Jetzt sind Sie an der Reihe, Mathilde.«

Sie drehte das Glas in ihrer Hand. »Ich bin seit drei Jahren verwitwet.«

Das war es also! »Damit habe ich nicht gerechnet, das tut mir von Herzen leid«, entfuhr es ihm hastig. »Entschuldigen Sie meine Indiskretion.«

»Nicht nötig. Diese Zeit liegt längst hinter mir.« Ihr Blick schweifte ins Nichts.

Georg nahm ihre Hand in seine. »Das freut mich, zu hören.«

Sie entzog sich ihm sanft.

»Arthur war ein guter Kunde unserer Wäscherei, wohlhabend, gebildet und alleinstehend. Ich war neunzehn, er fünfundzwanzig. Mutter und ich haben oft bis spät in die Nacht gearbeitet, dennoch reichte das Geld gerade fürs Überleben. Weil ich ein besseres Leben für meine Mutter wollte, habe ich seinem Werben nachgegeben. Nach der Hochzeit verlangte er, dass ich die Ausbildung zur Klavierlehrerin abbreche. Meine Aufgabe bestand einzig darin, ihm ein behagliches Heim zu schaffen. Später verbot er mir auch den Kontakt zu meinen Freunden. Wir haben viel gestritten, die Ehe stellte sich als mein Gefängnis heraus. Insofern war sein Unfalltod zwar tragisch, aber letztendlich bedeutete er für mich auch Befreiung.« Sie leerte ihr Glas. »Als das Trauerjahr vorüber war, setzte ich meine Ausbildung fort. Jetzt kennen Sie meine Geschichte.«

Georg versuchte, sein Entsetzen zu verbergen. Sich Mathilde als fügsame Hausfrau vorzustellen, fiel ihm tatsächlich schwer.

Eingesperrt in veralteten Erwartungen und Moralvorstellungen.

»Die Vergangenheit spielt keine Rolle, Mathilde. Nur die Gegenwart zählt.«

Ihr schöner Mund verzog sich zu einem Lächeln. »Ich gebe Ihnen vollkommen recht. Wir führen ein erfülltes Leben, uns fehlt es an nichts.« Sie sah ihn offen an. »Ich könnte allerdings einen guten Freund gebrauchen.«

»Ich auch. Wollen wir nicht endlich das lästige Sie weglassen?«

»Gern.«

»Am Wochenende soll es sonnig und mild werden«, setzte Georg, mutiger geworden, hinzu. »Wie wäre es mit einem Sonntagsspaziergang an der Spree?«

Mathilde schien einen Moment zu überlegen, dann nickte sie.

»Das klingt wunderbar.«

Als sie das Bierzapfungslokal verließen und die Kutsche bestiegen, fühlte er sich beschwingt wie lange nicht.

Auf leisen Sohlen schlich er eine Weile später durch die dunkle Stadtvilla in seine Privaträume.

In Gedanken versunken, nahm er die Pfeife seines Vaters aus der Schale und wog sie in der Hand. Dabei fiel sein Blick auf den Siegelring. Lange Zeit saß er einfach nur da und starrte ins Nichts. Unzählige Gedanken huschten durch seinen Kopf und ließen sich nicht einfangen. Obgleich er die Erschöpfung in allen Gliedern spürte, war er viel zu aufgewühlt, um schlafen zu können.

Leise ging er ins Badezimmer, auf dem Weg zurück bemerkte er einen Lichtstreifen, der durch die geöffnete Flügeltür des Salons fiel.

Theodor saß in Pyjama und Bademantel vor dem Kamin, in dem ein Feuer brannte. Er sah kurz auf, und Georg nahm neben ihm auf dem Sofa Platz.

»Ich kann nicht schlafen«, sagte Theodor, der ein Album auf dem Schoß hielt.

»Das geht mir genauso.«

Sein Bruder wies auf eine Fotografie. »Sieh nur, das ist die letzte Aufnahme mit unserer Mutter.«

Georg nickte. »Sie war schon von ihrer Krankheit gezeichnet.«

Wortlos betrachteten sie die alte Fotografie. Ihre Mutter saß auf einem Stuhl, die drei Kinder zu beiden Seiten, der Vater stand hinter ihr und hatte mit einer besitzergreifenden Geste seine Hände auf den Schultern seiner Frau liegen. Ihre steife Haltung und das angedeutete Lächeln gaben kaum ihr heiteres

Wesen wieder; dennoch tat es Georg gut, ein paar Erinnerungen mit seinem Bruder zu teilen.

Theodor klappte das Album zu und stellte es wieder an seinen Platz im Bücherregal.

»Ich habe lange über unser Gespräch nachgedacht. Auch wenn ich es ungern zugebe, ich verstehe deine Beweggründe. Vielleicht ist man, wenn man liebt, einfach zu blind, den Kummer anderer zu erkennen.«

Georg wehrte ab.

»Also bitte! Entschuldige dich nicht für deine glückliche Ehe. Möglicherweise habe ich es nie deutlich ausgesprochen, aber ich freue mich, dass du nach dem Desaster mit Elena mit Vanda glücklich geworden bist. Du verdienst es. Ich mag sie und die Kinder sehr.«

»Das weiß ich doch.« Theodor blickte aus dem Fenster auf die nächtliche Straße, die nur von einer einzelnen Laterne beleuchtet war. »Ich habe mit Vanda gesprochen. Das Nebengebäude, in dem ich früher mit Felix und Elena gewohnt habe, steht seitdem leer. Wenn du möchtest, kannst du es nach deinen Wünschen herrichten.«

»Hattet ihr das Nebengebäude nicht für Felix vorgesehen?«

Theodor schmunzelte.

»Ja, wenn er eines Tages die Firma übernimmt. Bis dahin steht es unserem selbstbewussten Jungen gut zu Gesicht, kleine Brötchen zu backen.«

»Ich teile deine Auffassung, es ist immer sinnvoll, klein anzufangen«, antwortete Georg erfreut, denn das Nebengebäude verfügte über einen eigenen Eingang, der ihm mehr Privatsphäre ermöglichte. »Gut, danke für euer Angebot. Ich denke darüber nach.«

Theodor nickte.

»Wann hältst du deinen nächsten Klavierabend?«

»Vorerst ist keiner geplant.«

Theodor forschte in seinem Gesicht, als wollte er seine Gedanken ergründen.

»Verzeih meine Frage, ich möchte es einfach nur verstehen. Dein Herz hat immer an der Klassik gehangen. Wenn du trotz deiner gesellschaftlichen Stellung Musikabende geben willst, warum keine klassischen Klavierkonzerte, wieso Tanzmusik?«

»Nun, klassische Konzerte erfordern eine Menge Übung, für die mir die Zeit fehlt. Außerdem zieht die populäre Tanzmusik mehr Zuschauer in den Ball-Saal.« Georg erwiderte den Blick seines Bruders fest. »Man hat mich nämlich am Umsatz beteiligt. Wenn du es genau wissen willst, habe ich es getan, um meine Arbeiter in Rico nach der Schließung noch drei Monate bezahlen zu können.«

Die näheren Umstände seiner früheren Verschwendungssucht im römischen Bad und in anderen Etablissements behielt er lieber für sich.

Theodor stand der Mund offen.

»Wie bitte?«

»Du hast schon richtig gehört.« Georg wünschte sich jäh, die Erde würde sich auftun und ihn verschlingen. »Lass es bitte dabei bewenden.«

Eine gefühlte Ewigkeit lauschten sie dem munteren Knistern des Feuers im Kamin.

»Ich habe mir oft gewünscht, hier mit dir zu sitzen und über den Tag zu plaudern, wie wir es früher oft getan haben«, sagte Theodor wie zu sich selbst. »Wie kommt es, dass du ausgerechnet heute meine Gesellschaft suchst?«

»Eine Freundin hat vorhin etwas über eine Verwandte fallen lassen, das mich seitdem beschäftigt«, räumte Georg leise ein. »Sie sagte: ›Was auch immer ich anstellte, sie fand immer neue Gründe, mir aus dem Weg zu gehen.‹ Und mir ging es oft ebenso.«

Er wusste es zu schätzen, dass sein Bruder nicht weiter in ihn drang.

Stattdessen stopfte sich dieser eine Pfeife.

»Deine Freundin scheint eine kluge Person zu sein. Stellst du sie uns vor?«

»Vielleicht, wenn die Zeit reif ist.«

»Bitte denke noch einmal über deinen Ausstieg nach«, bat sein Bruder. »Ich bin überzeugt, wir finden eine bessere Lösung, wenn wir ehrlich miteinander sind.«

Georg erhob sich. »Das werde ich. Ich gehe jetzt ins Bett. Gute Nacht.«

Theodor lächelte. »Bis morgen.«

Als Georg sich wenig später zur Ruhe begab, fühlte er, wie etwas von der Schwere, die ihn seit langer Zeit gefangen hielt, von ihm abfiel.

Kapitel 8

Akule

Reservat der Weeminuche, 14. April 1899

Die Regenwolken hatten sich verzogen. Vater Himmel, der Sonne, Mond, Sterne und die Erde erschaffen hatte, zeigte sich gnädig. Mit finsterer Miene begutachtete Akule die in Reih und Glied gesetzten Pflanzen. Obgleich es Jahre her war, dass sein Stamm gezwungen worden war, dem Boden Nahrung abzuringen, fühlte er noch immer Unwillen in sich aufsteigen, wenn er mit den anderen Männern auf dem Feld arbeitete. Er wäre damit nie einverstanden gewesen, aber der Ältestenrat hatte gemeinsam mit dem Chief den »Vorschlag« der Amerikaner angenommen, Landwirtschaft zu betreiben.

Säckeweise Mais, Kürbis und anderes Zeug sowie einen Pflug hatten sie ihnen zur Verfügung gestellt. Aber selbst wenn sie sich wie der weiße Mann kleideten, tagein, tagaus in der Erde gruben wie Wühlmäuse und dessen Sprache lernten – ihre Núu-ci-Seele würde ihnen selbst der Tod nicht nehmen können. Warum ließen die Eindringlinge nicht wenigstens die letzten paar Überlebenden gehen, nachdem sie alle anderen wie Ameisen zertreten hatten? Der spärliche Rest seines Volkes würde wieder für sich selbst sorgen und im Einklang mit Mutter Erde leben, wie es seit Urzeiten gewesen war.

Mit verkniffener Miene hieb Akule den Spaten in die Erde. Die Weißen taten, als gehörten die Bäche und Flüsse ihnen, und bedienten sich ohne Skrupel. Dabei waren die Wasserläufe im rechtmäßigen Besitz der Núu-ci. Dennoch erwarteten die weißen Eindringlinge gute Erträge. Das ihnen zur Verfügung stehende Wasser reichte bei Weitem nicht aus, um die Felder ausreichend zu bewässern. Aber Akules Stamm gab sich nicht geschlagen, er hob Bewässerungsgräben aus, teils mit, teils ohne Genehmigung des Großen Vaters in Washington, und verschaffte sich auf diese Weise, was er am meisten benötigte. Das blieb natürlich nicht unbemerkt und sorgte für weitere Auseinandersetzungen. Die Núu-ci drehten sich offenbar in einem nie enden wollenden Kreislauf, aus dem es kein Entrinnen gab.

Wenn er Onawa Gedanken wie diese anvertraute, wies sie ihn gutmütig zurecht, immerhin füllten sie ihre Bäuche durch Ackerbau und Viehzucht. Zuvor hatten sie gehungert, weil die Männer zu stolz gewesen waren, mahnte sie ihn in solchen Momenten gern ernst.

Akule schnaubte. Als ob es möglich gewesen wäre, die Wahrheit zu verdrängen. Aber seine Frauen machten ihm ohnehin seit einiger Zeit das Leben schwer.

Nituna weigerte sich seit geraumer Zeit, bei ihm zu liegen, aus Angst, erneut schwanger zu werden.

»Wenn das Kind erst alt genug ist, nehmen sie es uns weg und stecken es in eins dieser Internate. Das kannst du auch nicht wollen!« Flehend hatte sie zu ihm aufgesehen. »Erinnerst du dich, was mit Galote geschehen ist?«

»Wie könnte ich das je vergessen, Weib.«

Ihre Stimme überschlug sich.

»Was haben sie mit ihm gemacht, als seine Wunden nach seiner Flucht verheilt waren? Sag's mir!«

»Sie haben ihn gegen seinen Willen wieder mitgenommen.«

»Ja, Mann!« Nituna rüttelte ihn. »Ich will dir erzählen, wie es weiterging. Galote und alle anderen Núu-ci-Kinder weinten sogar noch im Schlaf, weil sie nach Hause wollten. Aber sie lernten, wie der weiße Mann zu schreiben, und schickten ihren Müttern manchmal Briefe.«

»Die die meisten von uns gar nicht lesen können.« Er spie die Worte förmlich aus.

Nituna nickte heftig.

»So ist es, und wenn der gottesfürchtige Indian Agent einer Mutter ihren Brief übersetzte, weil sie ihm leidtat, dann konnte sie ihrem Kind nicht antworten.«

Ihre Augen füllten sich mit Tränen.

»Die Kinder haben noch ein- oder zweimal geschrieben, danach kamen keine Nachrichten mehr. Es ist, als hätte man ihnen eine neue Haut übergestülpt. Sie wollen ihre Familien nicht mehr sehen, weil sie ihnen fremd geworden sind. Die Herzen ihrer Mütter sind gebrochen.«

Galote lebte inzwischen bei Pflegeeltern, die den Mormonen angehörten, und wollte nichts mehr von seiner Vergangenheit wissen.

»Verstehst du mich?«, brach es aus ihr heraus. »So etwas möchte ich niemals erleben. Such dir eine andere Frau, die mit dir das Lager teilt.«

»Ich will aber keine andere«, hatte Akule frustriert erwidert.

Das Gespräch lag ein paar Wochen zurück, doch Nituna hatte auf ihrem Entschluss beharrt. Mit zusammengekniffenen Augen lockerte er jetzt den Boden um die Maispflanzen, deren zarte Triebe nach den letzten heftigen Regengüssen müde herabhingen.

Aus den Augenwinkeln nahm er eine Bewegung bei den Wacholderbüschen keine dreißig Schritte entfernt wahr. Zweifelsohne handelte es bei der Person um einen Jungen mit einem Strohhut und einem Korb unterm Arm, der sich verstohlen nach allen Seiten umsah.

War das etwa Chesmu? Was hat der Dickschädel dort verloren?

Akule hatte ihm aufgetragen, seinen jungen Hengst zuzureiten. Hitze wallte in ihm auf. Doch als sich die Gestalt in der groben Hose näherte, bemerkte er seinen Irrtum. Sie bewegte sich mit kleinen, schnellen Schritten, unter dem Hut lugten blonde Strähnen hervor.

Mit ruhiger Sicherheit verharrte sie vor dem Zaun, der die Siedler von den Núu-ci trennte.

»Was hat die Weiße hier zu suchen?«, wollte sein ältester Sohn Paco aufgebracht wissen.

Die erregten Rufe der anderen begleiteten den jungen Ute, als er sich ihr energisch näherte.

Akule verstand nicht, was die beiden miteinander sprachen, und starrte ungläubig auf die ebenmäßigen Züge eines jungen Mädchens. Auch ohne dass sie sich vorstellte, wusste er genau, wer am Zaun stand.

»Sie will mit dir sprechen, Vater«, sagte Paco kopfschüttelnd.

Das Mädchen blickte ihm ohne Scheu entgegen und blieb in respektvoller Entfernung stehen.

»Guten Tag. Ich bin Julia, Chesmus Freundin. Die Maispflanzen machen aber einen traurigen Eindruck. Darf ich sie mir genauer ansehen?«

Drohend erhob er den Spaten.

»Geh nach Hause, auf der Stelle! Der Indian Agent wird wütend, wenn er dich hier entdeckt!«

Julia stellte den Korb zu ihren Füßen ab.

»Es ist niemand zu sehen. Ich komme in Frieden. Wenn Sie es erlauben, zeige ich Ihnen, wie Sie die Pflanzen besser vor Unwetter schützen können.«

Akule zog seine Brauen zusammen, doch sein Blick blieb an dem Inhalt des Korbes haften. »Wir brauchen deine Hilfe nicht.«

»Meine Eltern betreiben seit vielen Jahren Landwirtschaft, ich habe viel von ihnen gelernt. Darf ich?«

Akule zögerte, doch dann nickte er.

Julia sprang über den Zaun.

»Das sind Geschenke von mir und meiner Familie«, erklärte sie sanft und reichte ihm den Korb. »Ich wollte sie euch selbst bringen als Dankeschön für die gute Nachbarschaft.«

Im ersten Moment dachte Akule, sie wollte sich über ihn lustig machen, aber ihre Miene blieb ernst. Wie es aussah, war sie nicht leicht einzuschüchtern, denn sie ließ seine Musterung ungerührt über sich ergehen.

Im Korb lagen die ersten frischen Kräuter, ein Beutel Maismehl, aus dem die Frauen Fladen backen konnten, und ein zweiter Beutel mit gemischten Beeren. Verwirrt betrachtete er ein paar Pflänzchen, die obenauf lagen und in Zeitungspapier eingewickelt waren.

»Die Beeren habe ich unterwegs gepflückt. Chesmu hat mir erzählt, dass ihr sie früher gern gegessen habt.«

Der Duft der Beeren stieg ihm verlockend in die Nase und erinnerte ihn daran, dass er heute noch kaum etwas gegessen hatte. Akule dankte ihr leise.

Indes ging Julia vor einer Pflanzenreihe in die Hocke. Die argwöhnischen Blicke der Männer schienen sie nicht zu stören. Aber vielleicht hatte dieses merkwürdige Mädchen auch nie Bosheit kennengelernt.

»Schick sie weg«, zischte Mingan und stützte sich schwer auf seinen Spaten. »Sicangu streunt hier wie ein räudiger Hund herum. Wenn er sie sieht …«

»Mach dir deswegen keine Sorgen. Sei still, überlass das mir und mach einfach weiter«, brummte Akule.

Inzwischen häufte Julia die Erde um ein Pflänzchen an und drückte sie fest.

»Mein Vater hat es mir gezeigt. Er sagt, das kann man mit allen dürren Pflänzchen machen, damit die Stängel nicht so schnell umknicken.« Sie begutachtete das weite Feld, das an den Hügeln endete. »Es wäre gut, hier eine Hecke oder Bäume zu pflanzen, die den Wind abhalten.«

Akule schnaubte. »Der Indian Agent wird sie uns nicht geben. Sie sprechen Worte süß wie Honig, aber sie lügen. Sie wollen, dass wir untergehen.«

Das Mädchen mit den klaren Augen senkte den Kopf. »Das ist traurig. Wir wollen das jedenfalls nicht.« Sie entnahm dem Korb die eingewickelten Pflänzchen. »Das sind Setzlinge unserer Apfelbäume, die meine Mutter immer selbst aus Kernen zieht. Dieses Jahr haben wir sie übrig, und mein Vater wollte sie wegwerfen. Ich habe gedacht, Sie haben vielleicht Verwendung für sie. Es dauert zwar ein paar Jahre, bis sie groß genug sind, dass sie Früchte tragen und den Wind abhalten, aber versuchen können Sie es.«

Akule verfolgte fassungslos, wie sie einen Sämling nach dem anderen vor dem Zaun einsetzte und danach wässerte. Auch die anderen Ute beobachteten sie sichtlich verwirrt.

»Warum tust du das … Julia?«

Sie hob die Schultern.

»Nachbarn sollten einander helfen. Wo ist Chesmu?«

Akule hielt sie fest.

»Auf der Weide. Geh nicht, das ist zu gefährlich. Ein Polizist hält sich immer in der Nähe auf.«

»Wieso denn nicht? Ich besuche nur meine Nachbarn.«

Sie lächelte, drehte sich auf dem Absatz um und eilte auf die Weide zu, die sich am Rand des Reservats befand.

Akule schüttelte den Kopf. Er hatte nie ein Mädchen wie sie kennengelernt und wünschte sich plötzlich, der Große Geist möge über die Pfade wachen, die sie im Leben beschritt, und sie davor bewahren, dass Menschen, die ihr inneres Licht nicht wahrnahmen, sie dennoch niemals brachen.

Nachdenklich fuhr er mit seiner Arbeit fort, und obwohl die Männer schwiegen, teilten sie sicher seine Befürchtungen.

Er ertappte sich dabei, dass er immer wieder zur Weide hinüberschielte. Julia stand am Gatter und beobachtete Chesmu, der den jungen Hengst im Kreis laufen ließ.

Eine Weile später war Akule mit dem Umgraben fertig, in seinem Rücken stach der Schmerz wie Tausende Stecknadeln. Er warf den Männern einen Gruß zu und steuerte auf die Weide zu, die Chesmu und Julia inzwischen verlassen hatten. Nur Akules Hengst knabberte an dem frischen Gras. Ihm wurde jäh kalt. Wo steckten die beiden nur?

Als er sich den Tipis näherte, erregte ein heftiger Wortwechsel seine Aufmerksamkeit. Eine tiefe Stimme gebot Einhalt.

Akule zog seinen Hut tiefer ins Gesicht und folgte den Geräuschen.

Nahe seinem Tipi umkreiste eine Traube von Núu-ci einen kräftig gebauten Mann mit strähnigem Grauhaar.

Akule blieb wie angewurzelt stehen, denn der Polizist hielt links Julias und rechts Chesmus Handgelenk in eisernem Griff.

Akule biss sich auf die Unterlippe.

Sicangu. Der Mittvierziger galt als unberechenbar, es hieß, er habe in den Schlachten gegen die Amerikaner gemordet, ohne je mit der Wimper zu zucken. Obendrein liebte er den großen Auftritt.

Sicangu wartete, bis die Leute verstummten, dann trat er so nahe an Julia heran, dass kein Blatt Papier mehr zwischen sie gepasst hätte.

»Hat dich jemand geschickt, uns auszuspionieren?« Sein Englisch war holprig, aber verständlich, und er betonte jede Silbe.

»Nein, ich bin hier, meine Freunde zu besuchen.«

Julia hielt den Blick gesenkt, aber Akule meinte, ein kämpferisches Blitzen in ihren Augen bemerkt zu haben.

Chesmu versuchte indes, sich aus der Umklammerung zu befreien. Er stöhnte vor Schmerz, als der Polizist seinen Griff verstärkte.

Sicangu bleckte die Zähne.

»Du weißt wohl nicht, mit dem du sprichst. Sieh mich gefälligst an!«

Julia gehorchte, doch in ihrem Blick lagen weder Angst noch Unterwürfigkeit.

»Ich habe meine Nachbarn besucht. Ist das bei euch ein Verbrechen? Falls ja, bitte ich um Verzeihung.«

In Akule prickelte es. Onawa drückte warnend seine Hand.

»Sie hat nichts getan«, presste Chesmu zwischen den Zähnen hervor.

»Ah, jetzt wird mir alles klar.« Sicangu betrachtete sie von oben bis unten. »Du warst das kleine gelbhaarige Kind, das den Jungen hier ständig in Schwierigkeiten gebracht hat!«

»Lass Julia gehen«, stieß Chesmu aufgebracht aus. »Wenn du jemanden zur Verantwortung ziehen willst, nimm mich!«

Wortlos zerrte der Polizist Chesmu zu einer Akazie und fesselte ihn an den Stamm.

Akule nahm eine Bewegung neben sich wahr und verfolgte, wie sich Nituna aus der Menge löste und das Wort ergriff.

»Was haben die beiden getan, dass du sie wie Verbrecher behandelst? Sie haben sich gern, dagegen ist doch nichts einzuwenden.« Sie reckte das Kinn. »Lass die beiden in Frieden. Was können sie für die Feindschaft zwischen uns?«

Sicangu spie vor Julia aus.

»Núu-ci und Amerikaner können nie Freunde sein!«, schleuderte er Nituna entgegen. »Was fällt dir überhaupt ein, dich einzumischen? Geh mir aus den Augen, Weib!«

Akule stellte sich vor seine Familie.

»Ich habe die beiden vorhin beobachtet. Julia hat mit niemandem außer Chesmu gesprochen. Wir haben ihrer Familie viel zu verdanken und pflegen eine gute Nachbarschaft. Julia ist uns willkommen.«

Die umstehenden Ute tuschelten, manche ereiferten sich und stießen Verwünschungen gegen das weiße Mädchen aus, andere baten sie, sich zurückzuhalten.

Chesmu warf seinem Vater einen dankbaren Blick zu, doch dieser spürte mit wachsender Sorge, wie sich sein Stamm in zwei Lager spaltete.

»Ich will nichts mehr hören!« Sicangus Teint nahm eine ungesunde Röte an. »Geht wieder an die Arbeit! Es gibt hier nichts mehr zu sehen.«

Doch die Weeminuche rührten sich nicht vom Fleck.

Dies war einer jener Momente, in denen Akule der Zusammenhalt der Núu-ci einen Freudenschauer über den Rücken jagte. Ungeachtet ihrer unterschiedlichen Meinungen standen sie unbeirrt hinter seinem Sohn.

Der Polizist blickte in entschlossene Gesichter. »Wie ihr wollt.« Er zerschnitt Julias Fesseln. »Das ist meine letzte Warnung. Verschwinde!«

Chesmu nickte ihr aufmunternd zu, und sie lief davon.

Sicangu verengte seine Augen.

»Ich werde Carrington den Vorfall melden. Das wird Konsequenzen haben.«

»Ach ja?«, erwiderte Chesmu spöttisch. »Welchen Grund willst du vorbringen? Der Indian Agent und eine Handvoll anderer weißer Männer gehen in unserem Reservat ein und aus, ob es uns gefällt oder nicht. Aber meine Freundin, einfach ein Mädchen aus der Nachbarschaft, darf das nicht?«

Die Männer und Frauen neben Akule stimmten zu. Dennoch wurden seine Hände von der Unerschrockenheit seines Sohnes feucht. Er stöhnte leise auf, als Sicangu, das Gesicht zur Fratze verzogen, ausholte und Chesmu eine schallende Ohrfeige versetzte.

Wie auf einen stummen Aufruf hin zog sich der Kreis der Umstehenden enger um Sicangu.

Als Akule bemerkte, dass sein Sohn aus der Nase blutete, baute er sich vor dem Polizisten, den er um eine halbe Haupteslänge überragte, auf, und seine Stimme nahm einen schneidenden Unterton an.

»Niemand erhebt gegen einen Núu-ci die Hand, schon gar nicht gegen meine Familie! Wir begegnen unseren Brüdern und Schwestern mit Achtung und Respekt. Stattdessen benutzt du Gewalt, weil du merkst, dass deine Macht schwindet!« Akule stemmte die Hände in die Hüften und betrachtete ihn mit einer Mischung aus Abscheu und Mitgefühl. »Unsere Kinder haben früher miteinander gespielt. Wir haben unser Essen miteinander geteilt. Hast du das alles vergessen?«

Die Luft zwischen ihnen schien sich zu verdichten.

Sicangu ballte die Fäuste.

»Halt's Maul, oder willst du mich provozieren?«

»Ach, hör doch auf!«, fuhr Akule unbeirrt fort. »Welches Gesetz verbietet den Kontakt mit den Weißen hier im Reservat? Nenne mir eins, oder schweig!«

Der Polizist stieß ihn roh von sich.

Doch Akule wischte angewidert über die Stelle seiner Jacke, die der Polizist berührt hatte, und trat noch näher.

»Es ist tragisch, wie weit du dich von den Pfaden entfernt hast, die der Große Geist uns gewiesen hat.«

Sicangu wurde fahl. Er stieß eine Verwünschung aus, hob die Faust, aber da stürzten bereits ein paar Männer auf ihn zu und hielten ihn fest.

»Das werdet ihr bereuen!«, zischte der Polizist und wehrte sich nach Kräften, gegen die Überzahl der Núu-ci war er jedoch machtlos.

Der Medizinmann löste sich aus der Menge.

»Fesselt ihn! Der Indian Agent will heute noch nach dem Rechten sehen. Wir werden Sicangu keine Gelegenheit geben, sich aus dem Staub zu machen.«

Während zwei Männer den Polizisten an den Stamm einer Kiefer fesselten und dann knebelten, behielt Akule ihn im Blick und löste Chesmus Fesseln.

Er senkte die Stimme und reichte seinem Sohn ein Tuch, damit er sich säubern konnte. Chesmu rieb sich die schmerzenden Handgelenke, seine Kieferknochen mahlten. Akule konnte höchstens erahnen, was ihn in diesem Augenblick bewegte. Ungeachtet der Leute, die sie umringten, schloss er seinen Sohn in die Arme.

»Sicangu hat keine Handhabe. Vertrau mir, und sorg dich nicht.«

»Er hat Julia wehgetan, das soll er büßen.«

»Hüte dich, mein Junge«, versuchte Akule, ihn zu besänftigen, »mach dich von bösen Gedanken frei. Es gibt kein Gesetz, das Julia den Zugang zum Reservat verbietet.«

»Ich weiß, aber es gibt Gesetze hier oben.« Chesmu tippte gegen seine Stirn. »Und ihre unsichtbaren Mauern sind schwerer einzureißen als alle, die wir mit Menschenhänden errichten.«

Akule klopfte ihm auf die Schulter.

Indes kamen vier ältere Núu-ci auf die beiden zu, unter ihnen auch Elsu und Nicaagat, der Medizinmann. Ihre Mienen drückten Bestürzung aus.

»Wir dürfen nicht zulassen, dass zwischen uns Unfrieden gesät wird«, gab der weißhaarige Elsu ernst zu bedenken. »Ich werde vorschlagen, dass sich der Ältestenrat der Angelegenheit annimmt.«

Die anderen nickten.

»Es muss etwas geschehen«, warf Chesmu ein. »Sicangu missbraucht seine Macht. Fürs Erste danken wir euch jedenfalls für eure Unterstützung.«

»Wir werden tun, was wir können.«

Die Männer ließen sie allein, auch die anderen Zuschauer verstreuten sich. Mingans Vetter Igasho bot sich an, den Polizisten zu bewachen, bis der Indian Agent eintreffen würde.

Die Sonne hatte ihren höchsten Stand erreicht, als Carrington mit seinem Fuhrwerk vor dem Reservat hielt, um die Felle der letzten Schafschur abzuholen.

Seine Miene verfinsterte sich, als er von dem Vorfall erfuhr, und er ließ sich zu dem Gefesselten bringen, der vergeblich versuchte, seinen Knebel loszuwerden. Unterdessen lauschte der Indian Agent Akules und Chesmus Ausführungen.

»Dein Verhalten war inakzeptabel.« Carrington ignorierte Sicangus Zeichen, ihn vom Knebel zu befreien. »Ich werde innerhalb des Reservats keine Gewalt dulden, und wenn jemand zur Rechenschaft gezogen und bestraft wird, dann von mir! Hast du mich verstanden?«

Chesmu und Akule wechselten einen vielsagenden Blick.

Sicangu zeigte indes keinerlei Regung.

Carringtons Stirn umwölkte sich.

»Kerle, die sich aufspielen, habe ich besonders gern.« Er sah von einem zum anderen. »Ich werde ihn verhören, alles zu Protokoll geben und ihn über Nacht in eine Zelle sperren. Dort hat er Gelegenheit, sein Verhalten zu überdenken.«

Akules Erleichterung kannte keine Grenzen.

Chesmu dankte ihm, doch Carrington wehrte ab.

»Recht muss Recht bleiben.«

Ohne ein weiteres Wort zu verlieren, führte der Indian Agent Sicangu ab.

Als Carrington außer Hörweite war, legte Akule den Arm um seinen Sohn.

»Vielleicht ist der Mann weniger schlimm, als wir gedacht haben.«

Kapitel 9

Rosa

Cortez, 17. April 1899

Rosa saß mit einer Decke um die Beine auf der Terrasse und ließ den Blick schweifen. Die Sonne war erst vor Kurzem aufgegangen, und ein kühler Wind strich über ihr Gesicht. Siebzehn lange Jahre saugte sie den Anblick der Berge und lieblichen Hügel schon andächtig in sich auf und wurde seiner dennoch nie überdrüssig.

Die Landschaft hatte sich kaum gewandelt, sie erschien ihr wie eine Konstante im Kreislauf ihres Lebens.

Dagegen gab es Veränderungen in der Siedlung. Ihr Nachbar, der Schreiner Oscar, hatte eines Abends vor ein paar Monaten tot im Pferdestall gelegen. Wenig später war seine Witwe nach Telluride zu einer Verwandten gezogen. Indes hatte Agnes gerade vergangene Woche ihr siebtes Kind zur Welt gebracht, und während sie mit den Orgelpfeifen an Haus und Hof gefesselt war, amüsierte sich ihr Mann allzu gern auf Tanzveranstaltungen, so hieß es zumindest.

Zu Rosas und Wendelins Glück waren die letzten Jahre ohne große Turbulenzen vergangen. Das Familienunternehmen in Berlin stand auf stabilen Füßen, Theodors und Vandas

Kinder entwickelten sich offenbar zu strebsamen und herzlichen Menschen – und Georg hatte in Mathilde endlich die Frau fürs Leben gefunden. Drei lange Jahre hatte es gedauert, bis sie sich ihre Liebe eingestanden.

Die Leute der feinen Gesellschaft hatten sich über die beiden gewiss die Köpfe heißgeredet.

Rosa schmunzelte bei dem Gedanken. Glücklicherweise gaben weder Georg noch Mathilde etwas auf Klatsch und Tratsch und gingen ihren eigenen Weg.

Im Jahr darauf hatten sich ihr Bruder und die hübsche Klavierlehrerin, die Rosa nur von Fotografien kannte, im kleinen Kreis das Jawort gegeben.

Tränen schossen Rosa in die Augen, denn sie sah ihre Familie auf einmal so deutlich vor sich, als könnte sie sie berühren. Im Lauf der vielen Jahre in Cortez hatte es Zeiten gegeben, in denen das Heimweh sie schier zerriss und sie alles dafür gegeben hätte, ihre Familie wieder in die Arme zu schließen – wäre nicht Julia in Colorado verwurzelt gewesen. Doch wenn Rosa sich umsah, musste sie sich eingestehen, dass es kein Zurück für sie gab. Mit Berlin verband sie nichts mehr, es war zu laut, eng und hektisch.

Nachdenklich starrte sie auf den breiten Rücken Wendelins, der mit gleichmütiger Miene den Boden lockerte. Julia, inzwischen vierzehn Jahre alt, hatte sich gleich nach Sonnenaufgang zum Reservat geschlichen, um Chesmu zu treffen. Sie erinnerte sich an ihre Fassungslosigkeit, als ihre Tochter vor einigen Tagen im Brustton der Überzeugung verkündet hatte, wenn ihr Freund das Reservat nicht verlassen könne, werde sie eben zu ihm gehen. Wendelin und Rosa hatten natürlich versucht, es ihr auszureden. Ihre Mahnungen, die Ute würden sie beschimpfen und fortjagen, und ihre Unbelehrbarkeit könnte einen weiteren Zwist zwischen den Völkern heraufbeschwören, wies sie von sich.

»Ihr braucht euch nicht zu sorgen. Ich bringe ihnen einen Korb Geschenke mit. Sie werden mir nichts tun, vertraut mir.« Dann war sie gegangen.

Julias Entschlossenheit machte Wendelin und sie zuweilen sprachlos. Über die Stunden, die sie im Reservat verbrachte, verlor sie kein Wort, und Rosas Fantasie malte die bedrückendsten Szenarien, was unweit ihrer Kate wohl vor sich ging. Was, wenn der Indian Agent sie entdeckte, wenn man ihre Tochter nicht mehr gehen ließ? Die Gerüchte über entführte Kinder und junge Mädchen rissen nie vollends ab, und Julias Gutgläubigkeit konnte ihr leicht zum Verhängnis werden. Zweifelsohne war sie ein Mädchen, das ihr Herz auf der Zunge trug, Falschheit oder Süßholzraspelei lagen ihr nicht.

Chesmus Familie würde sich ihrer Tochter gegenüber vermutlich zurückhaltend verhalten, da sie wusste, was sie ihrem Sohn bedeutete. Aber Rosa stellte sich die ängstliche Frage, wie die anderen Stammesmitglieder auf ein weißes Mädchen im Reservat reagieren würden.

Julia erzählte später lediglich, sie habe zugesehen, wie Chesmu ein Pony zugeritten hatte.

Rosa erinnerte sich schaudernd an den Tag, als ein Indianerpolizist ihn und seine Mutter verprügelt und ins Reservat zurückgebracht hatte. Leider blieb der Übergriff kein Einzelfall. Man hatte den starrköpfigen Jungen in den vergangenen Jahren mehrfach rüde ins Reservat zurückgezerrt und mit Konsequenzen gedroht.

Es hatte allerdings den Anschein, als wären die Männer seiner allmählich überdrüssig geworden. Trafen sie ihn auf verbotenem Terrain an, taten sie inzwischen meist, als würden sie ihn nicht bemerken.

Die Freundschaft zwischen Chesmu und Julia wirkte gleichsam unantastbar, was Rosa beachtlich fand angesichts der

Tatsache, dass man den jungen Mann wegen seiner Ausflüge ins Land der Siedler unter Umständen sogar inhaftieren konnte.

Die Blicke, die sich Julia und der Ute zuwarfen, beunruhigten Rosa zunehmend. Die Zeit der unschuldigen Kindheit war vorüber. Chesmu musste inzwischen deutlich über zwanzig sein, und auch ihre Tochter stand an der Schwelle vom Mädchen zur Frau. Wer die beiden beobachtete, bekam eine dunkle Ahnung dessen, was die Zukunft für sie bereit halten mochte.

Seufzend zog Rosa die Decke enger um sich. Sie konnte nur hoffen, dass sich ihre Befürchtungen nicht bewahrheiteten.

Die Stimmen von Dorothea und Christine drangen zu ihr. In der Ferne machte sie eine Handvoll Männer auf Pferdewagen aus, die auf die Felder zusteuerten.

Jetzt, zur Zeit der Aussaat, hatten die Siedler alle Hände voll zu tun, ging es doch darum, den Boden zu lockern und dafür Sorge zu tragen, dass die Saat aufging. Die Schulkinder hatten wie üblich eine Woche unterrichtsfrei, damit sie ihren Eltern nach Kräften helfen konnten. Überdies würden einige von Florence' Kühen bald kalben.

Der Ute Mountain hüllte sich an diesem Morgen in Nebel. Die alten Siedler prophezeiten ein gutes Erntejahr, da es seit Anfang März regelmäßig ergiebige Niederschläge gegeben hatte.

Der sturzbachartige Regen der letzten Woche hatte den Boden allerdings erheblich verdichtet. Rosa hatte bereits gestern kapituliert, er war hart wie Stein. Ihr Gewissen schlug, verfolgte sie die mühselige Arbeit ihres Mannes. Er tat zwar, als wäre für ihn Umgraben das Leichteste der Welt, doch sie wusste es besser, auch Wendelin, mittlerweile über fünfzig, bekam sein Alter hin und wieder zu spüren. Sie hatte schon mehrmals bemerkt, wie er sich mit verzerrter Miene den Rücken rieb.

Was er selbstverständlich entschieden geleugnet hätte.

Rosa wandte sich dem Flickenteppich zu, den Chesmu ihnen vor einiger Zeit geschenkt hatte, und den sie ausbessern musste. Seine Mutter hatte ihn zum Dank für die Lebensmittel gewebt, die er regelmäßig ins Reservat brachte.

Julia hatte neulich wie nebenbei fallen lassen, dass Akule zwei Ehefrauen hatte, von denen die jüngere Chesmus Mutter war. Was für befremdliche Sitten, doch ihre Tochter hatte ihr erklärt, viele Ute hätten mehrere Frauen, die sich die Arbeit untereinander aufteilten und damit zufrieden seien.

Rosa ahnte, was es die Ute-Familie kostete, ihre Geschenke anzunehmen. Aber Hunger und Entbehrungen ließen von jeher selbst den größten Stolz wie Eis in der Sonne schmelzen. Sie freute sich, denn auf diese Weise hatte sie das Gefühl, zumindest das Leid, das man den Ute zugefügt hatte, etwas zu lindern. Das Unrecht hingegen, das die Weißen ihnen angetan hatten, war nicht wiedergutzumachen.

Rosa ging in die Kate und bereitete das Frühstück zu.

»Christine hat mir einen Korb voll Eier mitgegeben, ihre Hühner waren diese Woche besonders fleißig«, sagte sie zu Wendelin, als sie wenig später ein goldgelbes Omelette auf seinen Teller legte. »Ich werde Florence einige davon vorbeibringen.« Sie lauschte. »Hast du sie heute schon gesehen?«

Er blickte auf. »Nein, im Haus ist alles dunkel. Sie ist bestimmt bei den Ställen.« Er schenkte ihnen Tee nach und gab ein Stück Würfelzucker in ihre Tasse.

Wolken zogen träge über den Himmel, während drei Wapitihirsche an den Zweigen eines Cottonwood-Baumes knabberten.

Rosa löste sich widerwillig von dem friedlichen Anblick und wischte den Mund an einem Tuch ab. »Sie steht doch sonst immer mit dem ersten Hahnenschrei auf und hat um diese Zeit die Stallarbeit längst erledigt.«

Wendelin schlug sich gegen die Stirn. »Ach, da fällt mir ein, Florence sagte gestern, dass sie fischen gehen wolle. Sie wird bestimmt bald zurück sein.« Wendelin erhob sich und umfasste ihre Taille. »Ich mache mich wieder an die Arbeit. Es sieht nach einem wunderbar sonnigen Tag aus, geradezu wie zur Aussaat geschaffen. Genieß die Sonnenstrahlen, mein Herz.«

»Ich muss noch die Arbeiten der Viertklässler korrigieren«, erwiderte Rosa bedauernd. »Ich helfe dir, sobald ich fertig bin.«

Wendelin betrachtete sie mit gespielter Entrüstung.

»Gehört es sich nicht, seinen Gatten zum Abschied zu küssen?«

Lachend hauchte sie ihm einen Kuss auf die Lippen.

»Bis gleich, Liebling.«

Mit halb gesenkten Lidern beobachtete sie, wie er beim Gemüsefeld sein Hemd auszog, und erfreute sich einen Moment lang am Spiel seiner Muskeln, als er den Spaten wieder und wieder in die Erde hieb. Dann nahm sie den Stapel Schulhefte aus einem Korb neben der Anrichte. Als sie etwa die Hälfte der Arbeiten korrigiert hatte, horchte sie plötzlich auf: Aus Florence' Stall drang das aufgeregte Muhen einiger Kühe.

Sie eilte hinaus, legte ein Dutzend Eier in ein Körbchen und trat zu Wendelin.

»Ich sehe bei Florence nach dem Rechten. Die Kühe sind unruhig. Irgendetwas ist anders als sonst.«

Wendelin stupste ihre Nase.

»Du machst dir zu viele Gedanken. Vielleicht hilft sie einer Kuh beim Kalben.«

»Wir werden es gleich erfahren.«

Rosa drehte sich auf dem Absatz um, ging den schmalen Pfad zu Florence' Haus entlang und klopfte.

Niemand öffnete.

Sie probierte es erneut und spähte durchs Fenster neben der Tür. Das Vieh ihrer Freundin graste friedlich auf der Weide; soweit Rosa wusste, behielt sie zu dieser Jahreszeit nur die trächtigen Kühe im Stall.

Wieso sind sie so unruhig?

Im Türstock blieb Rosa wie angewurzelt stehen. Im Bruchteil einer Sekunde erfasste sie die Lage. Wasser- und Futtertröge waren leer. Eine Kuh warf erregt den Kopf hin und her und verdrehte die Augen. Die Geburt schien unmittelbar bevorzustehen. Das zweite Rind lehnte entkräftet gegen einen Pfosten – und von ihrer Freundin fehlte jede Spur. Ihr Puls schnellte in die Höhe.

Mein Gott. Rosa erhob die Stimme. »Florence! Bist du hier?«

Sie lief hinaus, wiederholte ihre Rufe.

Wendelin steuerte mit großen Schritten auf sie zu.

»Ist Florence noch nicht zurück?«

Rosa umklammerte seine Arme.

»Hilf mir, schnell. Sie hat … die Tiere nicht gefüttert. Eine Kuh ist in den Wehen.«

Sie stürzten in den Stall und versorgten eilig die Tiere. Es dauerte nicht lange, und das Kalb wurde geboren und von seiner Mutter ausgiebig abgeschleckt. Zum Glück war die Geburt problemlos verlaufen.

Rosa wischte sich den Schweiß von der Stirn. Wendelins Taschenuhr zeigte, dass es bereits nach elf war. Ihre Stimme zitterte. »Florence würde ihre Tiere nie vergessen. Spann den Karren an, und fahr die Strecke bis zum McElmo ab, dort fischt sie meistens. Ich suche das Gebiet bis zum Reservat ab.«

»Schlag dir das aus dem Kopf.« Wendelins Tonfall duldete keinen Widerspruch. »Wir suchen gemeinsam.«

Entschlossen schulterte er das Gewehr, und Rosa griff hastig nach der Blechkiste im Vorratsraum, in der sie Verbandsstoff, Scheren, Salben, saubere Stofffetzen sowie ein Fläschchen mit Alkohol aufbewahrte.

Nur Minuten später saßen die beiden auf dem Bock ihres Maultierkarrens und schlugen den Weg zum Fluss ein. Angespannt hielt Rosa nach Florence Ausschau. Eine alte

Siedlerin kreuzte ihren Weg, aber sie hatte die Freundin auch nicht gesehen.

Immer, wenn sie sich der Schlucht näherte, durch die sich der McElmo schlängelte, überkam Rosa ein ungutes Gefühl. Hier hatten sie die Höhle des Pumas vermutet, der des Nachts durch die Grundstücke der Siedler gestreift war.

An der nächsten Biegung tauchte die Holzbrücke vor ihnen auf, die über die Schlucht führte.

Wendelin band ihr Maultier abseits des Weges locker an einen Baum.

»Das Gelände ist unwegsam, wir müssen zu Fuß weiter.«

Im Laufschritt folgten sie dem Fluss, durch kniehohes Büffelgras und an steinernen Formationen vorbei, die wirkten, als hätte ein Riese sie fallen lassen. An der flachen Stelle angekommen, an der die Freundinnen gern ihre Angeln auswarfen, blieben sie schwer atmend stehen.

Wo steckst du nur?, schoss es Rosa durch den Kopf, während sie mit ihrem Blick die Steine und einzelne Wacholdersträucher durchkämmte.

Der Schrei einer Krähe zerriss die mittägliche Stille.

»Hierher!«

Wendelin stand unter einer Kiefer etwa zwanzig Schritte in östlicher Richtung.

Dann sah Rosa die reglose Gestalt, lief darauf zu und erstarrte.

Florence lag in gekrümmter Haltung da, der leicht zur Seite geneigte Kopf ruhte auf einem scharfkantigen, mit dunklen Flecken bedeckten Stein. Ein Bein hatte sie angewinkelt.

»Wir kommen zu spät.«

Wendelin war jeder Blutstropfen aus dem Gesicht gewichen.

»Nein, das ist … doch nicht möglich.« Rosa ging in die Hocke. Florence' Augen waren geschlossen, als würde sie schlafen.

Wie bleich und fremd sie wirkte. Wie jemand, der die Erde bereits vor längerer Zeit verlassen hatte. Ihr rechter Jackenärmel war hochgerutscht.

Wendelin hatte den stark geschwollenen und verfärbten Unterarm ebenfalls bemerkt und beugte sich tiefer über den Leichnam.

»Siehst du die Verletzung?«

Sie wechselten einen entsetzten Blick.

Rosa weitete die Augen.

»Ein Schlangenbiss?«

»Das befürchte ich jedenfalls.«

Ein Schwarm Krähen kreiste über ihnen und schien nur darauf zu warten, sich an der Toten gütlich zu tun.

»Wir müssen sie von hier fortbringen. Bleib bei Florence, ich hole Hilfe.« Wendelin drückte ihr das geladene Gewehr in die Hand. »Wenn sich Tiere nähern, schieß!«

Rosa nickte, die Stimme wollte ihr nicht mehr gehorchen. Sie starrte auf das Gewehr, dann auf Florence, registrierte einen Schwarm Mücken, der über dem Kopf der Freundin im Sonnenlicht tanzte, irgendwo ganz weit in der Ferne bellte ein Hund.

Erst jetzt, da die Betäubung von ihr wich, bemerkte sie, dass sich die Schnürsenkel von Florence' rechtem Stiefel gelöst hatten. Was hatte das alles zu bedeuten? Bebend wischte sich Rosa über die nassen Wangen. Etwas in ihr drängte, die Tote näher zu betrachten, aber ihre Beine waren wie festgewachsen.

Es kam ihr wie eine Ewigkeit vor, bis sie hörte, dass sich ein Gefährt näherte.

Rosas Knie wurden vor Erleichterung weich, als sie neben ihrem Mann auch Christine erkannte, die nach wie vor zu der Minderheit von Siedlern gehörte, die über medizinische Grundkenntnisse verfügten.

Christine schloss sie in die Arme.

»Schrecklich, was der Ärmsten zugestoßen ist. Ich fühle mit dir. Florence war eine großartige Frau. Dass ausgerechnet ihr, die sich gegen den stärksten Mann behaupten konnte, so ein Unglück passieren muss.« Sie tätschelte Rosas Wange. »Darf ich sie mir näher ansehen?«

»Natürlich. Danke, dass du gleich gekommen bist.« Sie ließ die Ältere passieren.

Wendelin legte den Arm um seine Frau.

»Lass uns Florence in ihr Haus bringen. Sie soll hier nicht länger liegen als nötig. Doktor Thompson weiß Bescheid, er wird aber erst in ein, zwei Stunden eintreffen.«

»Ich kann es nicht fassen. Was ist bloß passiert?«

Rosa lehnte den Kopf an seine Schulter und schluchzte.

Indes nahm Christine den Leichnam näher in Augenschein. Als sie sich zu ihnen gesellte, umschattete Trauer ihre wettergegerbten Züge.

»Ich glaube, ich weiß, wie Florence gestorben ist.«

Als Rosa und Wendelin sie fragend ansahen, fuhr sie nachdenklich fort.

»Sie bückte sich, um ihren Stiefel zu schnüren. Vermutlich fühlte sich eine Klapperschlange von ihr gestört. Der Biss ist sehr schmerzhaft. Florence bekam Atemprobleme, und ihr Unterarm schwoll an. Erste Lähmungserscheinungen setzten ein, und ihr wurde schwindelig. Dann fiel sie rücklings gegen den Findling und verlor das Bewusstsein.«

»Himmel, ja.« Rosa überlief ein Frösteln, dennoch gelang es ihr nicht, den Blick von der toten Freundin abzuwenden. »Musste Florence lange leiden?«

Christine hob die Schultern. »Der Arzt wird euch bestimmt Genaueres sagen können.« Sie öffnete ein Bündel, das sie neben sich gelegt hatte, und entnahm ihm eine Decke. »Bringen wir sie von hier fort.«

Wortlos wickelten sie die Tote ein und fuhren zurück. Wendelin trug sie behutsam in ihr Haus und legte sie auf ihre Schlafstatt.

Rosa entzündete eine Kerze und hielt am Bett ihrer Freundin Wache. Lieb gewonnene Erinnerungen der letzten siebzehn Jahre zogen vor ihrem inneren Auge vorüber.

Die Tür öffnete sich leise. Julia schob sich einen Schemel neben ihre Mutter.

»Vater hat mir alles erzählt.« Ihr junges Gesicht zuckte beim Versuch, ihre Tränen zurückzuhalten. »Florence hat mir immer meine Lieblingskekse gebacken. Ich hatte sie sehr lieb.«

Rosa küsste ihre Stirn.

»Sie dich auch, mein Schatz.«

»Was wird jetzt aus ihren Tieren, dem Haus?«, wisperte Julia nach einer langen Pause. »Sie hat hier weder Verwandte noch Kinder.«

Rosa rieb sich die brennenden Augen. »Ich weiß es nicht.«

»Es ist schlimm ohne Familie, die um sie trauert«, kam es gepresst von ihrer Tochter.

»Wir trauern um sie und werden sie nie vergessen.«

Der Arzt bestätigte einige Zeit später Christines Vermutung. Ob Florence an der Kopfverletzung oder dem Schlangenbiss starb, ließ sich nicht mit Sicherheit sagen, aber der Tod war am vergangenen Abend einige Stunden nach dem Schlangenbiss eingetreten.

Kapitel 10

Rosa

Rosa hielt bei Florence Totenwache, Wendelin und Julia kümmerten sich unterdessen um die Rinderherde. In ihrem Testament hatte die Verstorbene verfügt, dass man ihre Familie in Chicago erst nach der Beisetzung informieren sollte. Sie hatte bereits vor ihrer Umsiedelung jeglichen Kontakt zu ihr abgebrochen und kaum ein Wort über sie verloren.

Nur eine Handvoll Trauergäste erwiesen der Verstorbenen einige Tage später auf dem Friedhof etwas abseits der Siedlung die letzte Ehre. Die meisten hatten Florence für eine aufbrausende und zuweilen unnahbare Nachbarin gehalten, der man besser aus dem Weg ging. Das Einzige, was Rosa in jenen Tagen ein wenig Trost schenkte, war die Gewissheit, dass ihre Freundin in Cortez glücklich gewesen war und sie sich mit der Rinderherde einen lang gehegten Traum erfüllt hatte.

Florence hatte spartanisch gelebt, sie besaß kaum mehr als zwei Bündel Kleider, ein paar alte Fotografien sowie eine Holzkiste, in der sich neben einigen Andenken auch das Kuvert mit dem Testament befand, in dem sie Julia als Erbin ihrer Rinderzucht bestimmte. Das Land und die Kate sollten in Rosas Besitz übergehen.

Seit Florence' Tod wurde Rosas Heimweh zusehends stärker. Die Tatsache, dass er aus heiterem Himmel gekommen war, hatte ihr auf eindrückliche Weise vor Augen geführt, dass sich Ähnliches jederzeit auch in ihrer Familie ereignen konnte. Die Vorstellung, nach ihrem Vater einen weiteren geliebten Angehörigen zu verlieren, verfolgte sie Tag und Nacht. Rosa schalt sich eine sentimentale Närrin und konnte es sich selbst nicht erklären, wieso sie plötzlich diesen starken Drang empfand, ihre Familie in Berlin so schnell wie möglich wiederzusehen. Dabei war es ihr doch bislang im Alltag meist gelungen, ihr Heimweh in den Hintergrund zu drängen.

Eines frühen Nachmittags, Wendelin war unterwegs, um Julia aus der Highschool abzuholen, die sie in Mancos besuchte, zählte sie ihre Rücklagen. Niedergeschlagen verstaute sie die Geldscheine bald wieder in ihrem Geheimfach in der Anrichte. Die Summe genügte höchstens für eine Schiffspassage, wobei eine Reise in die Heimat ohnehin frühestens in zwei Jahren in Betracht kam, wenn Julias Schulzeit beendet war. Auf einmal erschien Rosa Berlin so fern wie nie. Die wirtschaftliche Lage nach dem Börsencrash war einfach zu unberechenbar, sie durften kein Risiko eingehen.

Theodors Töchter wuchsen heran, ohne dass sie die beiden bisher kennenlernen durfte. Felix war inzwischen ein erwachsener Mann, sein Freund Levy sogar Vater von Zwillingen. Und Georg hatte seine Mathilde geheiratet, wie gern wäre sie dabei gewesen, als sich das Paar ewige Treue geschworen hatte!

Die Jahre flogen förmlich dahin. Gerade heute Morgen waren ihr neue graue Haare an den Schläfen aufgefallen, die sich zwischen ihre blonden geschlichen hatten – außerdem fragte sie sich bange, wann die große Reise wohl zu beschwerlich für Wendelin sein würde.

Rosa bettete den Kopf auf den Tisch und weinte.

Als Wendelin zurückkehrte und sie ihm gestand, was ihr unablässig durch den Kopf ging, nahm er zärtlich ihr Gesicht in seine Hände.

»Ich dachte mir schon etwas in der Art. Ich verstehe dich. Falls wir nicht genug Geld beiseiteschaffen können, verkaufen wir notfalls unseren Angus.«

Angus war ihr zweites Maultier.

»Das wäre dumm, mein lieber Mann.« Rosa wischte sich die Tränen von den Wangen und putzte sich die Nase.

»Wir finden schon einen Weg, unsere Lieben zu besuchen, mein Herz. Vertraue mir.«

Wir finden einen Weg. Dieser Satz prägte sich ihr ein, begleitete sie durch ihre Tage und tröstete sie in den Nächten, in denen sie wach lag und sich an Wendelin schmiegte. Er vertrieb allmählich ihre schweren Gedanken, mit denen sie allmorgendlich aufgewacht war.

An einem sonnigen Samstag saß Rosa mit Julia im Freien und unterrichtete sie wie an jedem Wochenende in Deutsch und Erziehung, denn das Mädchen wollte eines Tages in ihre Fußstapfen treten und die Schule übernehmen.

Heute jedoch wirkte ihre sonst so ehrgeizige Tochter unkonzentriert, und ihr Blick schweifte ab, kaum dass sie den Kopf von ihrer Lektion hob.

Rosa steckte ihr das halblange lockige Haar hinters Ohr.

»Was ist mit dir, mein Schatz?«

Ihre Tochter starrte geradeaus. »Ich weiß nicht, mir geht viel durch den Kopf.«

»Was denn zum Beispiel?«, hakte Rosa behutsam nach.

»Ich muss immer an Florence denken. Einerseits freue ich mich, dass sie mir etwas hinterlassen hat, gleichzeitig fehlt sie mir so sehr.«

»Mir auch«, flüsterte Rosa.

»Mama, was soll ich bloß mit den Tieren anfangen?«, brach es aus Julia heraus. »Wir haben überhaupt keine Erfahrung mit Rindern. Außerdem wären wir gar nicht imstande, sie zu schlachten, wenn die Zeit gekommen ist. Papa schießt ja nicht mal auf Wild, obwohl er fast genauso gut wie Florence mit dem Gewehr umgehen kann. Er ist immer stolz, wenn er ab und zu ein junges Kaninchen erlegt.« Auf Julias Gesicht zeichneten sich innere Kämpfe ab. »Trotzdem würde ich mich schlecht fühlen, die Tiere zu verkaufen, Florence hat sie mir schließlich anvertraut.«

Rosa küsste ihre Stirn, wollte ihrer Tochter so vieles sagen, wofür es keine Worte gab, die auch nur annähernd ausdrückten, was sie für sie empfand. Wie glücklich und dankbar es sie jeden Tag machte, dass der kleine Wirbelwind von früher zu einem warmherzigen und intelligenten Mädchen herangewachsen war, das ihr Leben gewiss zu meistern verstand, gleich welche Kapriolen ihr Schicksal auch schlagen würde.

»Du musst sie nicht verkaufen, Liebes. Als ich nach Cortez kam, hatte ich nicht die geringste Ahnung, wie man eine Plantage bewirtschaftet. Ich habe mir Rat von Obstbauern geholt und gelernt. Das Gleiche kannst auch du tun, und die unangenehmen Aufgaben überlässt du einem Fachmann. Hör dich mal um, Florence war nicht die einzige Rinderzüchterin im Umkreis.«

Julia schwieg eine Weile.

»Du hast recht, es lässt sich alles erlernen. Verkaufen kann ich die Tiere immer noch. Aber was fangen wir mit Florence' Land und der Kate an?«

»Unsere Plantage soll nicht vergrößert werden, ich möchte deinem Vater nicht noch mehr Feldarbeit aufbürden. Sie fällt ihm zusehends schwerer.« Rosa schmunzelte. »Was er natürlich nie zugeben würde.«

»Wo denkst du hin?«, bekräftigte Julia ernsthaft.

»Später könntest du dort wohnen. Bis es so weit ist, würde es mir gefallen, auf dem Stück Land eine Hütte mit einem Hauswirtschaftsraum und einer Küche mit Essplätzen zu errichten. Unser Anbau ist zu klein geworden, und für Dorothea und Christine wäre es eine Erleichterung, das Essen für die Schüler nicht mehr bei sich zu Hause zubereiten zu müssen. Außerdem hätten wir dann die Möglichkeit, alle gemeinsam mittagzuessen.«

»Die Idee hätte Florence gefreut.« Julias Lächeln geriet schief. »Sie war immer meine Lieblingslehrerin – dich ausgenommen natürlich.«

»Gut, dann schlagen wir deinem Vater unsere Idee heute Abend vor.«

Gedankenversunken beobachteten Mutter und Tochter einen Präriehund, der seinen Kopf unweit eines Pfirsichbaumes aus der Erde steckte und seine Schnauze witternd in den Wind hielt.

»Ich muss dir etwas sagen, Mama.« Julia suchte sichtlich nach Worten. »Chesmu wurde meinetwegen von dem Indianerpolizisten verprügelt.«

Leise gab sie wieder, was sich vor Kurzem ereignet hatte.

»Er hat aus der Nase geblutet und mich heimgeschickt.«

Rosa fröstelte plötzlich in der Sonne, schwieg jedoch, um ihre Tochter nicht zu erschrecken.

»Niemand kann Chesmu den Kontakt mit mir verbieten«, fuhr Julia leise fort. »Ich kenne ihn. Wenn ich das Reservat nicht mehr betreten darf, kommt er hierher.« Sie starrte ins Nichts, und als sie sich ihrer Mutter zuwandte, hatte sich ein bitterer Zug um ihren Mund gegraben. »Jedes Mal setzt er sich großen Gefahren aus, ich habe Angst um ihn.« Ihre Augen füllten sich mit Tränen. »Warum macht man es uns so schwer?«

»Das tut mir sehr leid, mein Schatz.« Rosa zog sie an sich. »Es ist nicht recht, wie man euch behandelt. Chesmus Vater verdient meine Hochachtung. Ich finde es fabelhaft, wie er sich vor euch gestellt hat.«

»Ich bin ihm wirklich dankbar.« Sie sah zu ihrer Mutter auf. »Bitte schimpf nicht. Ich hätte es euch längst erzählen müssen, aber ich hatte Angst, dass ihr mir verbietet, Chesmu zu sehen.«

Rosa schluckte einen Kommentar herunter, denn vermutlich wäre ihre erste Reaktion tatsächlich ähnlich ausgefallen.

»Und jetzt befürchtest du das nicht mehr?«

Julia blickte ihr fest in die Augen.

»So ist es. Als ich zusehen musste, wie der Polizist ihn schlug, ist mir etwas bewusst geworden.«

»Was ist es?«

»Chesmu liebt mich, und ich liebe ihn.«

Rosa sog heftig die Luft ein.

»Sag so etwas nicht. Liebe ist ein großes Wort, und du bist jung und unerfahren …«

»Halt ein!« Julia erwiderte ihren Blick ruhig. »Ich bin zwar erst vierzehn, aber du solltest wissen, dass du meinen Worten trauen kannst. Ich weiß, was wir füreinander empfinden, und unsere Gefühle werden sich niemals ändern.« Ihre Stimme bekam einen Hauch von Härte. »Erzähl mir nicht, es wäre eine Schwärmerei, die eines Tages vergeht. Das wird sie nicht. Bitte behandle mich nicht wie ein kleines Kind, das nicht weiß, was es sagt.«

Auf diese Weise hatte ihre Tochter noch nie mit ihr gesprochen.

»Schon gut«, wirkte Rosa beschwichtigend auf sie ein.

»Ich gehe hinein. Die Sonne blendet.«

Julia raffte ihre Schreibutensilien zusammen und ließ ihre Mutter mit gemischten Gefühlen zurück.

Es dauerte nicht lange, und Rosa entdeckte Wendelin auf dem Sandweg. Er war in den Ort gefahren, um Einkäufe zu erledigen, und winkte ihr fröhlich entgegen.

Wenig später legte er ihr einen Stapel Briefe auf den Tisch.

»Wo ist Julia?«

»Sie lernt im Haus.«

Rosa wagte nicht, ihn anzusehen, studierte die Absender, riss das erste Schreiben auf, überflog die Zeilen und legte es beiseite.

»Die Händler aus Durango haben keinen Bedarf an unseren Erzeugnissen und begründen es mit der schlechten Wirtschaftslage.«

Der zweite Brief war eine Einladung zu einem Sommerfest auf dem Hof von Adam Haupt.

Der letzte Brief trug einen Poststempel aus Denver. Als sie das Schreiben sinken ließ, schlug ihr Herz höher. »Immerhin ist es keine Absage.« Sie reichte es an Wendelin weiter.

Dieser weitete die Augen.

»Dass sie über die Konditionen verhandeln wollen, beweist ihr Interesse. Das ist ein gutes Zeichen, mein Herz.«

Sie fielen sich in die Arme.

»Wir haben eine Chance«, wisperte sie und tastete nach dem Siegelring an ihrer Kette.

Wendelin strich über ihr Haar.

»Wir werden sie zu nutzen wissen. Senke die Preise. Sind sie erst mit unseren Waren zufrieden und haben wir den Fuß in der Tür des Großhandels in Denver, können wir immer noch neu verhandeln.« Er hob ihr Kinn und küsste sie zart.

Doch Rosas Freude blieb getrübt, denn Julias Worte schwirrten ihr unentwegt im Kopf herum.

Als Wendelin am Nachmittag nach Florence' Rindern sah, setzte sie sich zu ihrer Tochter, die trübsinnig in einem Buch blätterte.

»Ich habe deinem Vater von unserem Gespräch erzählt. Wir haben entschieden, nach deinem Abschluss nach Berlin zu reisen. Die Familie wartet schon ungeduldig darauf, dich endlich kennenzulernen.«

Julias Gesicht verlor ihre Farbe. »Wie lange werden wir fort sein?«

»Acht Wochen, vielleicht etwas länger.«

Julia schüttelte heftig den Kopf.

»Mama, bitte lasst mich hier. Ich bin alt genug, um allein zurechtzukommen.«

»Das steht nicht zur Debatte. Du reist selbstverständlich mit uns.«

»Ich kann doch … bei Dorothea bleiben. Aber ich halte es nicht aus, Chesmu so lange nicht zu sehen. Bitte verlangt das nicht von mir.«

Rosa umfasste sie. Ihr Blick wurde eindringlich.

»Es ist auch deine Familie, die wir wiedersehen möchten. Du wirst sie lieb gewinnen. Außerdem ist dies eine gute Gelegenheit, eure Gefühle zu testen.«

»Mama, das ist nicht nötig.«

»Wir wollen es aber, Julia.« Jede Träne, die ihrer Tochter über die Wangen lief, tat ihr beinahe körperlich weh, aber sie durfte jetzt nicht nachgeben. »Wenn ihr zwei euch wirklich liebt, übersteht ihr die Trennung, und wenn nicht, dann weißt du, dass deine oder seine Gefühle Illusionen waren.«

»Mama, bitte …«

»Das ist unser letztes Wort. Glaub mir, es ist nur zu eurem Besten.«

Kapitel 11

Theodor

Prenzlauer Berg, 22. Mai 1901

Für die Nacht vor Rosas, Julias und Wendelins Ankunft mieteten sich Theodor, Georg und Simon in einer Pension in Bremerhaven ein, doch vor Aufregung tat Theodor kein Auge zu. Beinahe zwanzig Jahre waren seit Rosas und Wendelins Auswanderung vergangen, und ihre Pläne, die Familie zu besuchen, hatten sich mehrfach zerschlagen. Doch nun steuerten sie Bremerhaven an, und wenn sich ihre Ankunft nicht verzögerte, würden sie am späten Vormittag heimatlichen Boden betreten.

Es war noch dunkel, als sich Theodor aus der Pension schlich. An Tagen wie diesem nahm er gern die Pfeife seines Vaters zur Hand. Über zwei Jahrzehnte hinweg hatte Hermann Breitenbach sie bei sich getragen. Kam er abends nach Hause, legte er sie stets auf den Tisch in eine Schale. Die Pfeife seines Vaters zu benutzen, gab ihm das Gefühl, als würde er sich mit dem Verstorbenen verbinden. Zu Lebzeiten war es Hermann Breitenbach nicht vergönnt gewesen, seine geliebte Tochter noch einmal zu sehen. Doch heute kam Rosa heim und weckte damit Theodors dringendes Bedürfnis, den denkwürdigen Tag so feierlich wie möglich zu begehen.

Den Blick auf den Küstenstreifen in der Ferne gerichtet, der noch wie schlafend vor ihm lag, verfolgte er, wie der Tag allmählich erwachte und die Hafenarbeiter ihr Tagewerk begannen.

Hinter sich vernahm er Georgs vertraute Schritte.

Wortlos nahm sein Bruder ihm die Pfeife ab und inhalierte selbst den Rauch.

»Vater hätte sich wie ein kleines Kind gefreut, wenn er jetzt in unserer Mitte wäre.«

Georg und er wechselten einen Blick, der ihm durch Mark und Bein fuhr. Da war er wieder, einer jener verständnisinnigen Momente, die Theodor lange Zeit vermisst hatte und die nun glücklicherweise wiederkehrten. Georg hatte ihm gestanden, dass er ihm sein Familienglück geneidet und die nagende Einsamkeit sein Urteilsvermögen getrübt hatte. Theodor hatte die Entschuldigung mit Freuden angenommen, obgleich er sich heute begriffsstutzig nannte, die Beweggründe seines Bruders nicht erkannt zu haben. Seine kluge Frau hatte es weit vor ihm verstanden.

Seit sich ihr Verhältnis entspannt hatte, verbrachten die Brüder wieder so manchen Abend gemeinsam. Sofern es ihre knappe Freizeit zuließ, spielten Georg und Felix zusammen am Klavier, einträchtig in die Musik versunken. Der Junge verfügte zwar nicht über die Virtuosität seines Onkels, was aber der Freude an klassischen Stücken keinen Abbruch tat. Theodors Gedanken flogen zu Rosa und Julia. Ob sie ebenso aufgeregt waren wie sie?

»Für Julia und Chesmu wird die monatelange Trennung vermutlich zu einer Bewährungsprobe«, sagte er zu seinem Bruder.

Windböen zerrten an Georgs Haaren, und er setzte rasch seine Kapuze auf.

»Sicher, aber wir beide wissen, was man alles erträgt, wenn man wirklich liebt.«

Theodor lachte leise. »Wir beide haben uns früher oft genug wie liebeskranke Idioten benommen, bis unsere Auserwählten ein Einsehen mit uns hatten. Mathilde hat deine Geduld auf eine harte Probe gestellt.«

Er nahm einen letzten Zug aus der Pfeife und verstaute sie wieder.

»Das hat sie, aber sie zur Frau zu haben, war das Warten wert. Für unsere beiden Juwele hat es sich gelohnt, zu kämpfen, nicht wahr?« Georg klopfte ihm auf die Schulter. »Lass uns nachsehen, ob wir in der Pension einen starken Kaffee bekommen.«

Mathildes Anblick drängte sich Theodor auf. Anfangs hatte er auf ihre Direktheit mit Verwirrung reagiert. Er kannte keine Frau, die so unverblümt aussprach, was sie dachte, üblicherweise säuselten die Frauen eher in seiner Gegenwart. Ihre Art war erfrischend, und er schätzte es sehr, dass sie trotz ihrer Offenheit nie verletzend wurde. Sie führte noch immer ihre Musikschule; sie hielt es für ihre Lebensaufgabe, Kindern die Musik nahezubringen. Was Theodor besonders tragisch fand, denn vor geraumer Zeit hatte ein Arzt festgestellt, dass sie aufgrund eines bisher unentdeckten Geburtsfehlers keine Kinder bekommen würde. Doch statt Trübsal zu blasen, hatte sie ihm lachend versichert, Georg sei alles, was sie zu ihrem Glück brauchte.

Er warf seinem Bruder, der gerade Milch in seinen Kaffee rührte, einen Seitenblick zu. Seit Mathilde zu seinem Leben gehörte, machte er einen ausgesprochen ausgeglichenen Eindruck. Die Liebe tat ihm gut.

Kurz danach gesellte sich auch Simon an ihren Tisch, sie frühstückten ausgiebig und sehnten den Augenblick herbei, an dem sie sich auf den Weg zum Hafen machen konnten.

Simon parkte die Kutsche unweit der Anlegestelle. Dort empfing sie das übliche hektische Treiben, denn mit ihnen warteten Hunderte andere auf die Rückkehr ihrer Liebsten. Die Brüder schlängelten sich unauffällig nach vorn.

Als der Dampfer einlief, zeichnete sich auf Georgs Miene eine Mischung aus Erregung und Rührung ab, die sogleich auf Theodor übersprang.

Bis sie aber Rosa, Wendelin und Julia winkend an der Reling entdeckten, verging eine gefühlte Ewigkeit.

Theodor würde den Moment, an dem er mit ausgebreiteten Armen auf seine Schwester zulief, niemals vergessen. Sie trug ihre Haare kürzer als früher, ihr sonnengebräuntes Gesicht war nass von Tränen.

»Rosa!«

Er wirbelte sie herum und hielt sie fest, während sie sich an seine Schulter schmiegte.

»Ich dachte schon, wir sehen uns niemals wieder«, meinte er, von ihr zu vernehmen. Dann stellte sich seine Schwester auf die Zehenspitzen und küsste seine Wange. Sie war schmaler, als er sie in Erinnerung hatte, und um ihre Augen hatten sich Lachfältchen gebildet.

»Wie schön, dich zu sehen, Schwesterchen. Habt ihr noch rechtzeitig Hilfsarbeiter für Haus und Hof gefunden?«

»Ja, glücklicherweise. Die Neffen unseres verstorbenen Schreinermeisters holen für einen Freundschaftspreis unsere Ernte ein. Der Älteste versorgt die Rinder und sieht nach dem Rechten. Ansonsten hätten wir eine teure Kraft für die Zeit unserer Abwesenheit einstellen müssen.«

»Dann habt ihr eine wunderbare Lösung gefunden«, sagte Theodor erfreut, »und müsst euch nicht sorgen.«

Er begegnete Julias neugierigem Blick und zog auch sie in die Arme.

»Wie hübsch du bist! Herzlich willkommen. Ich freue mich, dich endlich leibhaftig vor mir zu sehen.«

»Ich mich auch, Onkel Theodor.« Julias Deutsch hatte eine reizende amerikanische Färbung. »Wo ist denn Tante Vanda?«

»Sie wartet zu Hause.« Theodor strich ihr übers Kinn. »Wie mir zu Ohren gekommen ist, hast du deinen Schulabschluss mit Bestnoten bestanden. Ich gratuliere von Herzen.«

Sie dankte ihm verlegen.

Georg hieß die Ankömmlinge ebenfalls stürmisch willkommen, danach wandte sich Theodor Wendelin zu. Abgesehen von dem ergrauten Bart merkte man seinem muskulösen Schwager das Alter kaum an. Sie umarmten einander.

»Hattet ihr eine ruhige Schiffspassage?«

»Die Überfahrt war der einfachere Teil unserer Reise.« Wendelin legte den Arm um Frau und Tochter. »Stürme haben uns die Route bis New York gründlich verdorben.«

Wenig später setzte sich die Kutsche Richtung Berlin in Bewegung.

Wie Theodor es bereits vermutet hatte, begrüßten sich Vanda und Rosa wie alte Freundinnen, und kaum eine Stunde später plauderten sie, als würden sie sich bereits ein Leben lang kennen. Was ihn nicht verwunderte, denn sie waren sich in ihren Interessen und Anschauungen recht ähnlich.

Auch Felix, Julia und Rosa sah er in den folgenden Tagen oft zusammen lachen, und ihre munteren Gespräche wärmten sein Herz.

Mit der Ankunft der drei veränderte sich auch die Atmosphäre in der Stadtvilla. Felix, Caroline und Isa hingen gebannt an Rosas und Wendelins Lippen, wenn die beiden von ihrer zweiten Heimat berichteten. Besonders Carolines Augen strahlten, und Julia, mit der sie sich sofort verstand, hatte ihre liebe Not, die vielen Fragen der Elfjährigen zu beantworten. Ihre Begeisterung weckte eine dumpfe Furcht in Theodor. Für seinen Geschmack entwickelte seine jüngere Tochter deutlich zu viel Abenteuerlust.

Nun stand Theodor im Besprechungszimmer des Familienunternehmens, beobachtete versonnen ein Paar gurrende Tauben, die die Morgensonne auf dem Ahorn genossen, den seine Eltern einst gepflanzt hatten, und blickte auf seine Taschenuhr.

In einer halben Stunde war es so weit. Viele Jahre lang hatte er auf diesen Tag hingearbeitet – und heute würde er Felix bei einer Pressekonferenz als neuen, zweiten Geschäftsführer von *Schuherzeugung Breitenbach & Sohn* vorstellen. Nicht, dass er sich mit seinen fünfzig Jahren zu alt fühlte, die Firma zu leiten. Vielmehr hatte Felix ein außergewöhnlich gutes Händchen im Familienunternehmen bewiesen.

Deshalb hatte Theodor im vergangenen Jahr angekündigt, dass er anders als sein Vater nicht warten wollte, bis die Gesundheit ihn eines Tages zum Handeln zwingen würde. Wobei dieser Vergleich Theodor nicht ganz fair erschien, denn im Gegensatz zu seinem großen Vorbild warteten auf ihn eine wunderbare Frau sowie zwei Töchter.

Georgs Überraschung und Freude über seine Mitteilung, ihm die alleinige Leitung zu übertragen, bis Felix genug Erfahrungen für die Herausforderung gesammelt hatte, bestärkten ihn auch heute noch in seiner Entscheidung.

Dachte Theodor an die vielen Jahre zurück, in denen er und sein Bruder trotz aller Unterschiede und Zwistigkeiten ihr Bestes gegeben hatten, das Unternehmen in sicheres Fahrwasser zu lenken, empfand er Stolz auf ihre gemeinsame Leistung.

Nach Meißners Tod vor drei Jahren war das Unternehmen zur größten Schuhfabrik des Reiches aufgestiegen. Ob den ehemaligen Konkurrenten Gewissensbisse geplagt hatten oder er Gerechtigkeit walten lassen wollte, würden sie wohl nie erfahren.

Jedenfalls hatte er seine zwanzig Prozent Gewinnbeteiligung zu gleichen Teilen an Caroline und Isa übertragen. Gerüchten zufolge hatte er sein Haus im Norden seinem langjährigen Bekannten vermacht.

Theodor schob die Gedanken an Meißner beiseite. Wozu sich an einem so bedeutsamen Tag wie diesem mit längst bewältigten Problemen belasten?

Er richtete seine Anzugjacke und warf seinem Spiegelbild einen kritischen Blick zu. Die Jahre der Verantwortung hatten deutliche Spuren auf seinem Gesicht hinterlassen. Er kämmte sich die schütter werdenden Haare, zum Lesen benötigte er inzwischen eine Sehhilfe.

Vanda betrat das Besprechungszimmer. In ihrem geblümten Kleid mit den Ballonärmeln, das ihre schmale Taille betonte, wirkte sie eher wie eine ältere Schwester ihrer Töchter. Nur wer genau hinsah, entdeckte vereinzelt silberne Strähnen in ihrem blonden Haar.

»Die Mädchen sitzen noch am Frisiertisch.« Sie seufzte in gespielter Verzweiflung. »Ich bewundere Magdas Geduld.« Sie wischte einen Fussel von seiner Jacke, und der Ausdruck in ihren Augen, als sie zu ihm aufsah, jagte Glück durch seinen Körper. »Du siehst sehr würdevoll aus. Bist du bereit?«

Wie selbstverständlich verschränkten sich ihre Finger ineinander, und Theodor dachte, wie gut das Schicksal es mit ihm gemeint hatte, ihm eine Frau wie Vanda geschenkt zu haben, die ihn durch Freud und Leid begleitete.

»Gehen wir. Weißt du, was mich am meisten freut?«

»Was denn?« In ihrer Stimme schwang Wärme mit.

»Dass die ganze Familie dabei sein wird, wenn wir die Neuigkeiten bekanntgeben.«

Vanda nickte.

»Ja, das ist wundervoll. Ich wünschte, meine Familie könnte ebenfalls dabei sein.«

Die Nagys führten einen Wanderzirkus und hatten über den Winter leider ein Engagement in Budapest.

Theodor küsste sie innig.

»Wenn alle Feierlichkeiten hinter uns liegen und ich die Zügel der Firma Georg und Felix überlassen habe, freue ich mich auf die Jahre, die vor uns liegen. Endlich habe ich Zeit für dich und unsere Mädchen. Wir werden deine Familie in Ungarn besuchen, wir haben sie viel zu lange nicht mehr gesehen. Ich weiß, du hast auf vieles verzichten müssen, aber das gehört nun bald der Vergangenheit an.«

Vanda zwinkerte ihm zu. »Ich kann es kaum erwarten.«

Caroline und Isa kamen ihnen im Empfangsbereich von *Schuherzeugung Breitenbach & Sohn* mit roten Wangen entgegen. Wie verschieden sie doch waren! Die knapp vierzehnjährige Isa sah ihrer Mutter zum Verwechseln ähnlich, die gleichen ausdrucksvollen Augen, das helle Haar, das ihr bis zur Hüfte reichte. Für den feierlichen Anlass hatte Magda ihr eigens eine komplizierte Flechtfrisur gezaubert.

Ihre jüngere Schwester überragte sie um einen halben Kopf, Magdas wohlgemeinter Versuch, Carolines rote Locken zu bändigen, war auch heute fehlgeschlagen. Für Theodor war und blieb sie sein geliebter Wildfang.

Während sich Isa gern mit hübschen Kleidern schmückte, konnte Caroline es nicht ausstehen, sich ihre Taille schnüren zu lassen. Wäre es nach ihr gegangen, wäre sie in Hosen und bequeme Schuhe geschlüpft, wie ihre Tante Rosa es seit jeher tat.

Caroline zupfte an den Spitzenbesätzen ihrer Ärmel und verzog das Gesicht.

Isa hingegen strahlte wie die Sonne selbst.

»Du bist doch nicht etwa nervös?«

»Sehr sogar, mein Schatz.« Theodor sah sich um. »Dies ist schließlich ein bedeutsamer Tag. Wo ist der Rest der Familie?«

»Sie warten alle im Besprechungszimmer.«

Dort trat Felix auf ihn zu. Seine Hände waren ebenso kalt vor Aufregung wie die seines Vaters.

»Bist du bereit, mein Sohn?«

Theodor ärgerte sich, dass er seine Rührung nicht verbergen konnte.

Felix räusperte sich. »Das bin ich.«

Julia hielt sich etwas im Hintergrund, während Rosa und Wendelin ihnen viel Glück für die Pressekonferenz wünschten. Danach stellte sie sich auf die Zehenspitzen und hauchte ihrem Onkel einen Kuss auf die Wange.

»Felix wird seine Sache bestimmt gut machen.«

Julias Lächeln war zauberhaft, dennoch lag ein Hauch Traurigkeit auf ihren Zügen. Sie litt unter der Trennung von Chesmu, fiel sein Name, wurden ihre Augen sofort feucht. Aber so schmerzhaft diese Wochen für die Liebenden auch sein mochten, er stimmte mit Rosas und Wendelins Meinung überein. Eine Zeit, in der ihre Liebe auf den Prüfstand gestellt wurde, gereichte ihnen bestimmt nicht zum Schaden.

Theodor strich über Julias seidiges Haar. »Da bin ich sicher.«

»Wo ist denn Mathilde?«, fragte er Georg.

»Sie kommt etwas später.« Georg schmunzelte, was Theodor ein wenig verwirrte.

Doch ihm blieb keine Zeit, um zu fragen, was das zu bedeuten hatte, denn die Familie betrat soeben das separate Gebäude, das Georg und Theodor erst im vergangenen Jahr hatten errichten lassen. Der große Saal diente sowohl für Betriebsversammlungen als auch für Pressetermine. Die alte Halle war nach der Fusion mit Meißner zu klein geworden.

Als Georg und er eintraten, war der Saal bis auf den letzten Platz gefüllt. Er schätzte, dass ihnen mindestens zwei Dutzend Journalisten mit gezückten Bleistiften entgegensahen. Einige

Fotografen hatten ihre Kameras am Rand aufgebaut und warteten auf die angekündigte Mitteilung.

Vanda, die mit dem Rest der Familie in der ersten Reihe Platz genommen hatte, zwinkerte ihm zu.

Theodor hieß die Anwesenden willkommen und dankte für das zahlreiche Erscheinen.

Dann übernahm Georg und teilte den Presseleuten den Wechsel an der Spitze von *Schuherzeugung Gebrüder Breitenbach* und die damit einhergehende Änderung der Firma mit.

Nach ihm trat Felix mit gestrafftem Rücken an das Rednerpult und machte einen seriösen und dennoch lässigen Eindruck, ganz anders als Theodor bei seiner Einführung.

Zum Schluss stellten die Reporter Fragen, die der neue, zweite Geschäftsführer ruhig und kompetent beantwortete. *Ihm mag zwar die Erfahrung fehlen*, dachte Theodor, *aber das macht er mit Charme und geschickter Redeführung wett.*

Vandas und seine Blicke trafen sich, und wie im Zeitraffer liefen die schönen und tragischen Stunden der letzten zwanzig Jahre an ihm vorbei. Er hatte den rechten Zeitpunkt für den Wechsel gefunden, dessen war er sich sicher.

Magda und Simon reichten Tabletts mit Sekt und Knabbereien für die Reporter herum, während Georg, Felix und er einige Fotografien von dem denkwürdigen Moment machen ließen.

Als bald darauf die Reporter gegangen waren, und auch Theodor und seine Familie die Versammlungshalle verließen, standen ihre Mitarbeiter Spalier, applaudierten und überraschten die Familie mit einer kleinen Feier im Empfangsraum. Unter ihnen entdeckte er Levy, der seine junge Frau Irma mitgebracht hatte.

Fräulein Nehlsen reichte selbst gebackene Kekse, zwei Schuhmachermeister hatten sich um Braten und Brot gekümmert, und die Lehrlinge servierten Getränke.

Die Familie und ihre Angestellten saßen an langen, festlich geschmückten Tischen, auf denen zahlreiche Kerzen ein warmes Licht verbreiteten. Georg erhob sich, wies mit einer Verbeugung zur Bühne und kündigte eine Überraschung an.

Dann hob sich der Vorhang, Gasleuchten erhellten ein Klavier in der Mitte.

Mathilde betrat die Bühne und warf ihm und Georg eine Kusshand zu, Theodor wandte sich ab, um seine feuchten Augen zu verbergen. Nachdem der Applaus der Anwesenden verebbt war, schlug sie die ersten Akkorde einer Sonate an.

Nach ihrem Spiel kehrten die Angestellten an ihre Arbeitsplätze zurück, und Levy gab im Familienkreis noch ein paar launige Anekdoten über Felix und seine Sturm-und-Drang-Zeit zum Besten, bis der junge Geschäftsführer ihn verlegen zum Schweigen brachte.

Zur Feier des Tages stießen sie mit einem Glas Champagner an. Als für Theodor der richtige Moment gekommen war, ergriff er das Wort.

»Lieber Felix, Geschäftsführer in unserem Unternehmen zu sein, erfordert eine Menge Verantwortung, Feingefühl sowie einen guten Spürsinn für Mode und Verkauf. Dein Onkel Georg und ich vertrauen dir und deinen Fähigkeiten. Aber das allein genügt uns nicht.«

Georg erhob die Stimme. »Felix, Isa, Julia und Caroline – seid ihr bereit, auf den weißen Ahorn zu schwören, wie wir es vor euch getan haben?«

Alle Augen richteten sich auf Julia und die Geschwister. Natürlich war ihnen das Gelöbnis vertraut, das die junge Generation der älteren gab, aber ihrer Reaktion nach zu urteilen, kam die Aufforderung dennoch überraschend.

Felix hob sein Glas, und es schien seinem Vater, als würde einen Wimpernschlag lang die selbstbewusste Fassade seines Sohnes bröckeln und ein ernster Zug zum Vorschein kommen, was Theodor durchaus gefiel. Jedem jungen Menschen in seiner Position stand eine gehörige Portion Respekt vor dieser Aufgabe gut zu Gesicht. Sie würde ihm in schweren Zeiten helfen, umsichtige Entscheidungen zu treffen.

»Ja, das bin ich«, erklärte Felix fest und betrachtete die drei Mädchen.

»Auch wir sind bereit«, sagte Isa laut und deutlich.

Theodor erhob sich und zitierte die Worte, die Georg, Rosa und er einst von ihrer Mutter gehört hatten:

»Viele Jahre muss der Ahorn wachsen, neue Äste und Zweige bilden und seine Wurzeln tief in der Erde verankern, bevor er stark genug ist, den Stürmen des Lebens zu trotzen. Euer Großvater war wie der Stamm – er hat die Fabrik gegründet. Meine Geschwister und ich waren die kräftigsten Äste, die den Baum krönten und sich weiter verzweigten. Es mögen Zeiten kommen, in denen es unser Ahorn schwer hat, bei Unwetter zu überleben. Es liegt jetzt in euren Händen, ob er ein stolzer Baum bleibt, der andere überragt. Nur wenn ihr in schweren Zeiten fest zusammenhaltet und weise Entscheidungen trefft, wird die Firma durch eure Kinder und Enkel fortbestehen.«

Isa lauschte mit großen Augen, Julia hing an seinen Lippen, sie schienen die Bedeutung seiner Worte förmlich in sich aufzusaugen.

Caroline hingegen war vermutlich noch zu jung, um das Ausmaß dessen, was von ihr erwartet wurde, begreifen zu können.

»Versprecht uns hier und heute, dass ihr unsere Worte immer im Herzen tragt«, endete Theodor schließlich.

Isa hielt die Hände auf dem Rücken verschränkt, wie in der Schule.

»Ich weiß noch nicht, was es in meinem Leben bedeuten wird, aber ich will mein Bestes tun. Ich verspreche euch, die

Worte meiner Großmutter in Ehren zu halten und sie nie zu vergessen.«

Caroline sah einen nach dem anderen an.

»Ich habe euch alle sehr lieb und möchte eine gute Tochter sein. Und wenn ich erwachsen bin, will ich mich mit allen vertragen. Das schwöre ich.«

Theodor schluckte.

Zum Schluss war Julia an der Reihe, und ihre Eltern blickten sie erwartungsvoll an.

»Mir fällt es schwer, zu verstehen, inwiefern ich in Cortez etwas dazu beitragen kann, euer Erbe fortzuführen. Aber ich verspreche, mein Möglichstes zu tun, damit die Familie vereint bleibt.« Sie suchte den Blick von Felix und den beiden anderen Mädchen. »Zu Hause werde ich einen Ahorn pflanzen, der mich immer an Großmutters Worte erinnert. Das schwöre ich.«

Theodor nickte.

»Danke, dass ihr unseren Schwur wiederholt habt, meine Lieben! Um die Zukunft unseres Unternehmens brauchen wir uns nun nicht mehr zu sorgen.«

Bewegt schloss er die Mädchen in die Arme, beobachtete, wie Georg seine Frau küsste, und blickte in die Gesichter seiner restlichen Familie. Sicher, auf Licht folgte unweigerlich Schatten, und eines Tages würden dunkle Stunden kommen. Doch dann wollte sich Theodor an diesen leuchtenden Moment erinnern, in dem die nächste Generation ihnen mit dem Schwur auf den weißen Ahorn das größte Geschenk bereitet hatte, das sich Georg und er nur wünschen konnten.

Kapitel 12

Akule

Reservat der Weeminuche, 12. Juni 1903

Vater Himmel hatte ein Einsehen und sandte seinem Volk lockere Wolken, die vor die Sonne zogen und zumindest für eine kurze Zeit kühlende Schatten spendeten. Akule wischte sich die sandigen Hände an der Hose ab und streckte seine Glieder. Die Ernteperiode fraß den Núu-ci jede Kraft aus den Knochen. Er warf seinem Sohn Paco, der gerade mit der letzten Reihe Mais beschäftigt war, einen wehmütigen Blick zu. Noch vor einigen Jahren war ihm die Feldarbeit ebenso mühelos von der Hand gegangen.

Akule ließ den Blick schweifen. Julias Apfelbaumsetzlinge waren inzwischen zu kleinen Bäumen gewachsen, und dank ihres Ratschlages, Erde um die einzelnen Maispflänzchen anzuhäufen, gelang es ihnen jedes Jahr aufs Neue, Mais anzubauen, der jedem Sturm trotzte. Natürlich hatte Carrington die Veränderungen bemerkt. In Akules Mundwinkel schlich sich ein süffisantes Grinsen, als er sich daran erinnerte, wie mühsam der Indian Agent sich damals einen Kommentar verbissen hatte. Mit kleinen, aber unübersehbaren Gesten bewies Carrington hin und wieder, dass der Gedanke, an dem sich Akule sein Leben lang festgehalten hatte, zutraf:

In jedem Wesen schlägt ein Herz in der Brust.

Carrington hatte den Polizisten Sicangu wegen seines gewalttätigen Auftretens tatsächlich des Amtes enthoben. Aber damit nicht genug, der Ältestenrat entschied einstimmig, ihn zu verbannen. Ein Urteil, das man seit Langem nicht mehr gefällt und vor dem Akule sich einst selbst gefürchtet hatte. So lange er lebte, würde er den Ältesten dankbar sein, dass sie ihn nie verraten hatten.

Auch Carrington musste sich an seine Vorschriften und Befehle halten, ob sie ihm zusagten oder nicht. Obendrein schien er allmählich einzusehen, dass er die Ute niemals zu einem Glauben bekehren konnte, der die Menschen lehrte, sich vor einem christlichen Gott zu fürchten, der sie eines Tages für ihre Sünden richtete. Begriffen sie nicht, dass alle Seelen in Liebe miteinander verbunden waren?

Gedankenverloren hievte Akule die geernteten Pflanzen auf einen Maultierkarren. Die Gespräche der anderen Männer rauschten gleich dem Wind an ihm vorüber. Ihm stand nicht der Sinn nach Unterhaltung, alles, wonach er sich sehnte, war, den Schmutz vom Körper zu waschen und seine müden Glieder auszustrecken.

Aber wie es aussah, wurde daraus nichts. Der Nachfolger von Sicangu, ein entfernter Verwandter von Nicaagat namens Gad, machte seinen allabendlichen Rundgang. Akule verstand nicht, wieso sich junge Núu-ci von den Amerikanern wegen ein paar schäbigen Vergünstigungen für diese Aufgabe einspannen ließen. Zum Glück gehörte Gad zu den großzügigeren Ordnungshütern, was bestimmt mit dem Ansehen des Medizinmanns zu tun hatte, dem jedes Stammesmitglied Respekt entgegenbrachte. Einen Mann wie Nicaagat machte man sich besser nicht zum Feind.

Als Gad die Felder wieder verließ, war Akule mit seiner Arbeit fertig und hatte es eilig, seine Gerätschaften in den Schuppen zu räumen. Der Rückweg dauerte nur wenige Minuten und verlief über den uralten Pfad, den er als kleiner Junge mit seiner Familie oft gegangen war, denn er schlängelte sich von ihrem Tipi zu dem ehemaligen Versammlungsort. Der Weg führte ihn an einem Meer von gelber Bärenschote vorbei, an würzig duftenden Wacholderbüschen, rot blühendem Indian Paintbrush und natürlich am Salbei, den sie für Reinigungszeremonien verwendet hatten.

Hätte Akule nur die Zeit zurückdrehen und wieder der Junge sein können, der frei und sorglos über das Land der leuchtenden Berge geritten war! Farbenfrohe Bilder und Erinnerungen, angefüllt von Kinderlachen und den Gesängen der Frauen, begleiteten ihn nach Hause. Wenn sein Stamm tanzte, schwoll der schellenartige Laut der Perlenschnüre, die sie an den Fransen ihrer Kleider trugen, zu einem fast betäubenden Ton an, der weithin zu hören war.

Just im Begriff, sein Tipi zu betreten, machte er in der Ferne vier Gestalten aus. Er schirmte die Augen vor dem grellen Sonnenlicht ab und verharrte.

Es waren Chesmu und Julia, Hand in Hand, hinter ihnen die Eltern der jungen Frau. Etwas an der Art, wie sie ihm ernst entgegensahen, ließ ihn stutzen.

Chesmu verbeugte sich leicht vor ihm, ohne jedoch Julias Hand loszulassen. Akule zog seine Brauen zusammen, das hatte der Junge zuvor nie gewagt.

»Vater, wir sind gekommen, um mit euch zu sprechen.«

Julias Mutter war bleich unter der Sonnenbräune. Sie trug ein schlichtes blaues Kleid, ihr Mann einen Strohhut und ein feines weißes Hemd. Weil ihre Gesichter freundlich aussahen, bat er sie mit einer einladenden Geste hinein.

Onawa erhob sich rasch von ihrem Webstuhl. Ihre Miene drückte reinste Verwirrung aus.

»Das sind Julias Eltern«, raunte Akule ihr zu. »Wo ist Nituna?«

»Sie hilft Elsus Frau bei der Wäsche.«

»Hol sie!«

Onawa verbeugte sich vor den Gästen und eilte hinaus, während sich im Tipi gespannte Stille ausbreitete.

Mit einer Handbewegung forderte Akule seine Gäste auf, auf weichen Fellen Platz zu nehmen, erst als Nituna eintrat und sich zu ihm setzte, beendete er sein Schweigen und Chesmu stellte sie Julias Eltern vor.

»Akule, Nituna, wir freuen uns, Sie persönlich kennenzulernen«, sagte der Vater, der stark wie ein Krieger aussah, jedoch ohne eine Spur von Brutalität in den Zügen, wie Akule sie bei einigen Núu-ci festgestellt hatte.

»Wir uns auch, Mister … Wendelin und Rosa. Was gibt es zu besprechen?«

Chesmu und Julia wechselten einen raschen Blick.

»Mutter, Vater, ich bitte euch um die Erlaubnis, Julia zur Frau nehmen zu dürfen.«

Das Surren einer Mücke schien auf einmal das einzige Geräusch im Tipi zu sein. Akule schloss kurz die Lider und sandte ein Flehen zum Großen Geist, dass er ihm die richtigen Worte schenken möge.

Von einer ähnlichen Szene hatte er vor einiger Zeit geträumt, war schweißgebadet aufgewacht und hatte danach keinen Schlaf mehr gefunden. Doch dies war kein böser Traum, von dem er sich in der Schwitzhütte reinigen konnte.

Dies war grausame Realität.

Akule rang um Fassung. Rosa schien ebenfalls in einem bösen Traum gefangen zu sein, ihr Gesicht war starr, und er fühlte sich jäh mit ihr verbunden. Er wandte sich seinem Sohn zu, doch es drang kein Laut aus seiner Kehle.

Du hast geahnt, dass dieser Tag kommen wird, rief er sich zur Ordnung. *Bewahre Haltung.*

»Du kennst meine Antwort«, sagte er zu Chesmu, der jede seiner Regungen beobachtete.

Sein Sohn legte den Arm um Julia. »Mutter?«

Nituna nahm Chesmus Hände in ihre und wechselte ins Englische.

»Ich weiß, du liebst sie. Weißes Mädchen bestimmt gute Frau, aber wo leben?«

»Wo auch immer wir willkommen sind«, erwiderte er fest.

»Komm zur Vernunft!«, presste sein Vater mühsam heraus. »Eine Ehe zwischen beiden Völkern bringt Unglück.«

Chesmus Züge verhärteten sich.

»Nur, damit ihr es wisst: Ich werde Julia auch ohne eure Erlaubnis heiraten. Sie ist meine Sonne und wird es immer sein. Aber uns wäre es lieber, ihr gebt uns euren Segen.«

»Beantworte die Frage deiner Mutter!«, entfuhr es Akule schärfer als beabsichtigt. »Wo wollt ihr leben, im Reservat etwa?« Sein Blick ruhte auf Julia. »Sie hat etwas Besseres verdient als wie ein Tier im Zwinger gefangen zu sein!«

»Bitte erlaubt, dass ich mich zu Wort melde.«

Julia sah erst Akule, danach Nituna an, und diese gab ihr einen Wink, fortzufahren.

»In den letzten Jahren habe ich viel Zeit bei den Núu-ci verbracht, und die meisten haben zwar wenig mit mir gesprochen, empfingen mich trotz aller Feindschaft aber freundlich. Manche freuten sich sogar, mich zu sehen – zumindest die Kinder.« Julia lächelte weich. »Meine Eltern und ich wünschen euch von ganzem Herzen die Freiheit zurück. Stimmt's, Mama, Papa?«

Ihre Eltern nickten, und die Mutter wischte sich über die Wange.

»Natürlich.«

»Ich liebe Chesmu«, fuhr Julia fort, »und wenn es bedeutet, im Reservat leben zu müssen, dann soll es so sein.«

»Das kann nicht dein Ernst sein!« Wendelin sprang auf, doch Rosa zog ihn auf seinen Platz zurück. »Darüber haben wir bereits gesprochen. Muss ich mich wirklich wiederholen? Du möchtest Lehrerin werden und später die Schule deiner Mutter leiten. Willst du deine Pläne für eine Eheschließung aufgeben?«

»Nicht für irgendeine Eheschließung«, verbesserte ihn Julia sanft, »aber für eine mit Chesmu. Wir glauben fest daran, dass sich die Bestimmungen für die Núu-ci bald ändern. Ich bin erst achtzehn und habe noch genügend Zeit für meine Studien.«

Akule rieb sich die pochenden Schläfen.

»Chief Ignacio muss für jede Hochzeit sein Einverständnis geben. Glaubt ihr wirklich, er stimmt zu?«

»Wenn nicht«, setzte sein Sohn ungerührt fort, »lasse ich mich taufen. Carrington wird hocherfreut sein.«

Akule kam es vor, als würde etwas in seinem Kopf explodieren.

»Du bist ein Núu-ci, ein Kind vom Großen Geist!«

Chesmu presste seine Faust gegen die Brust.

»Das wird mir auch nie jemand nehmen. Aber wenn es das einzige Mittel ist, Julia heiraten zu dürfen, tue ich es!«

Er stand jetzt seinem Vater gegenüber, so nahe, dass dieser seinen Atem im Gesicht spürte.

Akule wechselte einen Blick mit Julias Eltern. »Geht jetzt, wir müssen uns beraten.«

Wortlos verließen Chesmu und Julia das Tipi.

Gleich darauf schlich Onawa hinein und wollte sich in eine hintere Ecke zurückziehen, doch ihr Mann hielt sie am Ärmel fest.

»Setz dich zu uns, ich brauche deinen Rat.«

Sie nahm neben ihm Platz und lächelte scheu in Rosas und Wendelins Richtung, als Akule sie einander vorstellte.

»Wie ich helfen?«

Akule war dankbar, dass sie sich bemühte, Englisch zu sprechen, damit ihre Gäste die Unterhaltung verfolgen konnten, und erzählte von Chesmus Heiratsplänen.

Onawa schlug die Hände über dem Kopf zusammen.

»Nicht gut. Wieso Mädchen hier, wenn in Siedlung gutes Leben?«

»Aus dem gleichen Grund, warum ich mein Leben in Deutschland hinter mir gelassen habe, um mit Rosa in Cortez zu leben«, antwortete Wendelin. »Für sie würde ich noch heute übers Eismeer fahren oder Berge überwinden, um bei ihr zu sein.«

Rosa bettete ihren Kopf an seine Brust.

Onawa nickte, auf ihrem Gesicht lagen tiefe Schatten.

»Heiliger Mann wollte heiraten mich. Er gut, großes Tipi und Ansehen, aber ich genommen Akule.«

»Ich geworden nur zweite Frau von Akule«, sagte Nituna. »Ich traurig, wollte ihn allein, aber er in meinem Herzen. Jetzt ich glücklich.«

Akule warf seinen Frauen einen fragenden Blick zu.

»Was wollt ihr damit sagen?«

»Sie mögen sich.« Onawa zog ihren Mann am Ohrläppchen. »Wir können nicht ändern.«

Nituna stimmte ihr zu. »Chesmu starker Geist. Er tut, was will.«

»Julia auch«, brummte Wendelin.

Die Luft im Tipi erschien Akule ebenso schwer und dumpf wie seine Gedanken.

»Bei andere Stämme manchmal haben geheiratet mit weißen Frauen«, gab Onawa zu bedenken.

»Ja, aber nicht bei uns Weeminuche«, sagte Akule. »Wir können nicht voraussagen, wie Chief Ignacio darauf reagiert.«

»Gibt es Hoffnung auf seine Zustimmung?«, wollte Wendelin wissen.

Akule hob die Schultern.

»Der Chief ist ein Mann der Gerechtigkeit. Auf der anderen Seite hat er alle zwölf Kinder durch die Weißen verloren.«

Rosa, die sich bisher nicht geäußert hatte, suchte schließlich Akules Aufmerksamkeit.

»Chesmu hat deutlich gemacht, dass sie wild entschlossen sind, zu heiraten. Wenn wir ihnen die Erlaubnis verweigern, werden sie sich von uns zurückziehen.«

Nituna schnalzte mit der Zunge.

»Weiße Mädchen in Reservat? Älteste böse werden. Dann beide gehen weg und draußen ist gefährlich für Chesmu.«

»Das stimmt.« Akule blickte in die Runde. »Was sollen wir den beiden antworten?«

Sie berieten sich, und eine halbe Stunde später bat Akule Onawa, die beiden hineinzurufen.

Dann saßen Julia und Chesmu still und blass vor ihnen.

»Wir sind einverstanden.« Selten waren Akule Worte derart widerwillig über die Lippen geraten. »Unter einer Bedingung: Ihr verhaltet euch ruhig, bis Chief Ignacio kommt. Sprecht mit ihm, und akzeptiert sein Urteil, wie auch immer es ausfällt. Das ist bei uns oberstes Gesetz. Protestiert ihr oder lauft fort, wird man dich verstoßen, mein Sohn.«

»Das ist mir bewusst, Vater. Danke.«

Seit jenem Gespräch waren einige Wochen vergangen. Nacht für Nacht hatte Akule beobachtet, wie sich Chesmu von einer auf die andere Seite warf. Sie sprachen wenig miteinander und wagten nicht, das Thema anzuschneiden.

Julia bekam er regelmäßig zu Gesicht, denn Chesmu brachte ihr das Reiten bei. Sie hielten sich von den Núu-ci fern und achteten auch sonst darauf, keinen Unmut des Stammes auf sich zu ziehen. Akule ließ es sich nicht anmerken, war jedoch von ihrem Verhalten beeindruckt. Wie schwer es ihnen fallen musste, sich in Geduld zu üben, konnte er nur ahnen.

Dennoch entging es niemandem, wie die beiden zueinander standen, und die Leute begannen zu tuscheln.

Mingan zog ihn eines Tages beiseite.

»Das Mädchen ist klug und respektvoll, trotzdem sollte sie besser unter ihresgleichen bleiben. Was ist zwischen den beiden?«

»Sie sind gute Freunde«, hatte Akule ausweichend erklärt.

Auch Nicaagat beobachtete die beiden, sagte jedoch kein Wort.

Als Chief Ignacio einige Zeit später im Reservat eintraf, zog er sich, erschöpft von der Reise, in sein Tipi zurück. Sie hatten geduldig zu warten, denn kein Núu-ci würde sich an ihn wenden, solange er ihnen kein Signal gab.

Zwei Tage darauf war es endlich so weit, und während sich Chesmu und Julia mit dem Chief unterhielten, saßen ihre Eltern stumm in Akules Tipi.

Die Zeit schien stillzustehen. Mehr als eine Stunde verging, bis der Chief beider Eltern zu sich bat.

Er bedachte die vier mit einem unergründlichen Blick. Julia und Chesmu saßen am Rand. Ihren Mienen war nichts über den Ausgang des Gespräches abzulesen.

»Ich halte es für gefährlich, wenn sich das Volk mit den Weißen mischt.« Chief Ignacio sprach, als wäre er in einem heiligen Traum gefangen. »Mit euch hat es nichts zu tun. Im Gegenteil, Julia hat sich nie in Stammesangelegenheiten eingemischt oder versucht, uns ihre Lebensweise näherzubringen. Trotzdem möchte ich euch einiges zu bedenken geben.

Die Kinder aus diesen Verbindungen haben keine eindeutige Orientierung, sie schwanken zwischen dem christlichen Glauben und der Mystik des Volkes. Ihnen wird nicht genügend Zeit geschenkt, um auch unseren Glauben und die damit verbundene Lebensweise zu vermitteln. Ein Teil unseres Wissens geht dadurch für die nächsten Generationen verloren, eines Tages bleibt nur ein kümmerlicher Rest übrig, und sie verlieren den Bezug zu ihren Wurzeln. Aus diesen Kindern werden heimatlose Seelen.«

Er hielt inne und bat Julias Eltern näherzutreten. »Damit Chesmu und Julia heiraten können, müsst ihr eure Tochter gehen lassen.«

Akule hörte, wie Rosa scharf die Luft einsog. »Was … meinen Sie damit?«

»Julia muss eine von uns werden. Sie muss alles aufgeben, was Sie sie gelehrt haben, seien es Glaubensangelegenheiten, Traditionen und die Kultur, und mit Chesmu wie eine vom Volk leben.« Er hob eine Hand. »Ausnahmslos!«

Rosa und Wendelin standen wie angewachsen da, wächsern, bebend, und in Akule regte sich das Bedürfnis, ihnen Trost zuzusprechen.

»Wenn das der Wunsch unserer Tochter ist, sind wir einverstanden.« Wendelins Stimme klang hohl.

Julia erhob sich. Ihr Blick war klar wie der Himmel an diesem Tag.

»Ja, das will ich.«

Der Chief nickte und gab ihr zu verstehen, sich wieder zu setzen.

»Warum, Chief?« Akule fühlte Onawas Hand in seiner. »In anderen Stämmen haben Leute aus dem Volk weiße Mädchen zur Frau genommen. Von ihnen hat man dies nicht verlangt.«

»Darin gebe ich dir recht«, erwiderte der Chief. »Bei ihnen handelte es sich aber auch um die Mädchen, die die Krieger damals aus den Lagern der Weißen entführt hatten und die in ihrem Stamm aufgewachsen sind. Sie waren mit den Sitten des Volkes vertraut.«

Betretene Stille setzte ein.

»Ich werde den Ältestenrat zusammenrufen und mich mit ihm beraten. Falls auch die anderen Ratsmitglieder der Ehe zustimmen, spreche ich mit Carrington und dem *Bureau of Indian Affairs.* Mir ist zu Ohren gekommen, dass man einige Anordnungen gelockert hat.«

»Inwiefern?«, entfuhr es Rosa.

»Ich habe gehört, dass man einigen Núu-ci vom White River erlaubt hat, außerhalb des Reservats auf einem Stück Land zu leben, allerdings weiterhin unter der Aufsicht des Indian Agent. Unter welchen Bedingungen diese Sondergenehmigung möglich ist, weiß ich nicht. Aber das wäre die einzige Lösung, die mir einfällt, um Auseinandersetzungen zwischen den Völkern zu vermeiden.« Der Chief gab ihnen ein Zeichen, aufzustehen. »Ich werde mich für euch einsetzen, versprechen kann ich aber nichts. Das ist alles, was ich dazu zu sagen habe.«

Damit waren sie entlassen.

Vor dem Tipi sah Akule das junge Paar lange an.

»Der Chief genießt hohes Ansehen. Sein Wort hat Gewicht. Wenn jemand etwas für euch erreichen kann, dann er.«

Julia nahm seine Hände, und ein Hauch von Hoffnung erhellte die Gesichter der Liebenden.

Auf dem Tafelberg

29. Juni 1906

Seit Wochen hatte man den denkwürdigen Tag in allen Zeitungen und Zeitschriften angekündigt, und die Presse schwärmte mit blumigen Worten, dass heute Geschichte geschrieben werde. Der Große Vater in Washington hatte ein Gesetz unterzeichnet, das den Tafelberg mit den Felsbehausungen der Puebloindianer zum *Mesa Verde National Park* erklärte, um die archäologischen Kultstätten zu schützen, die Wetherill einst entdeckt hatte. So jedenfalls war der Wortlaut des Artikels, den Julia Akule vorgelesen hatte.

Für andere ging es nur um irgendeinen längst vergangenen Stamm, für Akule waren es jedoch seine Vorfahren.

Im Gegensatz zu Julias Eltern hatte er allerdings keine Einladung erhalten.

Seine kluge Schwiegertochter hatte ihn gefragt, ob es ihn kränke.

»Natürlich macht mich das zornig, ohne mich gäbe es den Mesa-Verde-Nationalpark überhaupt nicht. Aber hätten mich die Weißen eingeladen, würde ich sie Schlangen nennen, weil sie mit gespaltener Zunge sprechen und sich in Anwesenheit von Weißen wie gütige Chiefs aufspielen. Für mich gibt es keine gute oder falsche Entscheidung.«

Nituna kniff ihm in die Wange und holte ihn damit in die Wirklichkeit zurück.

»Halt still, Mann.«

Mit geradem Rücken stand er in seinem Tipi, während sie Bänder in seine Zöpfe flocht. Einige Wochen war es her, dass er seine Frauen gebeten hatte, traditionelle Kleider für ihn anzufertigen. Ihre entsetzten Kommentare hatte er mit einer herrischen Handbewegung fortgewischt.

Nun begutachteten Onawa und Nituna ein letztes Mal ihr Werk, das ausgebreitet auf einem Büffelfell lagen.

Onawa half ihm, die zweiteilige Kleidung anzulegen. Das weiche Leder schmiegte sich an seine Haut und beschwor Erinnerungen an *Bear Dance*-Zeremonien und andere Feierlichkeiten herauf, bei denen er im Schein eines Lagerfeuers nach den Rhythmen der Trommeln getanzt hatte. Es kam ihm vor, als würde er mit den Kleidern wieder in seine vertraute Núu-ci-Haut schlüpfen, und er meinte, die Anwesenheit seiner Ahnen in der Nähe wahrzunehmen.

Stolz strich Akule über die Stickerei mit den Symbolen seines Stammes auf der Brust und lächelte. Zum Schluss schlüpfte er in seine Mokassins und schritt erhobenen Hauptes hinaus.

Entgeisterte und entsetzte Blicke folgten ihm, als er ohne Eile das Reservat hinter sich ließ. Die Glasperlen an den Fransen seiner Ärmel und Hosenbeine schellten bei jeder Bewegung. Wie gut es tat, auf den sanften Hügeln zu stehen, im leisen Wind, der mit seinem Haar spielte, und beschienen von der Sonne, die mit ihrer Kraft die innere Kälte aus seinen Gliedern vertrieb.

In der Ferne machte er einen Mann mit einem schwarzen Hut aus, der seinem Pony die Fersen in die Flanken hieb. *Eifrig wie immer, unser Magpie,* dachte er.

»Hey, bleib stehen!«, schrie der Indianerpolizist, der auf ihn zu galoppierte.

Akule drehte sich langsam um und gehorchte.

Magpie, höchstens halb so alt wie er, musterte ihn. »Kehre sofort um, und ich habe dich hier nie gesehen.«

Akule kreuzte die Arme vor der Brust.

»Ich bin zur Eröffnungsfeier des Nationalparks eingeladen, man möchte, dass ich ein Lied singe, um ihn zu segnen«, log er und hielt den Blick seines Gegenübers fest. »Oder möchtest du uns Núu-ci dort vertreten?«

Magpie kratzte sich am Kinn.

»Von einer Einladung ist mir nichts bekannt.«

Akule wusste, wie eindrucksvoll er in traditioneller Kleidung wirkte. Obendrein konnte er froh sein, von Magpie angehalten worden zu sein. Der Junge benahm sich zwar wie ein wild gewordener Hirsch, aber hinter seiner Fassade verbarg sich ein gutmütiger Kerl, den er mit wenigen Worten in seine Schranken zu weisen verstand. Es wäre Akule auch nicht recht gewesen, sich nur zwei Stunden vor der Eröffnung mit einem Schwächeren prügeln zu müssen. Washakie, allerorts für seine Brutalität bekannt, wäre ein weitaus härterer Gegner gewesen.

Akule setzte ein hochmütiges Gesicht auf.

»Frag doch nach! Aber dann stehst du für die Schande ein für den Fall, dass ich nicht rechtzeitig erscheine.«

»Ich bin sicher, man hätte mich über die Angelegenheit unterrichtet.« Magpie lüftete den Hut und trocknete sich die Stirn. »Warum wollen sie ausgerechnet dich und nicht den Medizinmann?«

Akule hatte mit dieser Frage gerechnet und sich vorausschauend eine plausible Erklärung zurechtgelegt. »Möglicherweise, weil ich mit dem Entdecker Wetherill befreundet bin.« Wie Galle stiegen ihm die Worte in die Kehle und mussten dennoch ausgesprochen werden.

Magpie kniff die Augen zusammen.

»Das wird es sein. Geh schon, bevor ich es mir anders überlege.«

Akule hob die Hand zum Gruß und schritt voran, und als er am Fuß des Berges stand, dessen Pfad sich langsam aufwärts schlängelte, wurde es still in ihm.

Niemand würde ihn aufhalten.

Jeder Schritt war ihm vertraut und verband ihn mit den Generationen, die vor ihm auf diesen Pfaden gewandelt waren. Er kannte jede Erhebung, jeden Strauch, hatte im Schatten der Bäume gesessen oder sich in Felsspalten verborgen, wenn der Wind drohte, ihn von den Füßen zu reißen. Dann tauchte die Schlucht vor ihm auf, in der Bären ihren Winterschlaf hielten und Pumas ihre Jungen zur Welt brachten.

Bereits von Weitem nahm er Stimmengewirr wahr.

Hinter der letzten Biegung breitete sich das Rondell vor ihm aus. Über dem Eingangsportal prangte der schmiedeeiserne Schriftzug *Mesa Verde National Park.*

Akule straffte den Rücken. Ein paar Dutzend Weiße hatten sich vor dem Portal eingefunden. Die Damen trugen zu ihren Festtagskleidern spitzenbesetzte Schirme oder Hüte zum Schutz vor dem gleißenden Sonnenlicht, während ihre Männer sichtlich unter den Zylindern schwitzten.

Er verbarg sich hinter einer Reihe Kiefern. Nahe dem Eingang hatte man eine Bühne errichtet und diese mit ausladenden Blumenarrangements geschmückt, die in der Hitze bereits zu welken begannen. Zu beiden Seiten des Stehpultes in der Mitte wehte die amerikanische Flagge.

Unter den geladenen Gästen entdeckte er auch Julias Eltern. In ihren feinen Kleidern sahen die beiden sehr vornehm aus.

Rosa hatte seine Blicke wohl gespürt, denn sie weitete die Augen, flüsterte ihrem Mann etwas zu und bahnte sich unauffällig einen Weg zu ihm. Seit Chesmus und Julias Hochzeit im letzten Jahr waren sie einander nicht mehr begegnet, ein Umstand, den er bedauerte. Sie waren gute Menschen.

Chesmu und Julia waren mehr als glücklich gewesen, als Chief Ignacio ihnen das Einverständnis des Indian Agent zur Eheschließung übermittelt hatte. Die Tatsache, dass Julia eine eigene Rinderherde besaß und das Paar somit weniger abhängig von staatlicher Unterstützung wäre, hatte letztlich den Ausschlag gegeben. Man bewilligte ihnen ein Stück Land, auf das Chesmu eine Hütte baute und wo er eine Weide für die Tiere einrichtete. Nicaagat hatte sich sogar bereit erklärt, sie im Reservat zu Mann und Frau zu verbinden.

Wendelin und Rosa hatten schwer daran zu tragen, dass ihre Tochter nun im Reservat lebte und eine Erlaubnis benötigte, wenn sie es verlassen wollte. Doch Julia nahm es klaglos hin, und so hielten sie es auch.

Akule fühlte sich in der Gegenwart von Rosa und Wendelin dennoch unbehaglich, zu viel schien sie zu trennen. Seine Frauen mochten protestieren, aber er hieß es nach wie vor nicht für gut, die Völker zu vermischen. Diese Verbindungen brachten unweigerlich Leid über die Paare und ihre Nachkommen, und obwohl dies eines der Themen war, die Julias Eltern und er nie berührten, ahnte er, dass die beiden ebenso dachten. Selbst die größte Liebe würde seiner Meinung nach welken, wenn die Seelen der Liebenden keine Möglichkeit fanden, sich zu entfalten.

Sie alle bangten um das junge Paar, und dieses Gefühl wurde drängender, seit der Große Geist Julias Leib mit einem Kind gesegnet hatte, das noch vor Jahresende auf die Welt kommen würde. Akule hatte damals in der Schwitzhütte um den Segen aller Wesen für die beiden gebeten. Was sonst blieb ihm zu tun?

Er begegnete Rosas Blick ruhig und erwiderte die Verbeugung.

»Ich freue mich, dich zu sehen«, sagte sie weich. »Mein Mann und ich haben so sehr gehofft, dich unter den geladenen Gästen anzutreffen. Du siehst großartig aus. Darfst du … diese Kleidung tragen?«

Akule murmelte etwas, das sie glücklicherweise nicht verstand. »Natürlich nicht. Sie wollen uns nicht sehen, wir könnten die Wahrheit verraten. Aber ich lasse mir nicht verbieten, hier zu sein. Nachdem die Amerikaner unsere heilige Stätte rücksichtslos geplündert haben, hoffe ich jetzt, dass man sie in Zukunft ehrt und beschützt.« Er sah sich um. »Julia und Chesmu sind hoffentlich auf ihrem Land geblieben, oder?«

Rosa nickte.

»Es kostete uns einige Überredungskunst, sie davon zu überzeugen, aber sie haben es schließlich eingesehen. Dass man ihnen erlaubt, ihr eigenes Land außerhalb des Reservats zu bestellen, ist bisher eine seltene Ausnahme. Deshalb sollten sie besser nirgends unaufgefordert erscheinen. Die Situation ist ohnehin heikel genug.«

»Sie müssen vernünftig sein«, sagte Akule leise.

Rosa legte ihm eine Hand auf den Arm.

»Ich klammere mich an die Hoffnung, dass es nur eine Frage der Zeit ist, bis die Amerikaner euch erlauben, das Reservat zu verlassen.«

»Zu große Träume schleichen wie Gift durch unsere Adern und schwächen unseren Geist«, erwiderte er.

Sie lächelte müde.

»Mag sein, aber ich wünsche mir für unser Enkelkind nichts sehnlicher, als dass es in Freiheit aufwachsen darf. Auch ich hatte viele Träume, als ich Colorado erreichte. Einige davon bleiben vielleicht für immer Illusion. Wie zum Beispiel der Wunsch, dass eines Tages Schüler jeder Rasse und Religion an meiner Schule unterrichtet werden dürfen.«

»Das wird erst geschehen, wenn Sonne und Mond gleichzeitig über den Himmel herrschen«, erklärte Akule bitter. »Sieh dich um! Wo sind die Schwarzen, die Juden – oder wir Núu-ci?«

»Richtig. Andererseits habe ich mein halbes Leben in Cortez verbracht, und die Erfahrung lehrte mich stets aufs Neue, dass die Hoffnung die größte Triebfeder von allen ist. Ein Träumer ist in der Lage, Kräfte zu mobilisieren, von denen er zuvor nicht mal etwas ahnte und die ihn befähigen, Unmögliches wahr zu machen.«

Akule wollte widersprechen, überlegte es sich jedoch anders. Es war zwecklos, weder Rosa noch Julia würden je aufgeben, an das Gute im Menschen zu glauben.

»Sieh nur, das ist bestimmt der Regierungsbeamte, der gerade die Bühne betritt«, sagte Rosa. »Ich gehe besser zu Wendelin zurück, bevor er sich Sorgen macht.«

Nachdenklich sah er ihr nach. Julia und ihre Mutter waren so ganz anders als die meisten Siedler, mit denen er es zu tun gehabt hatte. Sie besaßen eine liebende Seele.

Dann bat der Sheriff von Cortez um Aufmerksamkeit und eröffnete die Feier mit großem Getöse.

Nach ihm kam der Mann aus Washington zu Wort, er hob lächelnd die Hand und betonte die Bedeutung des Gesetzes, das der Große Vater unterzeichnet hatte. Er sprach von archäologischen Sensationen und mutigen Männern, die trotz des harten Winters unermüdlich nach Überresten der Puebloindianer geforscht hatten.

Bittere Gedanken schnürten Akules Kehle zu.

Der Mann erhob feierlich seine Stimme.

»Es ist mir ein besonderes Vergnügen, Ihnen jetzt unseren verehrten Mister Richard Wetherill anzukündigen, der uns heute mit seiner Anwesenheit beehrt. Bitte heißen Sie den größten Entdecker unserer Zeit mit einem großen Applaus willkommen!«

Die Menge raunte, und die Anwesenden spendeten frenetischen Beifall.

Ein Ruck ging durch Akule, und als führe sein Körper ein Eigenleben, schritt er langsam näher auf das Podest zu, ohne auf die erstaunten Blicke und das erregte Wispern hinter seinem Rücken zu achten.

In seinem Kopf meinte er, Trommelschläge wahrzunehmen, ein Summen wie von unzähligen Stimmen aus der Ferne lag in der Luft.

Da betrat Richard die Bühne, die Haare schütterer als früher, er zupfte an seiner Weste und räusperte sich vernehmlich.

»Ich danke dem Präsidenten Roosevelt für seinen Entschluss, dieses Habitat zu schützen, und natürlich Ihnen allen für die herzliche Begrüßung. Ich freue mich sehr, heute dabei sein zu dürfen, wenn der *Mesa Verde National Park* der Öffentlichkeit zugänglich gemacht wird.«

Akule starrte in Richards Gesicht mit dem frisch gestutzten Bart, das ihm beinahe so vertraut war wie sein eigenes.

Der Mann aus Washington, der heftiger geklatscht hatte als jeder andere Anwesende, ergriff das Mikrofon.

»Die Freude liegt ganz auf unserer Seite, Mister Wetherill. Können Sie den Anwesenden in kurzen Zügen umreißen, wie es zu der schicksalhaften Entdeckung der Felsenwohnungen gekommen ist?«

Der Rancher wippte mit den Füßen.

»Selbstverständlich.«

Akule stand inzwischen in letzter Reihe, überragte jedoch die meisten Gäste, die ihm ängstlich auswichen, und lauschte Richards Ausführungen.

»Ein Schneesturm überraschte meinen Schwager Charlie Mason und mich und brachte uns in Lebensgefahr. Auf der Suche nach einem Unterschlupf drangen wir tiefer in die

Bergwelt vor, als wir es uns je getraut hatten. Und plötzlich tauchten die Felswohnungen vor uns auf.«

In seine Augen trat ein Leuchten, das Akule frösteln ließ.

Richard lächelte in die Menschenmenge.

Da trafen sich ihre Blicke. Ein jähes Erkennen zeichnete seine Züge härter.

Niemand außer ihm hatte es bemerkt, doch Richard konnte ihm nichts vormachen. Der Wind verebbte einige Herzschläge lang, als Akule im Rhythmus der Trommeln, die nur er hören konnte, mit dem Fuß zu stampfen begann.

Der Boden vibrierte unter seinen Mokassins.

»Charlie und ich spürten, dass wir … eine einzigartige Entdeckung gemacht hatten.«

Das Mikrofon in Richards Hand zitterte, während er den Gästen Details über die gefundenen Artefakte erzählte, die Aufschluss über das Leben der prähistorischen Puebloindianer geben würden. Er vergaß nicht, zu erwähnen, dass die Grabungen ohne die Mithilfe unzähliger Archäologen nicht möglich gewesen wären.

Beunruhigt bildeten die Gäste eine Gasse und verfolgten, wie sich Akule stampfend einen Weg zur Bühne bahnte.

»Zu guter Letzt möchte ich …«, das Mikrofon fiel Richard mit einem dumpfen Ton auf den Bühnenboden, und jemand eilte herbei und reichte es ihm. Mit einer gemurmelten Entschuldigung tupfte er sich Schweißperlen von der Stirn.

»Zu guter Letzt möchte ich betonen, dass es immer mein Anliegen war, das Vermächtnis der ansässigen Stämme zu bewahren.«

Akules Lippen formten ein einziges Wort in der Sprache seiner Väter.

»Lügner!«

Jede Farbe wich aus Richards Gesicht.

Indes verharrte Akule direkt vor der Bühne und ließ ihn nicht aus den Augen. Einzig das Geräusch der schellenden Perlen an seinen Ärmeln zerriss die atemlose Stille auf dem Rondell.

»Trete vor, wenn du uns etwas zu sagen hast, mein Freund.« Richard machte eine raumgreifende Handbewegung. »Wir hören dir zu. Die Bühne gehört dir.«

Akule fühlte die furchtsamen Blicke aller Anwesenden auf sich gerichtet, doch sie prallten an ihm ab wie zu stumpf geratene Pfeilspitzen.

Er sah auf. Wie von selbst formten sich die Worte in ihm, die er in der Sprache der Núu-ci an Richard richtete, den Einzigen unter den Anwesenden, der sie verstehen konnte.

»In deiner Welt wird Erfolg in Gold, Silber und Münzen gemessen. Unser Erfolg misst sich an Harmonie und Balance. Du hast vergessen, dass auf einer Waage zwei Federn ebenso in Balance sein können wie zwei Säcke Gold.«

Richard stand da wie eine Statue, während Akule jedes Wort betonte.

»Großer Geist, dieser Mann hat sich auf seinem Pfad verirrt, denn er hat seinen einzigen wahren Freund für eine Entdeckung geopfert, die nicht einmal seine ist. Weise ihm den rechten Weg, damit er zu Glück und Zufriedenheit findet. Aber auch ich habe einige deiner Lektionen versäumt. Durch dich weiß ich, solange ich atme, ist es noch nicht zu spät. Bitte lehre mich heute Vergebung, Weisheit, dass ich Unehrlichkeit erkenne, sobald sie mir begegnet, und Vertrauen, damit mein Geist frei von schlechten Gedanken fliegen kann. Bitte lehre es mich.«

Seine Stimme hallte weit über die Ebene, und als sie verklungen war, drehte sich Akule auf dem Absatz um und ging davon.

Nachwort

Meine lieben Leserinnen und Leser,

möglicherweise fragen Sie sich, warum ich mich entschlossen habe, aus meiner Geschichte über die Berliner Familie Breitenbach einen Mehrteiler zu machen. Die Antwort ist für mich ebenso simpel wie berauschend. Auf meiner Rechercherejse nach Colorado, die mich an die Schauplätze meines Romans sowie an zahllose andere Orte geführt hat, haben sich mir unglaublich spannende Details quasi aufgedrängt. Ich fand die Originalgeschichten von deutschen Siedlern, die zu »meiner« Zeit in Cortez und Rico lebten, sowie die von Prostituierten, einfachen Minenarbeitern, von Kutschen-Mary und anderen einzigartigen Charakteren.

Und natürlich von den Ute, jener dort beheimateten *First Nation,* deren Erbe und Atmosphäre an ihren heiligen Orten noch heute mit jedem Atemzug spürbar sind.

Es gab einen speziellen Moment, in dem mir bewusst wurde, dass ich ihnen eine Stimme in meiner Saga verleihen möchte, weil sie ihnen zusteht, denn sie sind ein unauslöschlicher Teil Colorados und seiner Geschichte.

Zusammengefasst, erhielt ich eine Flut von Einblicken, die viel zu interessant waren, sie Ihnen vorzuenthalten, zumal es nicht viele Geschichten gibt, in denen differenzierter auf das Verhältnis von Siedlern und Indianern in ihren Reservaten eingegangen wird.

Hier noch ein paar Informationen für Interessierte:

Die *Ute,* auch Yuta genannt, sind ein Volk amerikanischer Ureinwohner, das aus mehreren miteinander verwandten Stämmen besteht und ursprünglich aus der Region des *Great Basin* der Vereinigten Staaten stammt. Auch die Southern Ute setzen sich aus verschiedenen Stämmen zusammen. Die Weeminuche waren einer von ihnen und sind die Vorfahren der Ute-Mountain-Ute, die heute in einem Reservat an ihrem heiligen Berg leben. Wer sich für ihre Geschichte interessiert, kann hier nachlesen:
https://en.wikipedia.org/wiki/Ute_Mountain_Ute_Tribe

Wann immer es mir möglich ist, beziehe ich historisch belegte Personen in meine Romane ein. Auch in diesem Band werden Sie fündig:

Acowitz: So lautete tatsächlich der Name von Richard Wetherills Freund, den die Amerikaner ihm gegeben haben. Viel mehr ist über den Ute leider nicht bekannt.

Peter Baxstrom: Das Montezuma County verdankt dem schwedischen Architekten eine ganze Anzahl Schulen, die es den Siedlern damals erlaubten, ihren Kindern eine Schulausbildung und somit eine Zukunftsperspektive zu ermöglichen.

https://www.findagrave.com/memorial/7457207/peter-baxstrom

Chief Ignacio (1828–1913) war ein Chief der Weeminuche des Ute-Stammes, auch Southern Ute genannt, im heutigen Colorado nördlich des San Juan River. Er führte die Weeminuche durch viele schwierige Jahre im späten 19. Jahrhundert, als sie von europäisch-amerikanischen Siedlern angegriffen wurden. Im Januar 1880 war Chief Ignacio Teil der Ute-Delegation, die nach Washington D. C. reiste, um vor dem US-Kongress über das Meeker-Massaker von 1879 und den Ute-Aufstand unter den nördlichen Ute am White River auszusagen. Obwohl die Weeminuche an dieser Gewaltaktion nicht teilgenommen hatten, wollten weiße Siedler alle Ute aus ihren Gebieten verdrängen. Die Ute versuchten, für den Frieden zu verhandeln, aber im selben Jahr erließ der Kongress ein Gesetz, das die Rechte der Ute einschränkte. Im Gegensatz zu den nördlichen und zentralen Ute-Stämmen, die in Reservate in Utah gezwungen wurden, gelang es den Weeminuche und zwei anderen südlichen Stämmen, in Colorado zu bleiben.

https://translate.google.com/translate?hl=de&sl=en&u=
https://en.wikipedia.org/wiki/Chief_Ignacio&prev=search

Richard Wetherill und Charlie Mason: Die Wetherills waren bekannte Rancher aus Mancos in Colorado, und die Begebenheit, die zur Entdeckung der Mesa Verde führte, die 1906 schließlich von Präsident Roosevelt zum Nationalpark erklärt wurde, entspricht der Wahrheit. Interessant fand ich, dass man den Namen seines Ute-Freundes Acowitz fast vollständig aus dem historischen Verzeichnis entfernte. So tauchen in Artikeln meist nur die Namen von Wetherill und seinem Schwager Charlie Mason auf, weshalb vieles, was an jenem Tag wirklich geschah, für uns im Dunkeln bleibt.

Laut der Biografie »Richard Wetherill: Anasazi« von Frank McNitt starrte Wetherill eines Tages auf die Mündung einer

Schlucht, als Acowitz ein Geheimnis über »die Alten« erzählte, deren Häuser tief in der Mesa versteckt waren. »Eines, hoch in den Felsen, ist größer als alle anderen«, soll er gesagt haben. »Núu-ci gehen nie dorthin. Es ist ein heiliger Ort.« Wetherill wollte mehr wissen, aber der Ute schüttelte den Kopf. »Ich könnte es dir sagen, aber ich warne dich davor, dort hinzugehen. Wenn du die Geister der Toten störst, stirbst auch du.«

Nachdem Wetherill im Dezember 1888 zum ersten Mal Cliff Palace erkundet hatte, wie er das Felsendorf nannte, soll er angeblich Mason, zwei Brüder und drei Freunde gewählt haben, die zuvor eine kleine Grabung in der Region Four Corners geführt hatten. Die Gruppe begann mit der Erstellung der ersten von vier Sammlungen, die Wetherill in den nächsten drei Jahren von Mesa Verde übergeben würde, Artefakte, die heute in Museen der ganzen Welt untergebracht sind.

In anderen Quellen heißt es wiederum, Wetherill und seine vier Brüder hätten die Kultstätte gefunden.

https://www.intermountainhistories.org/items/show/64

https://translate.google.com/translate?hl=de&sl=en&u=http://www.pbs.org/nationalparks/history/ep2/4/&prev=search

Ebenso existiert die Einschätzung, Acowitz sei mit Wetherill und Mason gemeinsam auf dem Tafelberg gewesen. Man mag spekulieren, was sich wirklich zugetragen hat. Unabhängig von meinem Anspruch auf historische Korrektheit ist es mir jedoch ein Bedürfnis, Acowitz, den ich in meinem Roman Akule nenne, eine eigene Stimme zu verleihen und Ihnen meine Version der Wahrheit zu erzählen. Da es keine Aufzeichnungen darüber gibt, wie die Weeminuche auf die Enthüllung des Steindorfes der Puebloindianer reagierten, habe ich mir erlaubt, die Vorgänge zu schildern, wie es meiner Meinung nach gewesen sein könnte.

Ob Wetherill und Acowitz bei der Eröffnung des Nationalparks aufeinandertrafen, ist nicht überliefert und entspricht meiner eigenen Vision von Wahrheit. In den mir bekannten Quellen wurden keine Details über die Gäste veröffentlicht.

Tatsache ist aber, dass Wetherill im Juni 1910 am helllichten Tag und auf offener Straße erschossen wurde, je nach Quelle durch die Hand eines Navajo-Indianers oder durch die eines Viehdiebs. Der wahre Täter konnte nie ermittelt werden. Wetherills Urenkelin Marietta Eastman leitet heute das Anasazi Heritage Center in Dolores, Colorado.

Wer sich näher für Wetherill interessiert, wird hier fündig:
http://wetherillfamily.com/richard_wetherill.html
https://translate.google.com/translate?hl=de&sl=en&u=http://wetherillfamily.com/ghosts_on_the_mesa.html&prev=search

Zum Verständnis:

Während meines Schreibprozesses wurde ich mit den unterschiedlichsten Varianten der Ereignisse zwischen den Amerikanern und der *First Nation* konfrontiert. Je mehr Quellen ich studierte, umso deutlicher wurde mir, dass es kaum möglich ist, objektive Berichte zu finden. Vermutlich hatte jede Seite ihre ureigenen Interessen daran, dass nicht alles, was sich zwischen beiden Parteien abspielte, ans Tageslicht kam. Ich habe mich deshalb entschlossen, mich auf die Quellen von Einheimischen beider Völker wie beispielsweise die von Howard E. Greager zu verlassen, der in mehr als fünfzig Lebensjahren Interviews mit Einheimischen und Ute aus dem Südwesten von Colorado zusammentrug. Da der Stamm bis zum Anbruch des 20. Jahrhunderts keine geschriebene Sprache besaß, zeugt Greagers Werk von gegenseitigem Vertrauen.

Der Ort, in dem Rosa und Wendelin eine neue Heimat fanden, wurde 1886 auf den Namen Cortez getauft, aber der Verständlichkeit halber bezeichne ich die Siedlung vorher bereits mit diesem Namen.

Tatsächlich haben sich schon immer Gruppen der Weeminuche am Fuße des Ute Mountain, ihres Sleeping Ute, aufgehalten, da sie dort regelmäßig zeremonielle Handlungen abhielten. Kaum ein Stamm hat sich derart vehement geweigert, sein Nomadenleben aufzugeben wie die Ute. Als sich die Schlinge enger um sie zog, entschieden die Weeminuche unter Chief Ignacio nach langem, ermüdendem Ringen mit den Amerikanern aus Trotz, in einer permanenten Siedlung am Ute Mountain zu bleiben. Ihre Sorge, den heiligen Berg auch noch verlassen zu müssen, trieb sie zu dem verzweifelten Schritt. Der eigentliche Vertrag, der die *First Nation* in die Reservate zwang, wurde jedoch erst 1895 rechtskräftig. Aus dramaturgischen Gründen und um Verwirrungen zu vermeiden, habe ich die Ereignisse um einige Jahre vorgezogen.

Das *Bureau of Indian Affairs* (*BIA*; auf Deutsch *Amt für indianische Angelegenheiten*) ist eine dem Innenministerium der Vereinigten Staaten unterstellte Behörde, mit der Aufgabe, sich um die Belange der Indianer und deren Reservate zu kümmern. Sie wurde im Jahr 1824 gegründet und war damals noch dem Kriegsministerium der USA unterstellt. 1849 wurde sie dem neu entstandenen Innenministerium zugeordnet. Es ist damit das älteste Amt des Innenministeriums.
https://de.wikipedia.org/wiki/Bureau_of_Indian_Affairs

Shiprock: Von der Navajo-Nation regiert, befindet sich die Felsformation in der Region Four Corners und spielt eine bedeutende Rolle in der Religion, dem Mythos und der Tradition der

Navajos. Sie befindet sich im Zentrum des Gebiets, das von den Pueblo People, den Angehörigen einer prähistorischen Kultur der Ureinwohner Amerikas im Südwesten der USA, bewohnt wurde, die oft als Anasazi bezeichnet werden. Der Shiprock ist ein interessanter Punkt für Kletterer und Fotografen und wurde in mehreren Filmproduktionen und Romanen vorgestellt. Er ist das markanteste Wahrzeichen im Nordwesten von New Mexico.

https://translate.google.com/translate?hl=de&sl=en&u=-https://en.wikipedia.org/wiki/Shiprock&prev=search

Während der Recherche zu diesem Buch stieß ich auf die Worte von Marion Holl, eine adoptierte Sioux. Weil sie mich ansprach, habe ich mir erlaubt, sie zu zitieren. »In deiner Welt wird Erfolg in Gold, Silber und Münzen gemessen. Unser Erfolg misst sich an Harmonie und Balance. Du hast vergessen, dass auf einer Waage zwei Federn ebenso in Balance sein können wie zwei Säcke Gold.«

https://marion-holl.lima-city.de/native/native.html

Ein letzter Hinweis zur Polygamie der Ute: Laut meiner Quellen stand die Polygamie der Ute in den Reservaten tatsächlich unter Strafe, weil sie mit dem christlichen Glauben nicht vereinbar ist. Da es aber nicht ganz klar ist, zu welchem Zeitpunkt man die Bigamie bei den Weeminuche verbot, habe ich Akule beide Frauen gelassen.

Meine wichtigsten Quellen

Die modische Vielfalt in Berlin – Eine Bestandsaufnahme der Damenbekleidung von 1890 bis 1905 – Bachelorthesis von Stephanie Thom, Hochschule für Technik und Wirtschaft Berlin, FB 5 Gestaltung, Studiengang BA Museumskunde, 2012

Verlorene Welten – Eine Geschichte der Indianer Nordamerikas 1700–1910 – Aram Mattioli, ISBN: 978-3-608-96325-0, Klett-Cotta, 2017

We Shall Fall as the Leaves – A compilation of events that led to the banishment of the Uncompahgre and Northern Ute tribes from their ancestral Colorado homeland – Howard E. Greager, First Edition, ISBN: 0-9634407-3-7, Copyright Howard E. Greager, 1996

I Lived in the Rico Depot – Mildred Joanne Branson Smith, First Edition, ISBN: 1-4196-1987-X, 2005

Begrabt mein Herz an der Biegung des Flusses – Dee Brown – Aus dem amerikanischen Englisch von Helmut Degner, ISBN: 978-3-86647-836-7, Anaconda Verlag, 2012

The Last War Trail, The Utes and the Settlement of Colorado – Robert Emmitt, University of Oklahoma Press, Library of Congress Catalog Card Number: 54-10057, First Edition, 1954

The Ute Indians of Colorado in the Twentieth Century – Richard K. Young, University of Oklahoma Press, Norman, Library of Congress Catalog, ISBN: 0-8061-2968-9, Publishing Division of the University, 1997

The Ute Indians of Utah, Colorado, and New Mexico – Virginia McConnell Simmons, University Press of Colorado, ISBN: 0-87081-571-7, Boulder, Colorado, 2000

Mrs. Howard Porter, CWA interview. Report of C. F. Stollsteimer, U.S. Commissioner of Indian Affairs (Washington: Government Printing Office, 1885, S. 15)

Kommandant Swaine in einem Brief an den Generaladjutanten von Fort Leavenworth, Kansas, am 19. Juni 1885 und an den Generaladjutanten von Santa Fe, 22. und 28. Juni 1885

Danksagung

Dass Sie meinen Roman jetzt in Händen halten, habe ich vielen lieben Menschen zu verdanken, die im Hintergrund fleißig gearbeitet haben.

Zunächst danke ich meiner lieben Lektorin Lena Woitkowiak und Amazon Publishing für ihr Vertrauen, immerhin bekommen sie es bei meiner Saga gleich mit einem Mehrteiler zu tun.

Wie immer einen herzlichen Dank an meine Literaturagentin Lianne Kolf und ihre Mitarbeiter, die mir jederzeit mit Rat und Rat zur Seite stehen.

Dem Korrektorat danke ich für das aufmerksame Auge, mit dem es mein Manuskript auf Herz und Nieren prüft, und den Grafikern, die so unglaublich tolle Cover entwerfen.

Danke an meine Freundinnen Charlotte und Uschy sowie meine Schwester Ele und an alle Wegbegleiter für ihre Unterstützung.

Ein besonderes Dankeschön geht an Mister Mark Wing, den Vizepräsidenten der Native American Church des Ute Mountain Ute Tribes in Toawac, Colorado, Schamanen und

Chief of Bear Dances und DFC Coordinator (Drug Free Coalition Coordinator), der meine Fragen zu Details der Geschichte seines Stammes immer bereitwillig beantwortet und den ich wegen seines unermüdlichen Einsatzes für die Jugend der Ute sehr bewundere.

Vor allem aber bin ich dankbar, einen wunderbaren Mann und die besten Töchter der Welt um mich zu haben, die mich tagein, tagaus mit Protagonisten und ihren Geschichten teilen müssen und dies mit einem Lächeln hinnehmen. Ohne euch könnte ich nicht tun, was ich liebe.

Mein größter Dank gilt wie immer Ihnen, meinen lieben Leserinnen und Lesern, weil Sie sich auf jedes neue Buch von mir freuen. Sie machen mir damit das größte Geschenk, das ein Autor bekommen kann.

Bis bald, auf Wiedersehen und Shalom
Ihre Mina Baites

Printed in Poland
by Amazon Fulfillment
Poland Sp. z o.o., Wrocław

51983125R00188